Coup d'envoi
Amy Lane

DREAMSPINNER
PRESS

Coup d'envoi
Amy Lane

Publié par
DREAMSPINNER PRESS

5032 Capital Circle SW, Suite 2, PMB# 279, Tallahassee, FL 32305-7886 USA
www.dreamspinnerpress.com

Coup d'envoi
Copyright de l'édition française © 2017 Dreamspinner Press.
Titre original : Winter Ball
© 2015 Amy Lane.
Première édition : décembre 2015
Traduit de l'anglais par Marie A. Ambre.

Illustration de la couverture :
© 2015 Anne Cain.
annecain.art@gmail.com
Les éléments de la couverture ne sont utilisés qu'à des fins d'illustration et toute personne qui y est représentée est un modèle

Édition e-book en français : 978-1-64080-385-5
Édition imprimée en français : 978-1-64080-430-2
Première édition française : décembre 2017
v 1.0

Édité aux États-Unis d'Amérique.

Pour Mate, spécialement cette fois-ci, parce qu'il ressemble à Skipper. Il ne s'est jamais imaginé en leader, mais il l'est devenu parce qu'il aimait le jeu. À mes trois enfants qui jouent au football parce que c'est dans leur sang et à celui qui a choisi le karaté à la place parce qu'il connaît aussi ce sentiment d'appartenance que le sport peut vous donner.

Et à Mary, qui a presque pleuré lorsque j'ai souligné que cette histoire était celle de Cendrillon du point de vue du prince et que *Winter Ball* [1] était presque un jeu de mots. Parce que oui, tout le monde devrait avoir son propre conte de fées et un « ils vécurent heureux pour toujours ».

---

1 Winter Ball : à la fois *tournoi d'hiver de football et Bal d'hiver.*

Enflammer le but.

Scoggins l'était encore une fois.

— Hors-jeu ? Je n'étais pas hors-jeu ! Espèce d'enfoiré, tu ne verrais pas un hors-jeu même s'il te mordait le...

— Cul ? proposa Skipper d'un air pince-sans-rire. Allez, Richie, tu vas prendre un carton rouge. Pouvons-nous simplement jouer au football ?

Scoggins leva les yeux au ciel et marmonna dans sa barbe, mais il se calma. Skip avait toujours eu ce genre de pouvoir sur lui et tous les membres de l'équipe le savaient.

— Oui, d'accord, mais si ce défenseur rouquin m'éclate encore une fois les côtes, je ne réponds de rien.

Le rouquin faisait près de deux mètres. Lent comme une vache laitière droguée et lourd, oui, mais efficace. Personne n'osait l'affronter pour récupérer le ballon et Skipper avait eu droit à ses propres ecchymoses parce qu'aucun protège-tibia n'était efficace contre lui.

— Je vais le prendre, dit-il parce qu'il était plus grand que Richie d'une part et parce qu'il savait que ce n'était pas personnel de l'autre.

Les cheveux de Richie Scoggins étaient aussi roux que ceux du défenseur de l'autre équipe et sa fureur, bon sang, était aussi flamboyante que ses cheveux.

Ils s'alignèrent, Scoggins prit le centre et passa le ballon. Skipper démarra brusquement sur le terrain, le soleil d'ouest dans le froid d'un soir d'octobre dessinant un chemin éthéré vers le but déifié.

Skipper et Scoggins. Ils étaient de vrais croyants.

Dribble, dribble, passe, esquive, dribble... Ils jouaient ensemble depuis l'institut de Sciences et Technologie, lorsque Skipper était entré dans le cours d'informatique qu'ils suivaient ensemble avec un dépliant sur la ligue de football amateur pour adultes. Ils travaillaient tous les deux et n'avaient ni l'un ni l'autre le temps de jouer pour l'équipe de l'institut, mais la ligue amateur ? Ça, c'était possible.

Six ans plus tard, ils avaient chacun un emploi et ils continuaient à jouer. Ils s'entraînaient et jouaient au football tous les jeudis soir, essentiellement avec les mêmes types avec lesquels ils jouaient depuis l'institut.

Connaître l'équipe réconfortait Skipper. Gagner avec eux l'exaltait.

— Scoggins ! appela-t-il en voyant qu'il était bloqué, et son coéquipier fut là, prêt à recevoir le ballon.

Il recula pour éviter le hors-jeu et dégager le passage pour Scoggins, il bougea ses fesses, esquiva le grand guerrier écossais à sa gauche, l'astucieux petit Menendez – ce traître qui jouait habituellement pour eux – à sa droite et il tira ! Très joli tir… Il passa au-dessus, plus haut, plus haut, plus haut…

— *But !* hurla Scoggins en levant les bras au-dessus de sa tête. But ! But ! But ! Les Scorpions sont encore vainqueurs !

Techniquement, ce n'était pas encore validé, il restait du temps à jouer, mais au moment où Skipper ouvrait la bouche pour dire cela…

… l'arbitre siffla la fin du match.

Des salves d'applaudissements s'ensuivirent, des étreintes, des serrages de mains, des tapes sur des épaules, des coups de hanches et des corps masculins en sueur sautillant sur place pour garder la chaleur. Finalement, ils attrapèrent leurs sweat-shirts sur le banc de touche et ils quittèrent le terrain légèrement boueux du collège avec sa pelouse irrégulière afin de rejoindre leurs voitures.

Où ils enfreignirent quelques règles en se servant dans la glacière au fond du coffre de la Honda Accord de Richie Scoggins.

La fête était également l'opportunité de se poser l'inévitable question. La saison d'automne de la ligue s'était terminée sur ce match. Il ne restait plus que le tournoi du week-end, mais ils seraient probablement battus parce qu'ils se confrontaient à de nombreux joueurs qui avaient joué dans des équipes universitaires et qui s'entraînaient trois fois par semaine au lieu d'une.

— Yo ! s'exclama Menendez en s'essuyant le visage avec le dos de sa main. Est-ce que nous participons au tournoi d'hiver, cette année ?

Il travaillait chez Intel à Folsom pendant la journée, mais ici, dans Citrus Height, il utilisait des mots comme *Yo*.

— Je ne sais pas. Tu vas jouer avec nous ? rétorqua Skipper.

Menendez fit la grimace. Il s'était inscrit à la fin de ce semestre et avait été mis dans l'équipe des Dirty Dogs. Celle de ce grand guerrier écossais qui avait beaucoup monopolisé la balle.

— J'en suis si nous nous inscrivons cette semaine ! dit-il en passant les doigts dans ses cheveux. Mec, dis-moi que nous allons jouer encore. Je sais que vous avez une famille, mais le football, ça m'occupe pendant les fêtes !

Scoggins tapota doucement le dos de Skipper et celui hocha la tête. Oui, son ami avait une famille, mais Skip les avait rencontrés plus d'une fois lorsqu'il allait le chercher pour aller au cinéma ou sortir un vendredi soir.

Avoir une famille était parfois pire que pas de famille du tout.

C'était le cas de Skipper. Ses parents s'étaient séparés lorsqu'il avait douze ans, son père était en prison et sa mère était morte d'une cirrhose juste au moment où il terminait ses études.

— Je comprends, dit-il.

Il regarda ensuite les douze autres hommes avec lesquels il jouait. Son vrai prénom était Christopher. L'équipe l'appelait Skipper parce qu'au cours de leur premier trimestre, leur entraîneur avait démissionné et Skip était devenu en quelque sorte le capitaine de ce bateau.

— Qu'en dites-vous, les gars ? Nous avons seulement besoin de dix joueurs et d'un gardien de but, alors si certains d'entre vous ont des enfants, des beaux-parents et tout ça à Noël, vous pouvez vous libérer.

Trois d'entre eux renoncèrent, mais il resta Cooper, McAllister, Thomas, Galvan, Owens, Jefferson, Jimenes, Menendez et Scoggins... donc, un à remplacer.

Ils portèrent une vingtaine de toasts en finissant toute la bière et Skipper se fit une note mentale de commencer la paperasserie le lendemain.

— Je te le rappellerai, dit Scoggins une fois que le dernier des hommes se fût éloigné, les laissant seuls.

La nuit était entièrement tombée et le jeune homme frissonna. Il était le seul à ne pas avoir pris un sweat-shirt.

Skipper s'était garé juste à côté de lui et leurs deux Honda Accord argentées portaient toutes les deux à peu près les empreintes de tous les gars de l'équipe à cet instant. Il ouvrit le coffre et en sortit sa veste sweat noire. Il la lança à son ami parce qu'il détestait le voir trembler de froid.

Richie ne recevait pas beaucoup d'attention maternelle ou paternelle d'ailleurs, même s'il dirigeait pratiquement la casse automobile de ses parents. Il se surpassait, faisait les comptes, râlait parce qu'il ne recevait pas d'aide pour les travaux et maintenait l'entreprise à flot. Quelqu'un devait s'occuper de lui. Skipper s'en était déjà aperçu lorsqu'ils étaient à l'école. Richie était un bon type, il restait après les cours pour aider ses amis à étudier, apportait toujours de la bière, des frites ou des bouteilles d'eau, et ne se souciait pas d'être capitaine en second d'un groupe de gars qui voulaient juste jouer à leur foutu jeu.

— C'est bon, murmura Skipper en bâillant. Tu me le rappelleras. Nous avons une sortie cohésion de groupe demain de toute façon…

— Où allez-vous ? demanda Richie, toujours fasciné par les avantages corporatifs de Skipper.

Celui-ci avait essayé de lui faire comprendre que l'entreprise technologique pour laquelle il travaillait n'était pas particulièrement glamour, mais pour Richie, tout ce qui ne vous amenait pas à travailler avec vos parents était le top du top. D'une certaine manière, cela donnait une bonne perspective à Skip – chaque personne était frustrée par son travail. C'était important de se rappeler qu'il faisait un travail pour lequel il était bon, qu'il obtenait des promotions et des augmentations régulièrement et que sa patronne n'avait légalement pas le droit de le traiter de demeuré juste parce qu'elle avait épousé son père.

— Au bowling, répondit-il en finissant sa bière avant de regrouper les emballages vides.

Un point de collecte se trouvait à proximité de l'école. Jusqu'à présent, personne ne s'était plaint des canettes soigneusement emballées une fois par semaine et Skip continuait à croiser les doigts. Il aimait cette ligue, mais la bière après les entraînements ou les matchs lui donnait un groupe social qu'il n'avait pas ailleurs, donc c'était un risque qu'il était prêt à prendre.

— Un bowling ? s'exclama Richie semblant être aux anges. Vraiment ? Je peux venir ?

Skip l'observa : un compétiteur d'un mètre soixante-douze, féroce et nerveux, et tout à coup, on aurait dit une petite fille.

— Tu peux venir où ? Au bowling ?

— Oui, acquiesça-t-il. Je n'ai rien de mieux à faire pour mon vendredi soir et mon père et Kay avaient l'habitude d'y aller. J'étais vraiment bon, tu sais ?

C'était la première fois que Richie lui disait quoi que ce soit d'agréable sur ses parents.

— Tu as rompu avec, c'est quoi son nom ?

— Mélanie ? Oui. C'est de l'histoire ancienne.

Il sautillait toujours sur ses orteils et soufflait sur ses doigts. Skip lui fit signe d'entrer dans sa voiture.

— Asseyons-nous. Nous pourrons discuter de ça, d'acc' ?

Pourquoi pas ? Il avait déposé les clés du portail et le dossier des entraînements dans sa voiture. Ils pourraient rester un peu là avant que quelqu'un se fâche de voir deux voitures garées devant le collège.

Richie acquiesça avec gratitude et ils se glissèrent précipitamment dans le véhicule. Skip dut reculer le siège passager pour pouvoir caser ses jambes. Ils avaient tous les deux acheté leurs voitures par l'intermédiaire de leur école afin de bénéficier d'une remise étudiante, mais parfois, il rêvait d'en acheter une plus grande. Un mètre quatre-vingt-trois, ce n'était pas si grand, jusqu'à ce que vous deviez vous asseoir à l'avant d'une voiture compacte.

La voiture de Richie était agréablement en bazar. Skipper aperçut quelques emballages de fastfood sous ses pieds, mais pas trop, et un sac de sport et une serviette sur la banquette arrière. Il lui avait offert une tasse isotherme pour son café le matin et elle était posée dans le porte-gobelet. Elle avait besoin d'être lavée. Richie tourna la clé de contact juste pour allumer la chaîne stéréo, puis il tapota son téléphone jusqu'à trouver une playlist alternative. Le *Down by the river* de Milky Chance retentit et Skip se détendit, appréciant la musique et le sentiment automnal qui s'en dégageait.

— Alors, dit-il après avoir laissé les accords d'ouverture glisser sur lui. Mélanie.

— Elle n'est pas… commença Richie en soupirant. Elle est gentille et nous nous sommes amusées et tout ça, mais… non… tu sais…

Il se tut et haussa les épaules.

Oui, Skip savait. La majorité des relations de Richie se terminaient ainsi. Il rencontrait une fille. Ils sortaient ensemble quelques fois, allaient au cinéma, sortaient au restaurant, assistaient même à l'occasion à un concert, puis juste avant que cela devienne sérieux après le premier week-end en amoureux, ils rompaient.

— Mec, déclara-t-il. Ce n'est pas juste pour ces filles, tu sais ? Si tu ne veux pas de liens, trouve-toi une fille qui n'en veut pas non plus. Il n'y a aucune honte à ça.

— Oui, répondit Richie en soupirant. Eh bien, ce n'est même pas que je ne veux pas de liens. En fait, j'en veux. *J'aimerais* me lier. J'en rêve, tu sais ?

Skipper le regarda avec avidité, ses pommettes et ses lèvres pleines en contre-jour, éclairées par le lampadaire à l'extérieur.

— Non, répondit-il, fasciné. Sérieusement, parle-moi de tes rêves.

5

Ils étaient des hommes, n'est-ce pas ? Ils parlaient de football, de leurs emplois pourris et des parents terribles de Richie. Ils allaient à des concerts, au cinéma, ils buvaient des bières après les matchs et ils s'invitaient les uns chez les autres pour jouer à la Xbox et planifier le dernier tournoi en réseau alors même qu'ils étaient certains qu'ils n'iraient jamais parce qu'ils étaient trop occupés par le football.

Mais ils ne parlaient pas de leurs rêves. Les hommes parlaient-ils de leurs rêves ensemble ?

Avait-il des rêves en plus de jouer à côté de cet homme ?

Richie soupira et attrapa une bouteille d'eau sur le sol derrière le siège de Skip. Le mouvement les mit en contact et, dans la voiture sombre, Skip fut tout à coup en alerte.

Très conscient du petit corps parsemé de taches de rousseur de son ami.

Il avait vu ce petit corps plein de taches de rousseur, muscles tendus, ruisselant de sueur, chargeant à travers le terrain de football ensoleillé. Richie avait fait cela trop souvent et ses épaules avaient brûlé, mais vous pouviez compter toutes ses côtes et ses muscles parce qu'il n'avait pas un gramme de graisse.

Ce corps était juste à côté de lui dans l'espace limité de la petite voiture et Skip passait un moment difficile, devant cacher une inconfortable… chose. Il appuya dessus sans pitié jusqu'à ce qu'elle soit d'une taille plus facile à cacher, mais cela ne signifiait pas qu'elle n'était pas encore là.

Richie se retourna et lui passa la bouteille d'eau. Puis, il en attrapa une autre pour lui-même.

Cette fois, Skip se retrouva à quelques centimètres de son cou.

Son ami sentait la sueur et il se demanda si cette bande de peau pâle au clair de lune serait salée s'il la léchait. Richie lui exploserait-il le visage avec son coude ou frissonnerait-il avant de soupirer et de fondre ?

Il pensa que si le jeune homme posait un jour ses lèvres sur son cou, il frissonnerait probablement, soupirerait et fondrait.

Pour l'instant, alors que Richie reculait sur son siège, Skipper s'efforçait de ne pas frémir.

— Donc, déclara-t-il en gardant sa voix égale avec un effort. Mélanie ? Rêves ?

Son ami ouvrit sa bouteille d'eau et prit une grande gorgée. Il s'essuya la bouche avec le dos de sa main après avoir fini et soupira.

6

— Je veux des liens, murmura-t-il. Vraiment. Je… tu sais. Je passe une nuit avec la fille et le lendemain, elle est toute vulnérable, je suis gentil avec elle et je pense que je peux le faire. Je peux prendre soin de cette fille. C'est une belle fille et nous nous sommes amusés, tu sais ?

Skip pensa à sa dernière relation. Cela faisait un moment. Oh oui. Ambre, des cheveux bruns, des tee-shirts serrés et un jean rehaussant ses fesses.

Bon sang, elle avait été amusante. Un mauvais sens de l'humour, une bouche cochonne et une obsession à lui faire des anulingus jusqu'à ce qu'il jouisse.

Penser à cela ne le faisait même pas durcir et c'était anormal en quelque sorte. C'était en partie pour cela qu'il avait rompu avec elle. Oui, il lui avait offert la réciprocité nécessaire au lit, mais il avait vraiment eu l'impression… qu'il établissait une facture et qu'il payait pour des services rendus.

Ambre avait vraiment aimé le sexe et lui pas du tout. C'était comme s'il trichait, être avec une fille qui faisait tout son possible alors que lui suivait le mouvement. Elle avait pleuré la dernière fois qu'ils avaient couché ensemble. *Je me couche en me sentant sexy et séduisante et je ne sais pas ce que tu fais, Skip, mais j'ai l'impression d'être une salope et je me sens honteuse.*

Ce n'était pas bon.

Alors, il savait. Il comprenait ce que Richie disait.

— Oui, répondit Skip dans le silence. Je comprends. Tu penses : « C'est une belle fille. Je l'apprécie beaucoup ».

— Oui ! s'exclama Richie en le regardant, ses grands yeux verts, brillants et incolores dans la lumière. Tu comprends. Mais il y a quelque chose à propos de les toucher, tu sais. Les garçons à l'école qui font une fixette sur les seins… Je me souviens de ça. Je me souviens d'avoir été *si excité* quand je devais en voir pour la première fois. Je me masturbais, genre trois fois par jour, juste parce que je devenais dur à cause de ça et je devais la faire redescendre, n'est-ce pas ?

— Merde, Richie, tu t'entraînais pour un record ou quoi ? s'exclama Skip en lui jetant un coup d'œil.

— Quoi ? Trois fois par jour ?

— Oui. Il me faut un peu de temps pour durcir… Je ne pourrais pas le faire. Mais tu parlais des filles.

7

— Eh bien, je pensais que je serais très excité lorsque je verrais des seins et Sierra Donovan m'a montré les siens. Je m'attendais totalement à avoir une super érection, tu vois ? Mais elle était là, son tee-shirt soulevé, ses seins... ballottant... et je n'ai... rien eu, dit-il en frissonnant à ce souvenir. J'ai fait les mouvements, j'ai utilisé ma bouche, j'ai été vraiment doux, elle m'a même laissé mettre ma main dans son pantalon, ce qui était bien, parce qu'elle a joui et elle s'est éloignée heureuse.

— Mais, toi ? demanda Skipper.

Il bougea sur son siège, parce c'était assez embarrassant, mais l'imaginer, adolescent, caressant la chair nue de quelqu'un d'autre le faisait un peu durcir. Habituellement, cela ne se produisait que lorsqu'il était seul dans le noir, se caressant.

— Je... je n'ai pas eu d'érection jusqu'à ce que je rentre chez moi ce soir-là, dit Richie pensivement, fixant ses mains sur le volant. Et... Et c'est comme ça avec toutes les filles. Il faut que ça se passe dans le noir, je dois fermer les yeux et juste sentir leurs mains sur moi. Mais, le matin, je les regarde et...

— Oui, murmura Skip. C'est pareil pour moi.

Ils se turent. Le radiateur n'était pas allumé et Richie frémit, probablement parce que la voiture était froide à l'intérieur. Skip commença à retirer son sweat-shirt parce qu'il avait toujours un peu chaud.

— Non ! protesta Richie. Skip, mec, tu ne dois pas enlever ton sweat-shirt pour me le donner.

Ce dernier fit une pause parce que retirer son vêtement dans la voiture était compliqué.

— C'est bon, parce que je suis coincé, murmura-t-il à travers les plis du tissu.

Richie rit et glissa ses mains le long des bras de son passager, essayant de le démêler du mince sweat-shirt. Skip lutta et tâtonna, essayant de ne pas frapper Richie dans le visage ou ailleurs. Ce fut un court combat, mais cela n'empêcha pas les mains de Richie d'écumer ses côtes, son estomac, sa poitrine, son cou. Ce n'était pas des caresses, c'était probablement impersonnel, mais au moment où il finit par gagner contre ce fichu vêtement, Skip était en sueur, à bout de souffle et, ironie totale, dur.

Il roula en boule son sweat et le posa sur ses genoux.

— Hé, dit Richie en attrapant le vêtement en riant. Après tous ces efforts, je vais prendre le satané sweat-sh...

Sa main frôla l'entrejambe de Skipper et leurs regards se croisèrent.

—... irt ?

Skip ferma les yeux, se recula et grommela :

— Ne pense pas que je suis bizarre, s'il te plaît, marmonna-t-il. S'il te plaît. C'est juste... tu parlais de sexe et alors... Hé !

Richie caressait à nouveau son sexe à travers le short et tout le corps de Skip picota.

— Désolé, marmonna le jeune rouquin, ne semblant pas du tout désolé. C'est juste...

Il tendit un doigt et commença à remonter l'entrejambe de Skip, le passant ensuite sur toute la longueur de la chose qui était écrasée contre le corps du jeune homme sous le short de football et le sous-vêtement Under Armour. Richie arriva à la pointe et son doigt traça la crête à travers trois couches de vêtements et Skip gémit à nouveau, les yeux fermés.

— Si tu es si désolé, chuchota-t-il, arrête de le toucher ! Je suis assez embarras...

Son ami prit sa main et la posa sur son entrejambe. Avant même de comprendre ce qu'il touchait, Skip referma sa main sur un sexe dur poussant contre le sous-vêtement de Richie comme le faisait le sien.

Skip ouvrit les yeux et Richie et lui se regardèrent, nerveux dans la lumière terne. Pendant une seconde, il crut que ce moment était fini. Richie recula juste un peu et sa main se détendit sur son sexe. Mais, quelque chose en lui devait vraiment vouloir que cela continue parce que sa main se resserra. Richie ferma les yeux et entrouvrit ses lèvres pleines...

Skip voulait le goûter plus que toute autre chose dans sa vie.

La première caresse sur ses lèvres fut si douce que c'était comme si elle n'était presque pas réelle, mais elle l'était et Richie ne sursauta pas, ne protesta pas et ne se plaignit pas lorsque le deuxième frôlement fut un peu plus appuyé.

Ses lèvres étaient un peu rugueuses, mais Skip les titilla avec sa langue et lorsque son ami ouvrit la bouche, l'intérieur était plus doux, comme celui d'une fille, mais avec cette incroyable *chaleur*.

Skip avait froid, il avait renoncé à son sweat-shirt et il voulait cette chaleur. Il se poussa vers l'avant, balaya avec sa langue et ressentit la réponse de Richie. Un frémissement l'accabla, sans pitié et il resserra sa main sur le sexe de son ami comme s'il s'accrochait à la vie.

Richie gémit et frotta le short de sport de Skip. Ce dernier inspira fortement et la petite main maligne de son coéquipier se glissa à l'intérieur, puis sous le sous-vêtement Under Armour qu'il poussa de côté avec un bruit d'élastique. Skip sentit l'air froid sur son sexe exposé et il trembla.

Puis, Richie glissa sa main chaude et rugueuse sur le capuchon et pressa la hampe.

Skip gémit dans sa bouche, impuissant.

— Prends le mien, ordonna Richie après avoir reculé sa tête.

Skip inclina son corps afin de pouvoir utiliser ses deux mains pour descendre le short et le sous-vêtement Under Armour de Richie sous ses fesses. Il le maintint d'une main ferme sur sa hanche, puis il jeta un coup d'œil pour s'assurer qu'il offrait au sexe trapu et courtaud de son ami une caresse ferme et chaleureuse.

Richie gémit et son membre pulsa dans sa main.

Il ferma les yeux. Il ne pouvait pas faire autrement. Le frisson qui l'avait secoué en sentant la chair chaude dans sa paume était trop important pour qu'il *l'*endure les yeux bien ouverts.

Une bouffée d'air frappa le gland fuyant de Skip et le frisson d'un désir ardent parcourant son corps le mit en alerte. *J'ai besoin. J'ai besoin. J'ai besoin…*

Il ne pensait pas être le type qui en avait besoin. Ambre lui avait dit qu'il était froid, il était plutôt certain que la majorité de ses petites amies pourraient être d'accord avec ça. Mais la bouche de Richie était chaude et accueillante et son sexe brûlait la peau de sa paume.

La main de Richie commença à le masturber presque spasmodiquement, mais Skip sentit le rythme qu'il essayait d'imprimer.

— Ch… ch, chuchota-t-il contre la joue de son ami.

Il prit sa petite main, rugueuse et ossue, dans la sienne et lui apprit à caresser, un peu plus lentement, un peu plus doucement… *Oh! Oh oui!*

— Skipper, implora-t-il et celui-ci bougea sa main là où elle se trouvait.

Durement et un peu plus lentement, puis doucement. Tous les grognements de Richie, chacun de ses gémissements amenaient Skipper un cran plus haut vers l'infini inattendu de la passion qui s'était installé dans l'Accord Honda du jeune homme.

La radio passa de *Milky Chance* à *Mumford & Sons* et alors que les guitares, le banjo et le clavier s'élançaient vers un apogée, l'estomac de Skipper se vrilla sous une sensation forte et frappante lui indiquant qu'il allait faire de même.

Richie haleta et un jet de liquide séminal brûlant inonda les doigts de Skipper.

Il voulait... voulait... oh merde... Il voulait tellement cela, de Richie, de...

Il déplaça sa main de la hanche de Richie à sa mâchoire et il le positionna pour l'embraser, un pillage sauvage et passionné. Son ami continuait à caresser son membre, chaque callosité amenant une délicieuse friction, le serrant durement, lui offrant *exactement* ce dont il avait besoin.

Uh... uh... Oh bon sang, les callosités de la main de Richie s'accrochaient sur la crête de son sexe et c'était... si bon... si...

Tout son corps picotait, même ses coudes et son cuir chevelu, sa tête, ses fesses et ses tétons et... des picotements, un serrement, monter jusqu'à la rupture et... *oh... oh... oh...*

Richie jouit véritablement, son corps s'arquant et tremblant jusqu'à rompre le baiser. Sa semence collante, crémeuse et pratiquement bouillante de la chaleur de ce petit corps intense coula sur le dos des doigts l'entourant. L'emprise de Skip devint erratique et glissante et *ce* fut bon. Son dos décolla du siège de la voiture, il ferma les yeux et laissa venir le picotement dans tout son corps, le laissa monter. Il vit des étoiles et il jouit.

Il garda les yeux fermés pendant que sa respiration se calmait. Lorsqu'il les rouvrit, Richie était juste là, son visage à quelques centimètres du sien, sa bouche gonflée par ses baisers, ses joues rougies par son chaume, ses yeux écarquillés, brillants et troublés.

Skip devait probablement avoir la même allure.

Ils se regardèrent pendant un moment intense. Skip lâcha le sexe de Richie en même temps que celui-ci laissait tomber le sien.

— Attends, murmura-t-il en attrapant un des sacs de fastfood.

Il sortit une poignée de serviettes et en donna quelques-unes à Skip. Celui-ci les regarda stupidement. Richie prit les siennes avec des mouvements doux et il essuya le sexe de son ami.

— Oh, s'exclama-t-il, se sentant idiot.

— Voilà, Skip, lève tes hanches.

Il obéit et son coéquipier remonta son short.

— Merci. Veux-tu, que... demanda-t-il en agitant vaguement les serviettes dans sa main avant de réaliser que la semence de Richie maculait sa main.

Il s'arrêta, hypnotisé, puis presque comme s'il ne pouvait pas s'en empêcher, il amena sa main à sa bouche et il suça le creux entre son pouce et son index.

C'était salé et amer, tout comme la sienne. Les garçons goûtaient leur semence, mais quelque chose dans la crudité de ce geste – goûter Richie comme cela – le heurta, fendit son cœur et il frémit. Il faillit presque tirer ses genoux contre sa poitrine parce que son aine le faisait souffrir et qu'il pensait que ce goût pourrait à nouveau le faire jouir.

Il ouvrit les yeux et Richie était proche de lui dans les limites de la voiture. Il prit la main de Skip et chercha les endroits que celui-ci n'avait pas atteints, puis il commença à lécher, très lentement, très délibérément, jusqu'à ce que ses doigts soient propres.

Il gémit à nouveau. Oh, merde. Il voulait. Il avait encore vraiment envie de cela. Mais ne devraient-ils pas dire quelque chose ? Faire quelque chose ? Oh, merde, Richie et lui venaient de s'embrasser et s'étaient mutuellement masturbés et...

Son corps tout entier lui criait : *Nous devons recommencer. Nous devons recommencer.*

— Richie, haleta-t-il, soupirant parce que la langue de son ami continuait à trembler contre les jointures de ses doigts. Que... que veux-tu faire ? Que venons-nous de faire ? Pourquoi n'avons-nous pas fait cela avant ? Qu'allons-nous faire maintenant ? Qu'est-ce que cela veut dire ?

— Bowling, répondit Richie simplement parce qu'il n'arrivait pas à reprendre son souffle non plus.

— Bowling ? répéta Skip, sa poitrine douloureuse des questions non formulées.

— On se voit demain, dit Richie en hochant la tête comme si son ami était lent et ne comprenait rien.

— Qu... ?

Le pouce de Richie était couvert de sperme et il le poussa dans la bouche de Skip. Ce dernier referma ses lèvres autour, aplatit sa langue et le suça durement. Sa propre semence envahit ses sens et oh, bon sang, combien il désirait à nouveau Richie.

— Demain, répéta Richie, comme s'il insistait. Nous dînerons ensemble. Je viendrais chez toi et nous regardons des films ensuite. Demain.

Il hocha la tête, alors Skip fit de même.

Il relâcha le pouce de Richie, grattant légèrement le dessous avec ses dents.

— Demain, dit-il en haletant.

Il ne semblait pas pouvoir récupérer sa respiration. Tout son corps refusait de coopérer.

Il devait sortir de là.

Il se pencha en avant, déposa un chaste baiser sur les lèvres de Richie, puis il saisit son sweat-shirt qui était tombé sur le sol et il sortit de la voiture. Il s'arrêta une fois la portière ouverte, se sentant secoué, se sentant soulagé.

— Demain? demanda-t-il, ressentant brusquement le besoin de l'entendre à nouveau.

— Je te le promets, répondit son ami, cherchant ses yeux avec intensité.

— C'est bon, acquiesça Skipper.

Richie sembla avoir vu ce qu'il cherchait parce qu'il sourit et Skipper ferma la portière, enfila son pull et sauta dans sa propre voiture pendant que Richie démarrait la sienne.

Premier coup d'envoi.

— Tu viens avec une fille ce soir ? demanda Clay Carpenter en le regardant d'un air amusé.

Skipper tira anxieusement sur le col de son polo vert avant de répondre.

— Non, répondit-il brièvement en lançant en l'air son ballon antistress en forme de cerveau et restant attentif à sa ligne téléphonique.

Les autres gars de l'unité informatique et lui avaient tous un rythme calme – vous vous exerciez, mettiez le bazar, trifouilliez, remuiez et pétiez tout jusqu'à ce que votre téléphone sonne. Alors, vous aviez tout fait et vous n'aviez plus qu'à répondre à des questions ennuyeuses sur la manière de Grok de faire fonctionner l'ordinateur.

— Tu t'es rasé. Tu es blond et je ne vois pas de chaume sur tes joues jusqu'à une semaine après ton rasage et on dirait que ta mâchoire sort d'une bande dessinée DC. Tu n'as aucune raison de te raser. Alors, c'est quoi l'affaire ?

Skipper se tourna pour fixer Carpenter qui était, comme à son habitude, hors du style vestimentaire standard, en bas de survêtement et maillot de baseball. C'était un grand type – on avait dû lui commander un fauteuil extra large –, mais il était aussi pince-sans-rire, drôle et il aimait les vidéos d'adorables chatons. Skip l'avait vu une fois donner un quart de son salaire à Médecins sans Frontières lorsqu'un tremblement de terre avait frappé le Népal parce qu'il avait vu quelque chose dans le désastre qui lui avait brisé le cœur. Skip n'avait jamais demandé quoi, mais il avait donné cent dollars lui aussi, juste pour que l'homme se sente mieux. Il lui amenait des latte au soja et des muffins au son dans un effort pour l'aider à maigrir, mais lorsque Carpenter se lamentait et hurlait sur son régime interminable, il craquait et allait aussi lui chercher un cheeseburger. Il était un ami, pas un juge et, quel que soit le problème émotif de Carpenter avec la nourriture, c'était vraiment un gars bien.

Mais il n'était pas prêt à parler de la veille, même à Carpenter.

— Pas de fille, marmonna-t-il. Juste Richie.

Sur le terrain, il était Scoggins. En dehors, il était Richie.

14

Pour Carpenter qui était un ami, il était Richie.

Bizarre, Skip n'avait jamais réfléchi à cela.

Son collègue sourit, fit une pause, puis il appuya sur le bouton « Parlez » sur son téléphone.

— Oui, madame. L'avez-vous éteint ? Et appuyé sur « On ». Oui, madame. Redémarrez-le. Non, madame, je ne sais pas pourquoi ça fonctionne, peut-être qu'il avait besoin d'une sieste. Merci beaucoup d'avoir appelé le support technique !

Puis, il regarda son écran.

— Oooh, je dois chatter là. Pourquoi ne reçois-tu pas d'appels ?

Skipper haussa les épaules. En son for intérieur, il pensait que c'était parce qu'il s'occupait de consolider les données de ses clients, réinitialisait leurs routeurs et s'assurait qu'ils avaient des navigateurs compatibles. Lorsqu'il avait un client en ligne, il s'assurait que son ordinateur ne tomberait plus en panne et il n'avait donc pas beaucoup d'appels à répétition comme Carpenter.

— Je n'en ai aucune idée. Allez, va chatter.

— Oui, bien sûr, mais je suis content que ton pote du football vienne, vous êtes des passionnés. J'ai besoin de plus de passionnés pour le bowling. Bon sang, pourquoi choisissent-ils du sport ?

Skipper n'avait pas de réponse, il n'était pas membre du comité social, mais il pensait que le bowling n'était pas une mauvaise idée. Bien sûr, il n'avait pas un mauvais dos et des pieds gonflés – Carpenter n'était probablement pas très à l'aise.

— Je ne sais pas, mais tu devrais ouvrir ton cœur à *Halo* et *Titanfall*. Oups ! dit-il en décrochant son téléphone. Tesko Teck Business Services. Je suis Skipper Keith, puis-je vous aider ?

Il se tut pendant un moment pendant qu'une voix courtoise et éduquée s'adressait à lui.

Ensuite, il essaya de ne pas laisser ses yeux se révulser.

— Non, monsieur, je ne me moque pas de vous. Je ne savais même pas qu'il existait un chien appelé Skipper-kee. Comment épelez-vous cela ?

Sérieusement ? Il fit quelque chose de totalement étranger à sa nature et il prit un stylo avant de noter avec soin les lettres que la personne au bout du fil énonçait.

S-c-h-i-p-p-e-r-k-e.

— Skipper Kee. Euh, allez savoir. Eh bien, dans mon cas, mon équipe de football m'appelle Skipper, mais mon prénom est Christopher et mon nom de famille est bien Keith. Donc, ce n'est pas Kee. Donc, vous comprenez. Pas un schipperke.

Il dut demander deux fois à son interlocuteur de répéter pour la suite de la conversation.

Et alors qu'il répondait, Carpenter ne pouvait s'arrêter de rire.

— NON ! HURLA Carpenter alors que les boules de bowling heurtaient des quilles tout autour d'eux. Richie, je ne me moque pas de toi ! Tu aurais dû l'entendre.

Skipper gémit et Carpenter porta son poing à son oreille, le pouce et le petit doigt étendus avant de faire une imitation passable de son collègue.

— « Non, monsieur. Je peux vous assurer qu'aucune partie de ce Skipper Keith n'est ni noire, ni duveteuse, ni agressive. Oui, c'est probablement une honte. Avez-vous un problème d'ordinateur dont vous souhaiteriez que je m'occupe ? »

Richie leva les yeux vers Skipper et hurla de rire, applaudit et sautilla comme si Carpenter était un vrai comédien.

Eh bien, il en avait fait une très bonne histoire et, franchement, Skipper avait été si inquiet de revoir son ami qu'il était reconnaissant envers son collègue d'avoir tant voulu partager cela. Il avait fait les cent pas dans le hall du bowling sans se soucier de ressembler à un petit ami nerveux et, dès que Richie était entré dans le hall, surchauffé par rapport à l'extérieur glacé, il s'était détendu pour la première fois ce jour-là.

Son ami s'était approché ensuite pour remplir la paperasserie et Skipper avait inhalé une bouffée de fumée de cigarette, frappé son épaule avec son coude et froncé les sourcils. Richie avait haussé les épaules et regardé son reçu comme s'il contenait tous les secrets de l'univers.

— Tu sais, avait-il marmonné. Rob et Paul, mes employés, ils fument. Je prends ma pause avec eux… J'étais nerveux.

Et à ce moment-là, Carpenter les avait interrompus, ce qui avait été une bénédiction. Skipper n'avait pas voulu avoir la discussion « pleine de nervosité » avec Richie pour la première fois ce jour-là. Il *n'était* pas nerveux et ne jurait pas parce que, eh bien…

Carpenter racontait la fin de son histoire qui était inconfortable pour Skip.

— Alors, c'est ça la meilleure partie ? hoqueta Richie en prenant une gorgée de sa bière.

— Non ! chantonna Carpenter. La meilleure partie est la suivante :
« Je suis désolé, monsieur, mais vous n'êtes pas autorisé à accéder à du
porno à partir de votre ordinateur de travail. Non monsieur. Non, n'importe
quel porno, monsieur, pas seulement du porno gay. »

Il sourit à Skipper, son visage large et barbu totalement jubilatoire.

— « Non monsieur, je pense que ce serait vraiment une mauvaise
idée que je vienne à votre bureau et que j'enlève votre pare-feu pour votre
plaisir. »

— Non ! grogna Richie.

Skipper secoua la tête vers Carpenter, le menaçant de conséquences
désastreuses.

— Non, sérieusement ? s'écria Richie, si excité qu'il posa sa bière
et se leva, sautillant sur place pendant qu'ils attendaient que le quatrième
participant à leur partie finisse son spare. Il t'a vraiment fait un plan
drague ? Vous travaillez tous dans un seul bâtiment ? C'est *insensé* ! Quoi ?
Croyait-il que tu arriverais là-bas et commencerais à te déshabiller comme
un Chippendale ?

— Devant un *étranger* ? s'exclama Skipper, son corps tout entier
tressaillant d'horreur.

Puis, il vit les yeux de Richie posé sur lui, écarquillés et hypnotisés.

— C'est à moi ! gémit Carpenter.

Il se leva en soupirant. Il prit sa boule dans le carrousel pendant que
Wayans revenait, abattu par le spare à trois quilles qu'il venait de rater.

Richie continua à regarder Skipper, les lèvres légèrement écartées,
une faim si apparente sur le visage que Skipper ne put qu'avoir envie
de simplement l'embrasser, le goûter, avec le tabac et tout le reste, pour
répondre à ce besoin.

— Tu as pensé à ça, murmura-t-il à travers le son des boules, des
quilles et des échos de l'allée.

— J'y ai pensé toute la nuit, répondit son ami.

Le hourra de Carpenter les tira de leur petit monde et ils se levèrent
avec Wayans pour applaudir son strike, un tir qu'il n'avait jamais réussi
auparavant.

Leur équipe se trouvait quelque part en milieu de tableau, mais tout le
monde savait que la meilleure partie était la pizza et la bière venant après,
de sorte que personne ne se plaignait du score. Tesko Tech était une assez
grande entreprise pour que l'équipe d'informatique n'ait pas à partager les
moments de cohésion avec les cadres, de sorte que toutes les personnes

à la pizzeria se connaissaient, ainsi que Richie, puisque les +1 étaient les bienvenus et Skip l'invitait souvent à participer.

Ce n'était donc pas un rendez-vous.

C'étaient des amis avec des amis, se racontant des blagues et partageant des histoires de travail. Carpenter en racontait une bonne sur une enfant de quatre ans qui avait appelé parce que sa mère était entrée dans le garage pour lancer une machine à laver et qu'elle pensait que sa maman était entrée dans l'écran de l'ordinateur.

— Comment connaissait-elle le numéro ? demanda Richie, fasciné.

— Apparemment, la mère l'avait enregistré sur l'écran de l'ordinateur… Elle a l'habitude de nous appeler.

— Oh bon sang, murmura Wayans.

Il passa une main de la couleur du teck sur sa tête rasée.

— J'ai cette femme… Je jure qu'elle ressemble à ma mère. Je lui ai presque demandé si elle avait grandi à La Nouvelle-Orléans aussi. Mais c'était comme si elle lisait un manuel, un *manuel* je vous dis, de toutes les bêtises à faire avec un ordinateur. Elle m'a effectivement appelé une fois pour me demander comment déconnecter une souris sans fil. C'était fou.

Tout le monde rit et, bien sûr, une autre personne eut une histoire à raconter. Pourtant, cela n'empêchait pas Skipper d'espérer un premier départ. Juste une personne, c'était tout ce qu'il fallait. Allez, quelqu'un avec un enfant ou une femme ou…

— Je dois partir, déclara Carpenter en se levant résolument, les mains tendues devant lui pour écarter la pizza diabolique. J'ai un event *WOW* [2] dans quinze minutes. Tu veux venir avec moi, Skip ?

Celui-ci leva les yeux, flatté, mais il secoua la tête.

— Non, Clay. J'ai promis à Richie que nous ferions quelques parties de *Titanfall* lorsque nous rentrerions. Prêt, Richie ?

Ce dernier se leva, semblant si décontracté que Skip ne put que penser que son ami tremblait lui aussi comme une corde de piano tendue.

Eh bien, tant mieux. Chaque centimètre de sa peau, chaque *millimètre*, était tendu et picotait. Son aine était douloureuse comme une contusion ou un abcès dentaire et il faisait tout ce qu'il pouvait pour ne pas s'ajuster pendant qu'il balançait sa jambe par-dessus le banc, attrapait sa veste et se dirigeait vers la porte.

2 World Of Warcraft

La promenade pour sortir de la *Table Ronde* dans la nuit froide d'octobre lui donna l'impression de marcher pendant cinquante mètres avec la honte dans son sous-vêtement, et il était encore en érection lorsqu'il arriva à sa voiture. Il leva son visage vers le ciel pendant un instant après leur arrivée et il crut sentir de la fumée de bois dans l'air.

— Quoi? demanda Richie, garé comme d'habitude, juste à côté de lui.

— Est-ce que tu sens cela ? Halloween arrive dimanche, dit-il joyeusement.

— Oui?

— Oui!

Pour la première fois depuis qu'il était entré dans le hall du bowling, Skip pouvait le regarder sans penser aux baisers ou aux mains rugueuses et ossues enroulées autour de son sexe.

— Nous pourrions peut-être acheter des bonbons et des décorations demain? demanda Richie, semblant enthousiaste.

Skipper lui répondit par un sourire radieux. Après la séparation de ses parents, sa mère avait décidé de rayer les fêtes de son calendrier. Il se rappelait de nombreux Noëls où son cadeau avait été de l'argent pour sortir et acheter un plat à emporter, et beaucoup d'Halloween où il avait dû éteindre les lumières et se cacher sous le lit afin que personne ne sache qu'il était à la maison et sans bonbons. Depuis qu'il était sorti de l'institut de Sciences et Technologie, il avait rassemblé peu à peu ses propres boîtes de décorations de fêtes. Peut-être que demain, il pourrait acheter quelques babioles pour la véranda de sa petite maison.

Et Richie viendrait avec lui.

— Absolument, approuva-t-il.

Brusquement, la soirée à venir n'avait plus cette saveur piquante de terreur – il y aurait un lendemain où ils perdraient le premier match du tournoi de football d'abord, puis visiteraient le magasin *Spirit* pour trouver des décorations et le *Sam's club* pour acheter deux sacs géants de cinq kilos de délicieux bonbons. Quoiqu'il se passe ce soir, il y aurait un lendemain avec Richie.

— Viens, allons chez moi – tu pourras dormir cette nuit et nous pourrons aller faire des courses après le match.

Un lent et magnifique sourire s'afficha sur le visage franc et carré de son ami.

— Bonne idée, Skip. J'avais pris quelques affaires au cas où…

19

Ils se figèrent tous les deux et se regardèrent. Juste au cas où ? Juste au cas où il se serait effondré ? Juste au cas où ils passeraient la nuit ensemble ?

Ils se fixèrent l'un l'autre par-dessus la voiture de Richie, le silence entre eux leur coupant le souffle.

— On se voit à la maison, croassa enfin Skip et son ami hocha la tête.

Il se glissa derrière le volant et il se demanda si Richie allait saisir cette occasion pour s'enfuir.

IL N'AVAIT pas besoin de s'inquiéter.

Richie l'avait précédé et il l'attendait sous le porche avec un sac de sport à l'épaule. Il regardait la petite cour pendant que Skip s'avançait.

— Belle clôture, est-ce nouveau ?

— Oui, j'ai trouvé un kit chez *Lowe's*. dit Skip en souriant, ravi.

De nombreuses maisons étaient en vente dans son quartier lorsqu'il avait acheté la sienne. Il s'était senti mal – la rue était dans le bas de la classe moyenne et beaucoup de gens devaient vendre, mais il était trop impatient. Sa mère et lui avaient vécu dans un appartement jusqu'à ce qu'elle meure et il avait détesté ça. Détesté de ne pas pouvoir peindre les murs ou déterminer à quoi ressemblerait l'extérieur ou même ne pas pouvoir acheter ses propres plafonniers. Lorsqu'il était au lycée, quand il ne travaillait pas, il avait imaginé à quoi ressemblerait sa maison « d'adulte ».

Sa mère était décédée pendant qu'il était à l'institut de Sciences et Technologie, lui laissant un peu d'économies dont il n'avait pas connaissance (et certainement elle non plus, sinon elle les aurait dépensées en whisky). Il avait pu obtenir un prêt de primo-accédant à un moment où les taux d'intérêt étaient au plus bas.

Il avait commencé à chercher une maison dans son budget à peine trois mois après avoir obtenu son emploi.

C'est ainsi qu'il avait fini par trouver une toute petite maison de deux pièces à Carmichael avec une climatisation réversible et un vaste jardin avec un patio en bois construit autour d'un chêne. Il lui avait fallu trois ans pour sécuriser suffisamment la cour afin de pouvoir y garder un chien.

— Oui, dit-il incapable d'effacer le sourire de son visage. Je pensais… tu sais… m'offrir un chien pour Noël cette année.

Richie cessa de sautiller sur place et fronça les sourcils.

— Tu t'offres des cadeaux de Noël ? demanda-t-il comme s'il venait de le comprendre.

Ses parents lui offraient généralement des cartes cadeaux à Noël, souvent pour des magasins comme *Lowe's* parce qu'ils voulaient qu'il fasse des travaux sur leur maison puisqu'il louait l'appartement au-dessus du garage.

— Qui d'autre le ferait ? demanda Skip, véritablement perplexe.

Les hommes ne se faisaient pas de cadeaux. Son entreprise avait institué un échange de cadeaux chaque année et il y participait scrupuleusement. Carpenter avait été son donateur désigné l'année dernière et son cadeau avait été une très grosse carte cadeau pour son magasin préféré. Skipper s'était consolé en sachant que son collègue aimait vraiment cette boutique de donut et que le cadeau avait été un véritable acte d'amitié.

Richie sembla horrifié.

— Eh bien, tu sais, cette année... cette année, je t'offrirai quelque chose.

C'était gentil.

— Je t'offrirai un cadeau aussi, déclara Skip l'air ravi et il se tourna ensuite pour trifouiller dans la serrure. Attention... Je ne veux pas qu'Hazel sorte.

Il poussa la porte et bloqua immédiatement le passage avec son pied. Hazel, la chatte noire qui s'était en quelque sorte installée lorsqu'il avait commencé à la nourrir, grogna doucement et recula. Au départ, il avait voulu la laisser libre d'entrer et sortir, mais le jour après qu'il lui eut laissé l'accès, il l'avait trouvée sous le porche, miaulant pitoyablement et complètement stressée. Il avait découvert que s'il pouvait éviter qu'elle s'échappe, elle se contentait habituellement de rester dans la maison et de s'installer sur ses genoux pendant qu'il regardait la télévision.

La porte d'entrée s'ouvrait directement dans le salon. Il éteignit son téléphone et le brancha dans le chargeur prévu à cet effet. Il posa ensuite ses clés dans le vide-poche en s'assurant qu'il laissait assez de place pour que Richie puisse aussi poser ses affaires près du canapé comme il le faisait habituellement.

La porte se referma derrière lui et il se figea, la main au-dessus du vide-poche dans lequel il venait de poser ses clés. Il entendit le bruit que fit le sac à dos de son invité en atterrissant sur le sol dans le coin près de la bibliothèque et il allait se tourner pour voir pourquoi lorsque Richie s'appuya contre son dos, son corps dégageant de la chaleur comme une tour d'ordinateur en surchauffe.

Skip se figea.

Il entendit un bruissement et son ami bougea nerveusement avant d'accrocher son coupe-vent aux couleurs de l'équipe des Scorpions sur le crochet. Puis il posa ses mains insistantes sur les poignets de Skipper.

— Rich…

— Skip? répondit Richie comme s'il avait du mal à parler.

— Oui? répondit Skipper à peine capable de murmurer.

— Tu as pensé à la nuit dernière ?

Richie repoussa coupe-vent et passa ses mains autour de lui, froissant sa chemise, passant ses paumes de haut en bas sur l'abdomen tendu.

— Mmmm…

Ce n'était pas une réponse, mais ce n'était évidemment pas un non.

— J'y ai réfléchi, murmura Richie.

Skip n'avait pas allumé en entrant et avec la voix rauque de son ami, son souffle contre ses omoplates, son petit corps serré contre son dos, comment était-il censé dire non ?

Il gémit à la place.

— Oui, c'est ce que je pensais.

Les mains de Richie se posèrent sur ses hanches et devinrent entreprenantes. Elles le firent tourner et le poussèrent contre le cadre de la porte. Il le fixa ensuite dans l'obscurité, ces yeux… Bon sang. Des grands lacs limpides pleins de désir.

— Richie, je…

— Tu, quoi? demanda-t-il.

Il ponctua ses mots en poussant son entrejambe contre la cuisse de Skip et, oh, bon sang! Il était dur!

— Je voulais…

Il frotta timidement la poitrine de Richie à travers sa chemise. Il voulait prendre son temps. Ils n'étaient pas dans la voiture, ils étaient chez lui, c'était un endroit privé et personne n'entrerait chez lui et ne les traiterait de pédés dans son salon.

— Tu voulais quoi? demanda Richie, ses lèvres s'entrouvrant un peu. Oh… oh ! Bon sang.

Il encadra le visage de Richie avec ses deux mains, le tenant, l'inclinant un peu, puis il pencha sa bouche vers ces lèvres pleines afin de pouvoir… Oh, merde. Il voulait juste les goûter à nouveau.

Son compagnon laissa échapper un gémissement affamé et Skipper enfonça sa langue sans réfléchir. Il n'y eut pas de « C'est mon ami ! » et « Oh bon sang, j'embrasse un homme ! »

C'était seulement Richie, avec son goût amer, comme le tabac, et une touche de bière, mais il n'enregistrait pas vraiment cela. Tout ce qu'il retenait vraiment, c'était qu'il avait le goût de son odeur. Salé, un peu en sueur et une importante présence d'odeurs de savon et de déodorant parce qu'il avait visiblement tenté, tout comme Skipper, de se rendre plus attrayant afin qu'ils puissent s'embrasser dans sa maison obscure.

Richie avait apparemment abandonné son idée de l'épingler sur la porte parce que c'était Skip qui prenait le dessus à présent, le tirant dans le salon proprement dit, le faisant contourner la table basse, l'amenant au canapé. Le jeune homme s'assit lentement, sans jamais rompre le baiser, ses mains errant sous la chemise de Skip d'une manière qui rendait celui-ci totalement fou. C'était juste des caresses, n'est-ce pas ? Sur l'abdomen, dans le dos. Les caresses n'avaient jamais été vraiment son truc. Habituellement, une main directement sur son sexe était la seule façon de le faire jouir, mais les mains de Richie pouvaient visiblement le rendre dur en le touchant *n'importe tout.*

Oh, merde ! Surtout aux tétons.

Skip gémit et rompit brusquement le baiser, enfouissant son visage dans la gorge de son ami.

— C'est… *oh, bordel !*

Il se sentit mieux en entendant le rire bas et impuissant de Richie. Il était capturé lui aussi, perdu comme un papillon dans un ouragan. Skipper n'était pas le seul à ne pas pouvoir s'arrêter, même s'il ne savait pas où ils allaient.

— Je vais le refaire, déclara son coéquipier. J'aime lorsque tu gémis ainsi.

Des doigts agiles et lestes trouvèrent à nouveau son téton et tirèrent dessus. Skip s'arqua, tressaillit et poussa ses hanches, puis il mordit Richie sur le côté du cou parce que c'était tout ce qu'il pouvait faire.

Ce dernier gémit sous sa morsure et ils luttèrent pendant un moment, Skip faisant un suçon dans le cou de son ami, celui-ci tirant sur son téton jusqu'à ce qu'il gémisse.

— Je vais jouir, dit-il. Arrête, je vais…

Richie se dégagea de sous lui et tout à coup, Skip se retrouva épinglé au canapé.

— Tu… ta dernière petite amie, c'était Ambre, n'est-ce pas ?

Il cligna des yeux à plusieurs reprises, son corps tellement en alerte que son cerveau avait complètement perdu la compréhension des mots

— Oui.

— Pas de filles entre ?

— Non…

— Tu as des résultats d'analyses ?

Bam ! Cela monta au cerveau de Skip, faisant directement un virage à 180 degrés dans la mauvaise direction.

— Quoi ? demanda-t-il en se redressant sur ses coudes.

Richie leva les yeux au ciel et commença à déboucler la ceinture de pantalon de son ami.

— Je vais te sucer, d'accord ? Tu n'es pas infecté par le VIH ou une autre cochonnerie ?

Le sexe de Skip eut comme un moment de blocage. *Hourra ! Richie va poser sa bouche sur moi !* rencontrait *Histoire de HIV ou d'une autre merde comme ça.* Tout se télescopait dans son cerveau, mais il réussit à réfléchir et tout se remit dans l'ordre.

— Négatif. Dernier résultat d'analyses négatif… Oh, bordel !

Le jeune homme avait réussi à ouvrir sa ceinture et son pantalon et Skip se retrouva à l'air libre, son sexe giflant légèrement son bas-ventre, l'air refroidissant le gland qui suintait goutte à goutte.

— Oooh… dit Richie, s'arrêtant un instant pour regarder, son souffle haletant frôlant le gland comme une caresse.

— Aaah ! s'exclama Skip, arquant ses hanches sur le divan.

Il essaya d'écarter ses genoux, mais ils étaient pris au piège.

— Retire tes chaussures, Skip, ordonna son ami.

Lorsqu'il en eut fini avec cela, Richie lui retira son pantalon le laissant allongé sur son propre canapé à moitié nu, portant toujours son polo bordeaux réglementaire.

— Toi aussi ! dit-il en se redressant sur ses coudes à nouveau, voulant voir son ami nu.

Il *aimait* le corps de Richie Il l'avait aimé même avant qu'il pense à ses lèvres ou à ses yeux au clair de lune ou à la sensation de ses mains. Solide et nerveux, musclé, mais pas corpulent. Même pas un petit peu… Richie avait le corps d'un Chihuahua de compétition. Pas grand, non, mais personne ne le sous-estimait – pas dans un combat, pas sur un terrain de football, non…

Oh, oh oui, juste comme ça, nu, la peau brillant légèrement dans la lumière du porche, ses cheveux roux ébouriffés autour de sa tête, son visage à la mâchoire carrée et son regard avide sur lui pour une approbation.

24

— Tu aimes ? demanda Richie en souriant nerveusement.

— Oui, dit-il en lui tendant la main. Viens là. Laisse-moi te toucher.

Richie se pencha sur le côté du canapé, ses yeux cherchant toujours Skip qui réalisa enfin ce qui se passait. Cela arrivait vraiment. Six ans à jouer au football ensemble, à jouer aux jeux vidéo et à regarder des films, boire de la bière et manger des pizzas avec les gars, ce qui avait signifié quelque chose pour lui et Richie.

Ce moment, juste là, peau à peau... c'était effrayant.

Skip glissa sa main sur la nuque de Richie, noua ses doigts dans les boucles rousses dans son cou et il l'attira un peu plus près, assez près pour que le souffle de son ami fouette son visage.

— J'aime, dit-il simplement.

Si le sourire de Richie était un peu vacillant, Skip ne pouvait pas le blâmer. Le sien n'était pas très solide non plus. Le monde entier tremblait sous eux et la seule fois où il se sentait bien et solide, c'était lorsqu'ils étaient proches comme ceci, assez près pour se toucher.

Skip se redressa et prit à nouveau sa bouche, plus doucement cette fois, une sorte de promesse qu'il ne se moquerait pas de la petite taille de Richie ou de ses cheveux roux. Les enfants faisaient ça, les *hommes* faisaient ça. Skip aurait tout donné pour ne pas avoir de barbe même après une semaine, pour ne pas prendre deux kilos s'il ne faisait pas attention, pour avoir un nez légèrement romain. Il pouvait le supporter. Il était un grand garçon. Mais ici, nu, Richie ne pourrait pas le supporter. Skip ne voulait pas le critiquer. Cela aurait été injuste.

Le corps de son ami était solide au-dessus du sien et leur peau, oh, bon sang, *toute leur peau* se touchait. Oh, c'était bon. Skip pourrait faire cela toute la nuit. Il ravagea sa bouche encore et encore et encore, ses doigts noués dans ses cheveux. Richie gémit et serra ses épaules, poussant ses hanches contre lui, leurs sexes se frottant l'un contre l'autre. Ils s'attrapèrent au petit bonheur, s'excitèrent, construisirent, s'approchèrent presque, mais ils ne jouirent pas, non... ils restèrent simplement suspendus là, dans une agonie de désir.

Richie grogna et rompit le baiser.

— J'ai promis, dit-il d'une voix rauque.

Il glissa sur le corps de Skipper, chaque crête de muscle, chaque poil, chaque bout de peau humide s'accrochant à son sexe, ses testicules se gonflant jusqu'à ce qu'il soit prêt à crier.

Au moment où Richie arriva à l'endroit où il put saisir le membre de Skip, ce dernier était incohérent, essoufflé et il frappait sans relâche la tête et les épaules de son ami alors qu'il essayait d'exprimer ce qu'il voulait.

— Chut… dit Richie en tendant la main afin de saisir les doigts de Skip.

Ses mouvements frénétiques se calmèrent. La main Richie, sûre et rugueuse, le ramena sur terre et Skip la pressa avant de réussir à inspirer profondément.

— Richie, murmura-t-il, incertain de savoir ce dont il avait besoin.

— Je suis là, répondit son ami, son haleine caressant le gland de Skip, faisant bondir le jeune homme.

— Je suis…

Un homme ne disait pas qu'il était effrayé. Il ne disait pas que le sexe était devenu intense et insondable simplement parce qu'un autre homme l'avait touché. Mais c'était ce qui se passait et Skip savait que lorsque son ami poserait sa bouche sur lui, il partirait en spirale vers un endroit qu'il n'aurait jamais imaginé

— Je suis…

— Moi aussi, murmura son compagnon.

Et Skip se détendit. Il ne savait même pas ce que Richie pensait qu'il avait voulu dire, mais « moi aussi » impliquait qu'ils étaient ensemble. La petite langue malicieuse du jeune homme s'élança et lécha la pointe du sexe de Skip et celui-ci gémit. Ils étaient ensemb…

Dans un mouvement doux, comme s'il l'avait pratiqué en esprit, Richie pressa le sexe de son ami, le caressa et engloutit son gland pour l'aspirer.

Skip émit ensuite un son qui sembla venir d'un endroit vital à l'intérieur de lui, la sensation si exquise qu'il sentit les larmes monter, puis il les oublia.

Richie recommença à plusieurs reprises et Skipper leva ses hanches, les soulevant du canapé, poussant dans la bouche du jeune homme, une main agrippant le coussin sur le dossier du canapé et l'autre enlaçant si fort ses doigts dans ceux de son amant que ceux-ci le griffèrent.

Il essaya de garder les yeux ouverts pendant un moment, essaya de conserver sa décontraction, tenta d'assimiler toutes les sensations, la sécurité des mains de Richie, le son de sa propre respiration dure, même les bruits délicats de la bouche de son ami enveloppant sa chair.

Ce dernier point le détruisait – *Richie le suçait* – et il ferma ses yeux pour contrer les explosions de lumière blanche derrière ses paupières, pour combattre les convulsions de son corps, la joie intense de sa jouissance…

Des larmes idiotes coulèrent sous ses paupières et sur ses tempes. Finalement, la bouche de Richie devint trop dure et le gland de Skip trop tendre. Il lâcha un son douloureux et il repoussa la tête de son ami.

— Fini, gémit-il.

Richie hocha la tête et gémit, laissant tomber sa tête sur la cuisse de Skipper.

Fap fap fap fap fap…

Skip entendit ce bruit, mais pendant un moment, il ne réussit pas à le situer… Puis, Richie aspira un morceau de peau de sa cuisse et le mordit, le gémissement de son orgasme suffisamment fort pour résonner dans la pièce.

Skip entendit le bruit d'un liquide frappant le tissu et il pensa silencieusement au nettoyant d'ameublement qu'il avait sous l'évier, puis Richie relâcha sa peau avec un « pop » et il gémit à nouveau, le visage enfoncé contre le flanc de Skip.

Celui-ci laissa tomber sa main et il caressa la tête du jeune homme d'une manière réconfortante. C'était la meilleure partie du sexe, n'est-ce pas ? Avoir quelqu'un avec soi ? Une autre personne lorsque le point culminant de votre orgasme vous donnait le vertige ? Pourquoi les doigts entrelacés ? Pourquoi les baisers et la tendresse ? Skip caressa les boucles cuivre d'une main tremblante, mais il voulait plus. Il crispa ses doigts sur les cheveux de Richie et il les tira.

— Viens, gémit-il.

Richie se redressa et le regarda d'un air incertain. Un anneau brillant luisait sur la peau autour de ses lèvres et ses yeux verts étaient perdus et comme ailleurs.

— Euh…

— Allonge-toi sur moi, dit Skip en essayant de sourire.

C'était une supplique. Il ne savait pas si Richie s'en rendait compte, mais il le suppliait.

Il ne discuta pas, en fait. Il s'étendit au-dessus de lui, tous les deux nus et frissonnants. Il enterra son visage dans l'épaule de Skip, ses respirations à la limite des sanglots. Skip ne le releva pas parce que le coin de ses yeux était toujours piqué de larmes.

Il leva la main vers le dossier du canapé et attrapa le plaid qu'il gardait toujours là afin de le poser sur Richie, pour, peut-être, les réchauffer tous les deux.

Les frissons de son ami diminuèrent et ce fut juste eux deux se réchauffant dans leur petite couverture contre le froid.

— Skip?

— Oui?

— Ça… tu ne vas pas… tu sais… dire que je suis bizarre ou autre chose ?

Il fronça les sourcils dans l'obscurité et recommença à lui caresser les cheveux.

— Non, dit-il simplement.

— Non? répéta Richie en levant les yeux afin de le regarder avec curiosité.

Skip secoua la tête, se souvenant de son ami, nu et un peu vulnérable.

— Tu… tu es beau, dit-il, se sentant stupide. Je ne dirais rien qui… tu sais. Qui te ferait sentir que c'était mal.

La caresse de Richie sur sa joue était inattendue et tendre.

— C'était bon, n'est-ce pas? demanda-t-il d'une voix emplie d'étonnement.

— Oui, acquiesça Skip. C'était…

Il tourna la tête et embrassa la paume de son ami, goûtant la semence dessus, ne sachant pas exactement à qui elle appartenait. Il lécha un peu et se retourna vers lui.

— C'était vraiment bien, Richie, dit-il timidement. Je… je n'ai jamais ressenti cela auparavant.

Le jeune homme sourit comme s'il lui avait fait un grand compliment, puis il s'allongea à plat contre sa poitrine. Skip tira la couverture plus haut sur ses épaules afin de mieux le garder au chaud.

— Tu es fatigué? demanda Richie, paraissant déconcerté.

— En fait, j'ai des biscuits et du lait, répondit-il. Veux-tu regarder la télévision dans mon lit? On pourrait se glisser sous les couvertures parce qu'il y fait plus chaud.

Il n'avait pas encore allumé sa chaudière et il devait le faire.

— Ça ne posera pas de problème que nous mangions des biscuits et du lait au lit? demanda Richie qui affichait à présent le sourire taquin d'un petit garçon.

28

— Pas si nous nous comportons en adultes, répliqua-t-il en lui retournant son sourire, se sentant tout à coup idiot et heureux.

Richie posa sa bouche sur celle de son ami et lui donna un petit baiser rapide. Skip ouvrit ses lèvres et le lui rendit et pendant un moment, leur baiser menaça de devenir plus intense, mais Skip eut brusquement envie de lumière, de télévision, de biscuits et de rires, parce que ce qui promettait de devenir plus intense prenait de la force.

Il se recula et déposa un baiser sur la tempe de Richie.

— Il y a un bon programme à la télévision ce soir, marmonna-t-il. Regardons-la, d'abord. Ensuite, tu sais…

— Deuxième round ? demanda Richie avec espoir.

— Oui.

Cela sembla être ce dont son ami avait besoin. Il piqua un baiser sur les lèvres de Skip encore une fois et se leva, laissant la couverture glisser avec lui.

Skipper se leva et l'enveloppa autour des épaules de Richie, puis il enfila son sous-vêtement.

— Va t'installer et trouve-nous un bon programme, dit-il en le faisant tourner avant de le taper gentiment sur les fesses. Je vais nous chercher de quoi manger.

Sa cuisine était petite et banale, sauf les carreaux de la crédence avec leur motif misérablement atrocement jaune, or, citron vert, qui donnait envie de vomir à la majorité des gens dès qu'ils le voyaient. Pour une raison inconnue, il voulait sauter la discussion inévitable autour d'atrocité dans sa cuisine – il voulait que cela reste agréable.

Il sortit la boîte de biscuits, des serviettes en papier et servit une grande tasse de lait qu'ils pourraient se partager.

Mais s'il ne veut pas partager une grande tasse ?

Il vient juste de prendre ton sexe dans sa bouche… Il deviendrait pointilleux, maintenant ?

Mais les gens ont des préférences !

S'il n'apprécie pas, il te le dira. Tu pourras lui donner une autre tasse.

Je veux juste que ce soit…

Quoi ? Parfait ? Différent ? Que voulait-il de l'homme actuellement enfoui sous son édredon et surfant sur les chaînes de son téléviseur mural ?

29

— Skip ? Dépêche-toi ! J'ai mis sur pause, mais ils sont déjà arrivés à la partie où les deux hommes se querellent dans la voiture. C'est le meilleur moment de l'épisode !

— J'arrive ! Est-ce que tu veux ta propre tasse pour le lait ?

— Non, nous pouvons partager.

Des petites choses. Des choses parfaites. C'était étrange que les plus petites choses rendent parfait ce dont ils ne parlaient pas.

— Des Oreos Citron ? demanda Richie lorsqu'il entra dans sa chambre.

— J'ai des cookies au chocolat si tu préfères, dit Skip en entrant dans la chambre.

Il se dirigea vers le lit et replaça la housse. Sa literie était marron et bleu jusque dans les draps en flanelle et il était assez certain que des miettes s'y cachaient.

— Non, non… c'est juste inhabituel.

— Oui, eh bien, je pensais qu'ils seraient comme les cookies des scouts, tu sais, ceux au citron ?

Richie fit un « Oooh » avec ses lèvres et Skip dut se retenir de le fixer avec fascination. Ces lèvres… Elles étaient douces et pleines. Comment n'avait-il jamais remarqué que ces lèvres faisant cette forme étaient… ?

Son sexe commença à se gonfler de sang dans son caleçon.

Oui, elles lui avaient fait ça. Les lèvres de Richie et la pensée de ce qu'elles venaient de lui faire l'excitaient. Ses mains étaient pleines sinon il aurait dû s'arrêter et s'ajuster. Il réussit à tout équilibrer jusqu'à ce qu'il soit dans le lit, puis il remit le lait à son ami et plaça les biscuits entre eux.

Richie jeta un coup d'œil négligent sur lui puis il aperçut le sexe à moitié dur de Skip tentant de s'échapper de son caleçon et il le déshabilla du regard.

— C'est impressionnant, dit-il sans ambages. Qu'est-ce qui s'est passé ?

— Ta bouche, répondit Skip, en rougissant.

Richie rougit entre ses taches de rousseur et il sortit un biscuit du paquet avec un soin minutieux.

— C'est, hum…

Il poussa le gâteau dans sa bouche et sourit ensuite à Skip avec des joues bombées.

Skip se mit à rire, ne sachant pas s'il essayait d'être cochon, mais il était assez certain qu'il essayait d'être drôle parce qu'il ne savait pas quoi dire.

— Pousse-toi… Ils vont tout faire exploser et c'est ma deuxième partie préférée.

Ils s'installèrent et Richie appuya sur Play. À part le fait qu'ils étaient en sous-vêtements et dans le lit, c'était comme lorsqu'il était venu passer un autre vendredi soir. Hazel sauta au pied du lit et ronronna, et les deux hommes commentèrent la série télé, épaule contre épaule.

— Hé, le petit type a réussi à prendre le volant, n'est-ce pas? dit Richie.

— Oui, ça craint vraiment que l'autre type conduise. C'est sa voiture.

— Une question de pouvoir, accorda son ami, la bouche pleine de biscuits. Le grand gars veut avoir la plus grosse queue, alors il conduit.

— Humm, marmonna Skipper qui n'était pas d'accord. C'est plus que ça. Tu vois, l'homme plus grand est censé s'occuper de tout. Il veut s'occuper de l'homme plus petit… C'est comme ça qu'il a été élevé.

— Le petit mec peut s'occuper de lui-même! s'exclama Richie en riant, répandant des miettes sur la couette avant de se dépêcher de les essuyer.

Skipper leva les yeux au ciel et lui tendit une serviette qu'il prit.

— Oui, mais le grand, ce n'est pas seulement parce qu'il est grand. Il est… comme, tu sais. Forces spéciales. Un commandant. Tout le monde le regarde et il essaie aussi de prendre soin du type plus petit. C'est comme moi lorsque je ne laisse pas Hazel sortir. Ce n'est pas ce qu'elle veut vraiment. Ce qu'elle veut vraiment, c'est rester ici, faire ses besoins dans sa litière et avoir sa pâtée trois fois par jour. Le type plus petit, il peut s'occuper de lui-même, mais peut-être qu'il veut que l'autre homme le protège. C'est difficile pour lui d'une certaine manière, tu vois?

La publicité arriva à ce moment-là et Richie appuya sur pause.

— Difficile comment? demanda-t-il.

Skip regarda la télévision. Une femme était figée sur l'écran, montrant ses fesses minces moulées dans un jean serré, mais il n'avait jamais été intéressé par ce genre de choses.

— Euh… Eh bien… Dans la série télé, il a divorcé et sa femme lui a caché sa grossesse et tu connais cette série. Tous les membres de la famille vont être kidnappés.

Richie réfléchit à cela, puis il se pencha et leurs bras nus se touchèrent. Il déplaça ses jambes et leurs mollets s'enchevêtrèrent.

— Et, euh, en dehors de la série ?

Skip déglutit et fixa la main de son ami posée sur la couette entre eux. Il tendit timidement la sienne comme s'ils ne venaient pas juste d'être nus, n'avaient pas posé leurs bouches sur certains endroits dans le salon et n'avaient pas joui sur son canapé. Il tendit un doigt et caressa la courbe entre le pouce et l'index de Richie, notant comment celui se contenait en attente de la caresse.

— Peut-être que la famille de l'homme plus petit est un peu méchante avec lui, dit-il en pensant aux fois où il avait rendu visite à Richie dans la casse automobile de ses parents.

Il n'avait pas voulu s'immiscer. Beaucoup de voix criardes, sa famille disant à son ami qu'il était petit, faible et stupide.

— Peut-être que le grand type veut simplement ne pas laisser cela se reproduire.

Richie ferma son poing autour du doigt de Skipper.

— C'est vraiment… comment dit-on déjà ? Tu es vraiment galant. Mais ne t'inquiète pas. Le petit gars, il peut conduire sa propre voiture, prendre soin de lui. Il l'a fait pendant des années.

Skip récupéra son doigt et couvrit la main de son ami avec la sienne.

— Oui. D'accord. C'est pour dire que ce n'est pas toujours parce que le grand mec veut avoir la plus grosse queue.

À sa grande surprise, Richie appuya sa tête contre son épaule.

— Nous savons déjà que tu as la plus grosse, Skip. Je sais que tu n'as rien à prouver.

Le cerveau de Skip court-circuita. Il n'avait pas vraiment *vu* le sexe de Richie en pleine lumière, gonflé et coulant goutte à goutte, serré dans un poing. Brusquement, il en voulait beaucoup plus.

Mais son ami *s'appuyait contre lui* et leurs mains se touchaient toujours. Skip décida de profiter de leur moment ensemble et il entrelaça ses doigts dans les siens. Richie utilisa son autre main pour frapper Play sur la télécommande.

Leur bavardage sur la série télé se calma et se devait être la seule chose qui maintenait Richie éveillé parce qu'avant que l'épisode se termine, Skip sentit un doux ronflement contre son épaule.

Il sourit doucement. Après avoir vérifié que la tasse de lait était vide et en sécurité sur l'autre table, il posa le reste des biscuits sur la table de nuit la plus proche de lui. Il éteignit le téléviseur et la lumière, tout cela sans déranger ce doux ronflement.

Ensuite, prudemment, très prudemment, Skip glissa vers le bas et roula sur son côté, poussant Richie jusqu'à ce qu'ils se retrouvent allongés, son bras sur le torse de son ami.

— Nous allions faire le deuxième round, grommela Richie

— Nous pouvons faire ça demain, le rassura Skip en caressant sa nuque. Je ne vais nulle part.

— Bien, répondit Richie en prenant sa main et l'embrassant, le laissant stupéfait et le souffle coupé dans l'obscurité. Je ne sais pas ce que je ferais sans notre Skip.

Ton Skip, Richie. Être le capitaine de l'équipe a moins d'importance, d'une certaine manière, que ce qui se passe juste ici.

Mais il ne dit rien.

Richie dormait dans ses bras, dans son lit. Il n'aurait jamais rêvé de ça une semaine auparavant… eh bien, en avait-il rêvé? Dans l'obscurité, un nouvel amant contre sa poitrine, il se demanda intérieurement s'il n'en avait jamais rêvé.

Je… Je voulais être avec lui. Je voulais le regarder. Je…

Une image de Richie datant de cet été, traversant le terrain, ses deux mains levées, tenant son maillot et poussant un cri de victoire tandis que le soleil irradiait son corps nerveux d'un beau rose pâle, traversa son esprit.

J'ai vraiment, vraiment aimé regarder…

Il se souvenait de ce moment, du désir de le toucher nouant son estomac. Ils s'étaient étreints, avaient hurlé et s'étaient claqués dans le dos les uns les autres, mais lui…

Je me souviens de sa hanche poussant contre ma cuisse. Je le voulais tellement. Je voulais l'étreindre jusqu'à ce que toute notre peau soit en contact. J'ai dû me forcer à me dégager, à sauter partout, à étreindre les autres gars parce que je ne sentais que leur sueur.

Mais pas Richie. Il était déjà spécial, même alors. Oui, quelques gars étaient venus chez Skip un vendredi soir pour regarder la télévision. Certains l'avaient aidé durant l'été pour aménager la cour arrière. D'autres avaient même demandé s'il avait des décorations pour Halloween et Thanksgiving. Mais Richie savait tout cela. Il savait ce qu'il faisait pendant son week-end. Il lui envoyait des vidéos You Tube stupides pendant la semaine.

Il connaissait sa mère.

Cette chose, cette interaction chaleureuse, humaine et vivante couvait entre eux depuis un bon moment, n'est-ce pas ?

— Deuxième round, grogna à nouveau Richie.

Skip l'étreignit et le serra suffisamment fort afin de se trouver lui-même.

— Je serais toujours là demain matin, chuchota-t-il avec émerveillement.

C'était vrai parce que ce moment-là n'était pas un coup d'un soir, un truc merdique dû au hasard. Ce qui vivait entre eux ne changerait pas pendant la nuit, ne changerait pas du jour au lendemain parce que cette chaleur, cette électricité passant directement de la peau de Skip à celle de Richie, et inversement, était déjà en *construction* auparavant. Le moment où Richie l'avait regardé et avait dit : *Oui ! Bien sûr ! Jouons en ligue amateur*, avait été la première pierre de cela six ans auparavant.

Ou peut-être que la fondation avait débuté avant, lorsque Skip avait voulu trouver quelque chose, n'importe quoi, pour impressionner son nouvel ami, pour changer des cours tristement prosaïques de l'institut de Sciences et Technologie.

Cela ne disparaîtrait tout simplement pas. Cela respirait et murmurait contre sa poitrine et soupirait dans ses bras. C'était Richie et lui comme ils l'avaient toujours été, juste un peu plus nus à présent.

MATINS D'APRÈS.

DANS UNE série télé, ils se seraient tous les deux réveillés dans la matinée et auraient été horrifiés d'avoir dormi avec un homme, mais le sommeil ne fonctionne pas vraiment comme ça. Richie s'était levé au milieu de la nuit pour se rendre aux toilettes et Skip avait roulé sur l'autre côté. Richie s'était emboîté en cuillère derrière lui et ils s'étaient rendormis. Un peu plus près de l'aube, Skip avait fait la même chose et lorsqu'il était revenu vers le lit, son ami s'était tourné, prêt à ce qu'il dorme en cuillère contre lui.

Skip ne pouvait pas oublier qu'il dormait avec cet homme. Son odeur imprégnait ses rêves, la caresse de sa peau glissait sur son corps comme de la soie, même dans la partie la plus profonde de la nuit, au moment où les rêves ne dérangeaient pas l'inconscient.

Il ouvrit les yeux dans la matinée et étala immédiatement sa main sur l'estomac de Richie, apprenant la sensation de la dureté de chaque petite crête de muscle avant même que son cerveau crie pour un café.

Richie marmonna et son corps ondula dans un mouvement qui était en même temps une réponse et un étirement. Skip fit glisser sa main plus bas jusqu'à l'élastique du caleçon de Richie et il sentit le renflement de son sexe sous le coton.

Sans le vouloir, il laissa échapper un long gémissement qui remonta tout son corps et il se pelotonna encore plus contre le dos de son ami, se nicha dans son cou et lécha l'arête de son épaule. Il traça ce renflement avec l'ongle de son pouce, pensant qu'il était beau, chaud et vivant sous ses doigts. Sa paume le démangeait de le saisir pour le caresser et lorsqu'il enfonça sa main sous le sous-vêtement, Richie lâcha un petit « Ouiii » essoufflé et se poussa dans sa main.

Oh... Les hanches de Skip ne voulaient pas rester immobiles.

Cette chaleur, la peau douce qui l'entourait... Il connaissait cette sensation, ayant déjà eu son propre sexe dans sa main lorsque l'humeur l'en prenait, mais Richie était... mieux, en quelque sorte.

Il le saisit à la base et remonta lentement jusqu'au gland et son ami se poussa contre lui, se livrant complètement à tout ce qu'il voulait faire. Skip voulait caresser en premier, sentir la chaleur incroyable des épaules de son

35

ami contre sa poitrine nue sous les couvertures. Il voulait frotter ses lèvres contre l'oreille de Richie, en tracer le bord.

— C'est bon? murmura-t-il au creux de celle-ci

— Si bon, souffla-t-il.

— Veux-tu que je goûte?

Le bruit que fit Richie en réponse était… cru, charnel et avide. Il souleva ses hanches et Skip ajusta son emprise pour que son membre glisse dans sa main.

Il se déplaça, descendit sur le lit, suivant le même chemin que Richie la veille, la couverture formant un cocon vert forêt sur sa tête.

Le jeune homme tendit la main, caressa les fesses de Skip dans son caleçon, puis passa sa main sur son flanc.

— Déplace-toi, dit-il. Je veux te caresser.

Skip refusa. Oh, waouh. Il était concentré sur son but. Il voulait jouer, goûter, apprendre ce qui excitait son compagnon et il ne pourrait pas le faire avec le contact brûlant de Richie sur son corps.

— À mon tour, dit-il avec une inspiration.

Même dans la pénombre des couvertures il voyait le liquide séminal imprégnant le gland. Cela avait l'air magique et il passa sa langue dessus pour le goûter.

Mmmm… amer et terreux. Les femmes étaient habituellement douces. Il n'avait jamais rechigné au goût d'une femme, mais il n'avait jamais ressenti une si grande envie de cette saveur magique sur son palais. Il tendit sa langue et lécha la fente, jouissant du poids des mains de Richie à travers la couette. Plus. Il en voulait plus.

Il couvrit ses dents avec ses lèvres et aspira le sexe de son ami jusqu'à qu'il heurte son palais.

Il ne s'étouffait pas, pas jusque-là, alors il déglutit autour de du sexe envahisseur et en prit un peu plus. Oh, bon sang, c'était *facile*. Un saut tel que celui-ci, d'avoir son sexe sucer par un autre homme à en avoir un dans sa bouche, aurait dû être effrayant, mais ce n'était pas le cas. Il le voulait. Il en avait *besoin*. Il descendit sa main vers les testicules de Richie et le suça un peu plus profondément.

Un son guttural émana de Richie, il souleva les couvertures et Skip, la bouche pleine de son sexe se retrouva en plein soleil. Ce dernier se recula, suçant sa salive dans le mouvement et il tourna la tête sur le côté, souriant timidement, ses lèvres brillant certainement.

— Je ne te fais pas mal, n'est-ce pas?

— C'est très bon, répondit-Richie les yeux écarquillés, secouant la tête avec une révérence terrifiée. Tu vas me faire jouir, tu es certain que tu ne veux pas...

— Je te regarde, l'interrompit Skip.

Bien sûr, il le voulait, mais il préférait s'occuper de Richie, cette fois-ci.

— Ta queue est si belle, Richie. Elle est *énorme* et rose. On dirait celle d'un type qui fait du porno, toute raide et veineuse.

Il sourit un peu et lécha la veine sur l'arrière comme s'il léchait une coulure de glace sur un cône.

Richie serra ses doigts dans les cheveux de son compagnon, la piqûre excitant Skip.

— Tu... tu aimes ma queue ? demanda-t-il à bout de souffle.

Skip l'aspira dans sa gorge en allant un peu plus loin que la fois précédente, puis il recula pour inspirer.

— J'aime tout ton corps, affirma Skipper, refusant cette timidité.

Il laissa ses doigts suivre la ligne de poils couleur cannelle partant du nombril de l'homme allongé jusqu'au petit buisson bouclé de son aine. Les fesses de Richie se soulevèrent du matelas comme s'il ne pouvait pas les contrôler et elles restèrent levées pendant un moment tandis que Skip jouait.

Puis il le prit à nouveau dans sa bouche, faisant coulisser ses doigts en même temps, cette fois-ci. Il ne descendait pas jusqu'à la base, mais comme il se servait de son autre main pour caresser ses testicules, il comprit que son amant n'y ferait pas attention.

Ses hanches de Richie retombèrent et remontèrent et Skip enroula ses doigts autour de la base de son sexe afin de mieux le stabiliser pendant que Richie baisait sa bouche.

Bouche baisée. Cheveux tirés. Gorge profonde.

Des mots sales, des mots cochons, mais Skip s'en délectait. Il faisait cela et Richie murmurait d'une manière incohérente, le suppliait, l'exhortait, donc il devait le faire bien.

Richie écarta ses jambes, plia les genoux, appuya ses pieds contre le matelas et Skip s'aperçut qu'il avait accès non seulement aux testicules, mais aussi à... Oooh... le pli entre ses cuisses, la fente entre ses globes fessiers et au-delà.

Tout le monde savait que les homosexuels pratiquaient le sexe anal... C'était ce qu'ils étaient, n'est-ce pas ? *Homosexuels.*

Le mot *Homosexuel* le rendit encore plus dur que les mots *bouche baisée*.

Il poussa vers le bas sur la hampe de Richie et glissa son doigt derrière les beaux testicules velus. Il avait juste eu le temps de caresser la peau douce, de se glisser derrière et de taquiner l'entrée entre ses globes fessiers lorsque son ami gémit.

— Aah ! Skip ! Je ne peux pas tenir... Je vais jouir. Je dois jouir !

Skip était prêt.

La semence frappa ses dents, sa langue, le fond de sa gorge. Il avala et suça plus fortement, laissant Richie jouir pendant qu'il avalait.

L'amertume ne lui donna pas la nausée et le membre de Richie... oh, il aurait pu l'aspirer encore plus, il aimait tellement ça.

Richie convulsa autour de lui, ses genoux remontant, ses bras s'enroulant autour de la tête de Skip.

— C'est sensible, Skipper, murmura-t-il.

Skip le relâcha immédiatement, posant sa tête sur le ventre de son compagnon alors que tous les membres de celui-ci se relâchaient à la suite du l'envolée de son orgasme.

Skip regarda le visage de Richie avec émerveillement tandis que ses propres hanches ondulaient contre le matelas.

— Là, dit Richie en le poussant afin qu'il se mette à quatre pattes avant de bouger afin que sa tête soit plus proche des hanches de Skipper.

Il était visiblement rassasié parce qu'il passa simplement sa main derrière Skip qui se tenait immobile et vulnérable, les fesses en l'air, son visage près du sexe de Richie. Ce dernier caressa doucement ses fesses, faisant de petites incursions espiègles sous son estomac.

— Je sais que nous avons un match et que nous irons faire des courses après. Mais, après le match, peut-être... si je me lave vraiment bien, tu... voudrais-tu lécher mon cul, Skip ? C'était vraiment bien ainsi, mais je te veux en moi... Tu crois que ça ira ?

Il ponctua le « ira » en enroulant son poing ossu autour de l'érection de Skipper. Celui-ci enfouit son visage dans l'aine de Richie et il réfléchit à l'idée de baiser son ami.

— Ce serait génial, gémit-il, ses lèvres frôlant les poils roux de Richie.

Ce dernier rit doucement, un rire salace et il le caressa, jouant avec le liquide séminal gouttant de son gland.

Ce fut suffisant. Skip convulsa et jouit en s'effondrant sur le lit.

— Skip? murmura son ami lorsque le jeune homme put entendre autre chose que le martèlement de son cœur.

— Oui?

Il leva les yeux et vit Richie qui léchait ses doigts, la semence coulant en rubans dessus. Il aspira le sperme, un doigt à la fois et les laissa propres.

— Nungh…

— Oui, répondit Richie avec satisfaction lorsqu'il eut fini.

Il caressa les cheveux de Skipper avec sa main humide et ils se fixèrent dans les yeux pendant un moment. Seuls leurs regards parlèrent dans la calme chambre ensoleillée.

SKIP NE se souvenait absolument pas d'avoir bougé après cela, mais ils avaient dû le faire. Il avait envoyé Richie prendre une douche pendant qu'il cuisinait des œufs au fromage et des toasts pour eux deux, et il avait un souvenir clair de son ami avec ses cheveux mouillant le col de son maillot de corps, mangeant ses œufs et tachant son tee-shirt propre.

Il s'était avancé, une lingette humide à la main et avait ôté les taches, puis Richie l'avait incité à prendre sa douche afin qu'ils puissent partir et perdre le match de football puis aller faire des courses.

Ils partirent dans la voiture de Skip et aucun d'eux ne donna d'explications sur le fait qu'ils arrivaient ensemble. Richie avait passé de nombreuses nuits sur le canapé de son ami… Personne ne se poserait de questions.

Mais cela ne voulait pas dire que Skip pensait que personne ne les remarquerait. Richie devait y avoir pensé, lui aussi, parce que lorsqu'ils arrivèrent au parking du parc Tempo, il regarda son ami avec beaucoup de sérieux, refusant d'écouter sa chanson préférée de Milky Chance.

— Personne ne doit savoir, dit-il calmement.

Skip déglutit et essaya de ne pas s'imaginer tenant la main de Richie alors qu'ils sortaient de la voiture ou l'embrassant pendant qu'ils feraient le tour du terrain parce qu'ils avaient gagné.

— Je ne pense pas que… commença-t-il avec espoir.

Mais Richie le coupa en secouant la tête.

— Peut-être que personne ne voudra participer au tournoi d'hiver s'ils découvrent que nous sommes homosexuels, déclara-t-il sérieusement. Nous aimons tous jouer. Ils n'ont pas besoin de le savoir.

Skipper hocha la tête, absurdement blessé.

— Non, dit-il.

Cependant, il posa sa main entre les sièges et la tourna de façon à ce que le dos de celle-ci repose sur le porte-gobelet et il regarda Richie d'un air significatif.

Ce dernier déglutit, sa bouche se tordant un peu. Puis, il reposa sa paume contre la sienne et entrelaça leurs doigts.

— Nous savons, murmura-t-il. Tout ira bien.

— Oui.

Bien.

IL S'INQUIÉTA, cependant, jusqu'à ce que Scoggins, McAllister et lui soient alignés sur le terrain. L'équipe et lui saluèrent, coururent et firent les exercices tandis qu'il évaluait l'autre équipe pendant l'échauffement, et il douta chaque fois qu'il tapotait les fesses ou le flanc de quelqu'un ou le frappait sur l'épaule. Avait-il fait la même chose aussi souvent à Scoggins ? En avait-il fait moins ? Quelqu'un verrait-il une différence ? Savaient-ils ? Pouvait-on dire rien qu'en voyant le joueur roux grimaçant nerveusement face à l'équipe adverse que quelques heures auparavant, Skip avait aspiré son sexe épais dans sa bouche et qu'il avait aimé ça ?

S'il continuait à penser ainsi, il aurait une érection, donc, il ferait peut-être mieux de laisser tomber.

Mais dès qu'ils furent alignés, sautillant sur l'herbe humide pour éviter que leurs muscles se refroidissent, leurs corps chauds fumant faiblement dans l'air matinal froid, il oublia tout ce que Richie et lui avaient fait au cours des dernières quarante-huit heures.

C'était son équipe, le ballon et les adversaires. Que Dieu aide tous ceux qui se mettraient sur leur chemin.

Il s'était attendu à perdre ce premier match et à être évincé du tournoi, puis à avoir le reste de la journée et… Richie… pour lui.

Il ne s'attendait pas à ce que Scoggins marque le but de la victoire une minute avant la fin du temps réglementaire, le frappant si proprement dans le filet qu'il passa juste à côté des mains du gardien alors qu'il se jetait pour l'intercepter.

Il ne s'était pas attendu à ce que son ami et l'équipe fassent la danse de la victoire, le froid oublié tandis que McAllister soulevait Richie, l'installait sur ses épaules et faisait le tour du terrain.

40

Il regarda Richie Scoggins chevaucher un autre homme et fut surpris par le nœud de jalousie maléfique qui tordit son estomac.

Il rejeta ce sentiment de toutes ses forces et appela l'équipe pour planifier la suite.

— Je pensais que nous allions perdre, dit-il.

Ils hochèrent tous la tête avec sobriété parce qu'ils l'avaient pensé aussi.

— Quoi qu'il en soit, nous devons envoyer quelqu'un faire des courses et acheter plus d'eau, des fruits secs et d'autres trucs et nous nous entraînerons sur le terrain vide après. Vous êtes tous partants ?

Scoggins saisit les clés de Skip qui sortit son portefeuille pour lui donner de l'argent, mais son coéquipier refusa d'un geste de la main.

— C'est toujours toi qui paies, Skip… laisse ces pingres payer un peu pour une fois !

Il s'éloigna, évitant ses yeux pendant qu'il collectait l'argent, mais Skipper sentit quelque chose se réchauffer en lui.

Chevaucher les épaules de McAllister ? Ce n'étaient que des trucs habituels des matchs, mais la collecte pour la cagnotte ? C'était Richie protégeant ses arrières.

Cela rendit le jeu beaucoup plus facile après. Skip occulta complètement tout à propos d'être homosexuel et il se concentra sur le jeu.

Et ils gagnèrent le *deuxième* match aussi.

— Eh bien, merde, déclara Skip à cette occasion alors qu'ils se réunissaient à nouveau.

Ils le regardèrent tous en état de choc et il leur répondit par une grimace de bonne humeur.

— Halloween est demain et je n'ai pas de décorations ! Je dois les acheter ce soir et je suppose que je les installerai demain après le match.

Ses coéquipiers ne semblèrent pas impressionnés

— Nous *gagnons* vraiment et tu deviens fou parce que tu ne pourras pas *décorer* ta maison ? siffla Singh, les yeux plissés de confusion.

— Oh, non, répliqua Skip. Je vous informais, c'est tout.

— Mec, il te reste juste assez de temps. Il est quinze heures, c'est ça ? Oui, Scoggins et toi pouvez courir au magasin, acheter ce qu'il te faut et il te restera encore du temps pour installer tout avant qu'il fasse trop sombre. Tu ne veux pas avoir un Halloween sans décorations et bonbons. Les enfants vont te détruire si tu n'es pas préparé.

Skipper lui sourit. Jefferson vivait encore avec sa mère – surtout pour pouvoir l'aider – mais même sans cela, il était une bonne pâte.

— C'est de ça que je parlais. D'accord, les gars, n'oubliez pas qu'on « recule » demain. Réglez vos réveille-matin avant de vous coucher ou vous serez vraiment énervés lorsque vous arriverez tôt et que personne ne sera là pour s'entraîner.

— Oh, bon sang, merci, Skip, de surveiller nos arrières !

Avec cela, l'équipe se dispersa, laissant Skip et Scoggins se dépêcher de parcourir la colline en sueur sous leurs pulls à capuche, se retrouvant rapidement glacés sous le vent d'octobre.

Ce fut à ce moment-là, alors qu'ils pressaient le pas vers sa voiture, que Skip eut tout ce qui lui manquait. Le vent giflait leurs visages, ils venaient de gagner deux matchs, leur week-end s'annonçait amusant et il voulait vraiment tenir la main de Richie.

Il se contenta de ce qu'ils feraient plus tard, après les décorations, le dîner, les biscuits et la télévision, lorsque ce serait son ami et lui, seuls et ensemble dans le lit.

— Eh, Skip ! s'exclama Richie en pointant du doigt les poupées effrayantes habilement cassées et décoiffées, fixant l'espace avec des yeux vides à travers des masques de faux sang. Prenons un tas de celles-ci et accrochons-les à ton arbre !

Skip regarda la décoration macabre et fit la grimace.

— C'est un peu cher, Richie. Je dois encore décorer pour Thanksgiving et il me faut trois ornements pour Noël. Peut-être que nous…

— Ooh ! Je sais ! s'écria Richie en sautillant. D'accord… Tu prends les pierres tombales, la lumière stroboscopique et le machin fantôme. Je reviens tout de suite. Je vais au magasin à un dollar. Nous avons fini ici, n'est-ce pas ?

Skip hocha la tête et son ami décolla, ses pieds frappant le sol comme s'il avait douze ans au lieu de vingt-cinq. Merde, ce genre d'enthousiasme était contagieux.

Il acheta ses décorations et ajouta au dernier moment une toile d'araignée géante et un masque de Frankenstein. Richie l'attendait à l'extérieur lorsqu'il sortit avec un sac de Barbie bon marché, de la peinture rouge et de la ficelle de jute rugueuse.

— N'est-ce pas génial ? chantonna-t-il. Cela m'a coûté vingt dollars environ, c'est-à-dire le prix d'une seule de ces poupées dans ce magasin spécialisé. Allez, j'aimerais faire ça avant qu'il fasse trop sombre. Nous devons faire un essai.

— Mais, je n'ai pas acheté les bonbons ! se plaignit Skip. Je dois en avoir ou toute cette décoration souffrira lorsque tous ces petits bâtards détruiront ma cour.

Il avait dû revivre ses souvenirs les moins agréables de sa jeunesse l'année précédente et éteindre les lumières afin de prétendre ne pas être chez lui.

— Eh bien, il faut aussi aller chercher une citrouille, de toute façon. Dépose-moi à la maison, va acheter tes bonbons et tu seras prêt pour demain soir après le match. Ça te va ?

Il hocha la tête, soulagé. C'était probablement idiot, un homme adulte qui faisait une telle affaire pour une fête, mais il n'avait pas eu de maison avec des décorations, des bonbons, une lumière de porche et une normalité depuis le divorce de ses parents.

Brusquement, cette fête s'ensoleillait, et il avait un ami qui l'aiderait à rendre cela parfait et ce ne serait ni triste ni solitaire. Suspendre les poupées dans le petit arbre dans sa cour avant était un coup de génie – les enfants aimeraient (ou détesteraient) ça et ce serait…

Super. Il distribuerait de grosses poignées de bonbons et les enfants continueraient leur promenade en pensant que, oui, l'homme dans la petite maison en brique et stuc était quelqu'un de très bien.

Il n'avait pas eu cela lorsqu'il était enfant et il commençait à se rendre compte, comme à cet instant, alors qu'il regardait Richie excité comme un enfant, combien il voulait des souvenirs comme celui-ci pour lui.

Il était si heureux qu'il soit là pour les partager !

Au moment où la nuit tomba, ils avaient réussi à accrocher toutes les poupées en plastique effrayantes dans l'arbre et à suspendre le fantôme et la lumière stroboscopique à l'avant du porche. Ils étaient tous les deux affamés, donc Skip commanda des pizzas. Elles arrivèrent alors que Richie était enfoncé presque jusqu'à l'aisselle dans la citrouille géante que Skip avait achetée en allant chercher ses bonbons.

Ils mangèrent et continuèrent à travailler sur leur citrouille en alternance et lorsqu'ils eurent fini, Skip l'examina avec des yeux critiques.

— Euh… ce que tu as fait est vraiment bien, Richie, mais je pense que j'ai un peu altéré ce… quoi que ce soit, ce filigrane, autour du bord extérieur.

Ils s'étaient lancés sur un des modèles les plus difficiles du kit de taille et il y avait cette étrange vigne tordue autour de la sorcière sur le chaudron. Skip était convaincu que tout ceci était exagéré. En ce qui le concernait, les citrouilles d'Halloween devaient avoir de grands visages ridicules avec des yeux en forme de triangle comme dans les illustrations bon marché, mais Richie avait insisté. Les plus doués utilisaient des modèles et perforaient la citrouille sur les lignes, puis découpaient les pièces avec de minuscules couteaux dentelés fournis avec le kit. Il n'avait pas discuté avec lui à ce sujet – il s'était tu et avait sculpté ce foutu filigrane.

Richie se positionna à côté de lui, grignotant de la pizza et étudiant le travail d'une manière critique.

— Non, non. Je pense que tu as bien réussi pour une première fois.

Il s'arrêta de mâcher et déglutit brusquement avant de poursuivre.

— Pourquoi est-ce la première fois que tu tailles une citrouille, Skip ?

Skip haussa les épaules et se pencha pour essuyer la citrouille afin de dégager les formes découpées.

— J'avais dans les dix ans lorsque mes parents ont divorcé. Qui mettrait un couteau de boucher dans les mains d'un enfant de dix ans ?

— Oui, mais après ça ? Je veux dire…

Skip regarda par-dessus son épaule et surprit Richie qui fronçait les sourcils.

— Je sais que ta mère était la reine de la vodka, mais tu n'as jamais creusé une citrouille ?

— Non, répondit-il, ne voulant pas en parler.

Mais il soupira en voyant l'air blessé de son ami.

— Elle bénéficiait de l'aide sociale et de la pension alimentaire pour enfants et une fois que j'avais payé le loyer et acheté de la nourriture, il ne restait plus rien. *Maintenant,* je connais tous ces magasins peu coûteux et les magasins à un dollar, mais à l'époque, je n'avais pas de voiture et l'épicerie la plus proche n'était pas bon marché.

— Mais… dit Richie en le regardant, déconcerté. Skip, tu étais juste un enfant. Mes parents se sont séparés et je ne peux pas dire que ma belle-mère soit un cadeau. Mais, tu n'étais qu'un *enfant.*

Ce dernier haussa les épaules, mal à l'aise.

— Eh bien, dit-il. Je ne faisais pas *toutes* les courses. J'avais encore de la peine à paraître assez vieux pour acheter de la vodka.

Richie posa délibérément sa croûte de pizza sur le dessus de la boîte et essuya ses mains. Puis, il se glissa derrière Skip et enroula ses bras autour de sa taille et le serra fort.

Celui-ci eut besoin d'un long moment pour en reconnaître le réconfort.

Il se tourna dans ses bras, prit son menton et l'embrassa. Richie sourit un peu avant que leurs lèvres se caressent.

— Es-tu sûr ? J'ai le goût de la pizza.

Pepperoni et sauce.

Cela n'avait pas d'importance.

Ce baiser semblait différent. Ils étaient tous les deux encore en sueur de leurs deux matchs de football et d'avoir couru pour trouver les décorations, et ils étaient encore couverts de lambeaux de citrouille. Richie avait même une graine collée sur son avant-bras. Ils ne se dirigeaient pas vers le lit, du moins, *Skip* ne voulait pas faire l'amour comme ça, pas ce soir. C'était simplement… chaud. Il s'attarda, le but du baiser étant le baiser lui-même

Richie recula en premier avec un soupir frissonnant avant de se lover contre Skip et de pousser un gémissement pitoyable.

— Allons prendre une douche, dit-il sur un ton bourru. Nous pouvons sauter les cookies et nous coucher. Je n'ai besoin que de toi.

— Oui.

Ils étaient fatigués. *Pas jusqu'à la moelle*, parce que Skip savait qu'il était encore prêt, mais s'ils échangeaient ce genre de baiser dans le lit, l'un d'eux s'endormirait au milieu.

Skip avait des plans pour cette nuit.

— Vas-y en premier, dit-il d'une manière péremptoire. Je vais finir de ranger.

VINGT MINUTES plus tard, Skip sortait de la douche dans sa minuscule salle de bain en se demandant s'il devait prendre la peine de mettre un sous-vêtement. Être nu sous la douche pulsante avait ravivé le souvenir de ce matin, l'expression sur le visage de Richie, le goût de sa jouissance dans sa bouche et il en voulait *plus*.

Il séchait encore ses cheveux avec une serviette et en avait serré une autre autour de ses hanches lorsqu'il entra dans la chambre et vit Richie étendu nu sur le lit, son sexe dans une main et une bouteille de lubrifiant dans l'autre.

— Tu… euh… Allons-nous… bafouilla-t-il en déposant rapidement les deux serviettes.

Richie le regarda, les yeux plissés.

— Je pense vraiment… tenta-t-il avant de poser le lubrifiant et de lâcher sa hampe pour s'asseoir. Ce n'est pas censé faire mal. C'est… c'est censé être vraiment agréable.

Il se recula, leva ses jambes, passa ses mains derrière lui et tira sur ses globes fessiers

— Tu vois ? dit-il d'un ton rauque. Juste là.

Skip ferma les yeux, saisit son propre sexe et pressa une goutte de liquide séminal sur la pointe en frémissant.

— Je sais où se trouve ton trou du cul, Richie, déclara-t-il, ne reconnaissant pas sa propre voix. Je ne vais pas juste te la mettre.

Richie laissa retomber ses jambes et se redressa sur ses coudes en souriant.

— Mais, tu le feras, n'est-ce pas ? dit-il sournoisement.

— Tu veux ? demanda Skip avec un sourire timide en lâchant son sexe.

Le jeune homme hocha la tête et Skip leva la main pour éteindre la lumière.

— Tu n'aimes pas me voir ? s'inquiéta son compagnon en écarquillant les yeux.

— Ce n'est pas ça. Je craignais que tu n'aimes pas me regarder, révéla Skipper en se mordant la lèvre.

Richie secoua la tête et tendit la main dans un geste curieusement plein d'espoir.

— J'aime vraiment te regarder. Je… je ne peux même pas détourner les yeux de toi, parfois.

— C'est vrai ? demanda Skip en acceptant sa main, s'allongeant avec autant d'enthousiasme qu'un chiot. Comme pendant tout l'été, lorsque j'attendais que tu enlèves ton maillot et que tu sois sexy et en sueur. C'est pour ça que je voulais gagner !

— Tu n'enlèves jamais ton maillot, misérable bâtard, répliqua Richie en riant.

Il passa une main sur la poitrine de Skip, s'arrêtant pour frotter son pouce contre un mamelon rose.

— Pourquoi ? demanda-t-il enfin.

Skip se sentit rougir et pas seulement parce que la caresse était un petit plaisir semblant descendre directement dans ses testicules.

— Monsieur Gros, marmonna Skipper.

— Mais non ! s'exclama Richie en le regardant du coin de l'œil.

Il roula sur le côté et aspira un petit morceau de peau de l'abdomen de Skip dans sa bouche

— Nungh !

Oh, bon sang, c'était bon, ça aussi !

Richie joua aussi avec ses abdominaux, ses tétons et les creux de son ventre.

— Tu as des tablettes sans être totalement musclé, mais tu n'es pas gros !

— Je... tu sais..., haleta-t-il en frissonnant d'excitation. L'enfant gros... ne disparaît jamais.

Son compagnon releva la tête comme un chien écoutant des signaux inaudibles.

— Tu n'étais pas gros. Tu m'as montré des photos, une fois.

La seule photo heureuse de sa famille. L'autre photo le montrait au cours de sa dernière année de lycée. Il l'avait payée avec son travail d'après l'école, afin de ne pas être complètement invisible dans l'annuaire. La première pleine de faux sourires et de cols soigneusement repassés et la seconde remplie de graisse et d'acné.

— Tu sais, le gros petit garçon de maman, dit-il en imitant sa mère, essayant de garder l'amertume hors de sa voix.

Richie cessa de jouer avec son ventre, ce qui était très mauvais parce qu'il venait d'arriver à la partie où le sexe de Skip gouttait, réclamant de l'attention.

— Tu es...

Il passa ses mains vers le bas des cuisses de Skip, remonta sur sa poitrine et s'arrêta, encadrant son visage avec ses mains rugueuses.

— C'est comme tu me l'as dit hier soir, Christopher. *Tu es beau.* Tu es... je pourrais te caresser toute la nuit, mais ça m'exciterait trop.

Skip chercha maladroitement ses mots et Richie eut pitié de lui. Il descendit sur lui et engloutit son sexe en une seule fois.

Pendant quelques instants merveilleux et insouciants, il n'y eut que cette chaleur nerveuse, la pression des lèvres de l'un et les gémissements de l'autre faisant écho à l'obscurité derrière ses yeux clos.

— Regarde-moi.

Le souffle de Richie taquina son gland et Skip n'eut pas le choix.

— Tu es tellement… Tellement *excitant*, maintenant, dit-Richie en s'agenouillant afin d'attraper le lubrifiant sous l'oreiller.

Il se mit ensuite à quatre pattes et après avoir fait couler un peu de lubrifiant sur ses doigts, il tâtonna pour atteindre son entrée.

— Attends ! dit Skip en s'asseyant afin de le ralentir, ne voulant pas cependant qu'il arrête la caresse. Juste… plus lentement, Richie.

Skipper se pencha sur le dos de son compagnon et déposa de petits baisers légers sur la colonne vertébrale couverte de taches de rousseur. Richie haleta et Skip continua plus fermement sur ses côtes. Les muscles tendus et secs de l'estomac du jeune homme se contractèrent sous ses doigts qu'il faisait courir de haut en bas, Richie gémissant avec régularité chaque fois qu'il s'aventurait vers son entrée en évitant les taches de lubrifiant.

Skip sépara ses globes et regarda. Le petit anneau rose se serra et se relâcha sous son regard.

Ma queue ne va jamais entrer.

Il avait eu une petite amie qui aimait bien ça et elle était décontractée à ce sujet, lui montrant comment l'étirer, comment s'assurer qu'il ne la blessait pas lorsqu'il entrait. Il l'avait appréciée, beaucoup même. Mais, avec chaque frôlement brûlant de la peau de Richie contre la sienne, il commençait à soupçonner pourquoi ils n'avaient pas pu passer de « apprécier » à « aimer ».

Il écarta un peu plus largement les fesses de Richie et lécha la douce entrée.

Propre… Il avait beaucoup le goût du savon de Skip, en fait, et ce dernier dut cracher trois ou quatre fois de suite afin de ne pas se sentir malade à cause du gel douche ambré. Puis, il lécha à nouveau comme il le voulait et Richie gémit encore plus et enterra sa tête dans l'oreiller devant lui. Skip goûta davantage et plus fort, s'intéressant aux bruits que faisait son compagnon, la manière dont les muscles de ses cuisses tremblaient, les petits murmures incohérents qu'il gémissait dans l'oreiller, dépassant *de loin* l'inconfort dû au goût. Oh waouh… Regardez ce qu'il faisait à Richie !

Celui-ci commença à basculer d'avant en arrière, le suppliant sans précision particulière, juste « S'il te plaît… Oh, bon sang, Skip, s'il te plaît. ».

Skip se recula suffisamment afin de tester l'anneau avec son doigt. Richie haleta et poussa contre lui prenant son doigt jusqu'à la deuxième phalange. Il ajouta un autre doigt, tordit et étira, pas seulement pour entendre son ami bredouiller (même si c'était amusant aussi), mais également pour s'assurer que tout allait bien. Il ne voulait pas le blesser.

— Richie... Passe-moi le lubrifiant.

Skipper s'enduisit généreusement en s'assurant que le lubrifiant était à la température de la peau avant de se positionner.

Richie gémit et se repoussa, le prenant en lui d'une solide aspiration et la vision de Skip s'assombrit.

Oh, bon sang. Oh, merde. Je prends Richie Scoggins et je le veux... Je le veux... Je le veux teeeellllement...

Richie se balança d'avant en arrière, s'agitant et Skip se reprit brusquement.

Il posa fermement sa main sur le bas du dos de son amant et commença à bouger à son propre rythme, sentant la résistance de l'anneau lorsqu'il sortait presque jusqu'à la couronne et appuyait en repoussant. Pousser et reculer. S'enfoncer et sortir, chaque coup faisant exploser ses terminaisons nerveuses comme des feux d'artifice.

— Oh, waouh... Skip, c'est comme... comme... Tellement...

— Magique, dit celui-ci d'une voix rauque.

Puis, il claqua ses hanches en avant parce que si Richie était bon avec les mots, lui était meilleur avec ça.

— Oui ! hurla celui-ci

Skip recommença, encore et encore, poussant durement ses hanches, chaque smack semblable à un cri de plaisir remontant de son gland à ses testicules et à sa propre rosette.

— Je te baise ! haleta-t-il.

— Oui ! Baise-moi !

— C'est si fort.

— *Oui !*

— Si bon...

La voix de Skip s'enroua et quelque chose éclata en lui.

— Si foutrement bon, Richie ! éructa-t-il.

Pourquoi n'avons-nous pas fait cela six ans auparavant ?

— *Ne t'arrête pas* ! hurla Richie.

Skip continua. Encore une fois et encore, plus vite, jusqu'à ce que le glissement de la peau de Richie soit presque hypnotisant, jusqu'à ce que...

— Argh ! Oui. Là !

Skip sortit lentement et tenta de frapper à nouveau ce point.

Puis, encore une fois.

Et…

Richie enfouit son visage dans l'oreiller et cria, son corps entier convulsant autour du sexe de Skip, le serrant en étau dans son canal.

Dans le silence soudain, celui-ci put entendre le gémissement haletant de Richie, puis encore ce son, une sorte de splash.

Sa vision s'assombrit et il jouit – un orgasme énorme. Il jaillit dans Richie pendant ce qui sembla une éternité, le marquant intérieurement irrévocablement comme étant à lui à présent et à personne d'autre. Skip était *cette* sorte d'ami et personne d'autre ne pouvait l'être.

Richie s'effondra sous lui et il tomba sur son dos, tous les deux à plat ventre dans la lumière jaune provenant de la table de chevet, essayant de retrouver la vue, tentant de reprendre leurs esprits.

Son compagnon grogna et Skip essaya de se souvenir comment on bougeait.

— Je t'écrase ?

— Non. Je ne veux pas que tu me laisses.

— Je ne pars pas, marmonna-t-il. Je devrais peut-être me retirer, mais je resterai juste là.

— Cela a-t-il été aussi bon pour toi que pour moi ?

— Bon sang, oui. Tu, euh… voudras-tu essayer un jour ?

Richie s'immobilisa.

— Pas tout de suite, répondit-il d'une voix tremblante. Je savais que tu ne me blesserais pas, Skip. Je ne suis pas certain de ne pas te blesser.

Ce dernier grogna et lécha paresseusement la sueur sur la nuque de son ami. Il glissa sur le côté, sentant la semence couler alors qu'il sortait. Il tira la couette sur leurs corps en sueur, ignorant le fait qu'ils étaient nus. Ils se réveilleraient probablement plus tard, ils iraient aux toilettes et enfileraient leurs caleçons.

Pour l'instant, il éteignit la lumière sur la table de chevet et se recroquevilla, Richie rassasié et épuisé dans ses bras. Quelque chose frappa le lit et il sentit le poids familier d'Hazel s'installant sur ses orteils.

Oh, bon sang. C'était la nuit du changement d'heure. Il avait posé son téléphone sur la table à côté du lit et il sonnerait une heure plus tard que ce matin.

Et il se réveillerait avec Richie serré contre lui et sexy dans son lit.

50

SKIP N'AVAIT jamais pensé qu'il avait beaucoup d'imagination, quelle qu'elle soit. Il pouvait mettre en place des scénarios de football à partir de livres, mais il ne les créait pas lui-même. Il pouvait réparer des ordinateurs, mais n'avait aucune envie d'écrire son propre code ou de concevoir son propre matériel ou logiciel. Mais il lisait, surtout des thrillers et des livres d'espionnage, parce qu'il aimait voir s'ils avaient les bonnes connaissances techniques.

Il avait vu assez de films pour pouvoir envisager une journée parfaite.

Ce dimanche d'Halloween en fut une.

Leur journée débuta lorsqu'il se réveilla avec Richie dans ses bras. Ils n'avaient pas assez de temps pour s'amuser, mais ils s'embrassèrent lentement et longuement comme s'ils se réveillaient toujours dans le même lit, comme s'ils avaient toujours le temps de faire l'amour, comme s'ils avaient toujours été dans les bras l'un de l'autre.

Ils passèrent chacun leur tour sous la douche et cette fois lorsqu'il sortit, Richie avait préparé le café. Ils mangèrent de la pizza froide pour le petit-déjeuner (parce que *la pizza froide*, c'est le top !) et ils se rendirent sur le terrain une demi-heure plus tôt pour s'échauffer. L'odeur du froid, de la fumée de bois et de la brume de mi-automne, tout cela faisait vibrer Skip. Peu importe qu'ils gagnent ou qu'ils perdent, il jouait au football avec ses amis, avec quelqu'un qui se souciait de lui et oui, bon sang, il savait à quoi ressemblait le sexe avec lui.

Et finalement, ils gagnèrent le match.

Cette fois, ce fut lui qui souleva Scoggins sur ses épaules et fit le tour du terrain avec lui. Depuis six ans qu'ils étaient dans ce club, à raison de trois saisons par an, ils n'avaient jamais remporté une seule fois un tournoi.

Skip avait l'impression de voler alors qu'il courait autour du terrain avec son coéquipier sur ses épaules hurlant les bras levés sous le ciel d'Halloween d'un bleu à vous fendre le cœur.

Le soir, Richie se cacha derrière l'arbre et attendit que les enfants les plus âgés s'aventurent jusqu'à la véranda. Dès que le capteur de mouvement activait le fantôme, il surgissait de derrière l'arbre affublé du masque de Frankenstein en rugissant et les enfants courageux qui arrivaient à dépasser cela recevaient des bonbons.

Une toute petite fille déclencha le radar de Richie, mais lorsqu'il sauta et grogna, elle cria :

— Fais-le encore ! Fais-le encore !

Donc, ce n'était pas si mal, après tout. Skipper apprécia cette fillette, il lui donna du chocolat en plus et elle l'offrit à son petit frère qui attendait sur le trottoir dans une poussette.

Richie finit par se fatiguer de faire cela. Il répondit à la porte et hurla, et Skip continua à distribuer les barres de chocolat de toute façon, mais cela ne dura pas longtemps. Richie devait être actif, et poursuivre les enfants était apparemment le sport qu'il appréciait le plus.

Une maman avec un maquillage de zombie, un peignoir rose trempé de sang et tenant un petit zombie tortillant sur sa hanche se mit à rire.

— Votre petit ami est vraiment doué avec les enfants, dit-elle en riant.

Elle repartit avec son enfant agité avant que Skipper ait pu lui répondre. Qu'aurait-il dit ? Que Richie n'était pas son petit ami ? Qu'ils n'étaient pas ensemble de « cette façon » ? Parce qu'ils étaient ensemble comme ça et que cela ne le dérangeait pas qu'ils soient des petits amis.

Mais quoi ? Il allait juste aborder ce sujet ? Stopper Richie alors qu'il pourchassait quelques collégiens à travers son jardin et lui dire : « Hé, je pense que toi et moi, c'est plus qu'un truc de week-end ou baiser lorsque tu restes pour jouer à des jeux vidéo. C'est vrai. Nous sommes des petits amis. Est-ce que tu es d'accord ? »

L'objet de ses pensées trotta vers le porche et enleva son masque en riant encore.

— Je pense que je leur ai donné la frousse de leur vie à ces petits bâtards ! chantonna-t-il. Ils ne reviendront pas pour une triple dose de bonbons, pas tant que je serais là !

Skip voulait rire avec lui… vraiment !

Mais il n'arrivait à penser qu'à une seule chose. *Je veux l'embrasser ! Je veux jeter mon bras sur son épaule et lui demander s'il veut une triple dose de bonbons et entendre son rire salace. Je veux…*

— Skip, quelque chose ne va pas ? Demanda Richie.

Skip chercha ses mots et Richie prit le bol de confiseries dans ses bras.

— Oh, hé ! Tu as encore une quantité astronomique de Bounty… Excellent ! Ce sont mes préférés !

— Oui, il m'en reste encore beaucoup. Il est vingt et une heures, tu crois que d'autres enfants vont venir ?

Richie examina le gentil petit quartier. La plupart des porches étaient encore éclairés et ils pouvaient voir des troupeaux d'enfants se déplacer comme des étourneaux de maison en maison.

— Je dirais qu'il faut attendre jusqu'à vingt-deux heures, dit-il en bâillant. Je serais prêt à aller au lit tout de suite quand même.

Il lorgna Skip avant de continuer.

— Je dois encore m'amuser avant que le week-end se termine, tu sais ?

Son ami hocha la tête, malheureux. Il pensa dire quelque chose à ce propos, puis décida de se taire et se retrouva complètement horrifié lorsque cela sortit quand même de sa bouche.

— J'aimerais que tu n'aies pas à rentrer chez toi.

— Oui, moi aussi, répondit Richie, n'ayant pas l'air horrifié, mais triste.

Ils avaient enfermé Hazel dans la salle de bain, alors ils se tenaient debout dans la porte éclairée. Le monde entier pouvait les voir.

— Tu crois vraiment que je veux quitter un endroit qui sert des pizzas froides pour le petit-déjeuner et des Bounty ? dit Richie en tapotant sa joue d'un doigt replié avec un sourire.

Skip leva les yeux au ciel et ils rentrèrent à l'intérieur pour regarder *Insidious : Chapitre 3* avant que la prochaine fournée d'enfants arrive.

MEMBRES NUS
ET FEUILLES TOMBÉES.

CETTE NUIT-LÀ, ils firent à nouveau la chose, mais c'était différent. C'est comme s'ils avaient poussé hors de leur route les quelques « on baise tout de suite » et qu'ils pouvaient aller plus lentement. Skip fut doux avec Richie lorsqu'il sut qu'il allait jouir, se retirant et laissant son sexe sortir de sa bouche avec un flop et se rafraîchir à l'air. Richie traîna un peu sur la fellation qu'il faisait à son ami, ralentissant lorsque celui-ci l'avertit et bougeant afin que Skip puisse le masturber pendant qu'il le prenait jusqu'au fond de sa gorge.

Ils éteignirent cette fois parce qu'ils étaient tous les deux fatigués et que Richie avait dit qu'il avait mangé trop de chocolat pour faire la chose des fesses. Ce n'était pas grave. Le contact sexuel, l'explosion de l'orgasme derrière les paupières de Skip, le petit gémissement de Richie alors que son visage était enfoui dans la cuisse de Skip, tout cela rendait la journée parfaite.

Mais ils durent se lever tôt le lendemain matin. Leur réveil fut un jeu affolé de « Je suis le suivant » dans la minuscule salle de bain de Skip. L'un se rasa pendant que l'autre allait aux toilettes et l'un se doucha tandis que l'autre se rasait. Ils finirent par s'habiller ensemble, Skip enfilant son polo et son pantalon bronze et Richie mettant son bleu de mécanicien et son jean.

Skip mit un toast dans la main de Richie avant qu'ils sortent. Ce dernier s'arrêta, une main sur la poignée de la porte, son sac de voyage sur son autre épaule et Skip l'attrapa brusquement. Il l'attira ensuite dans un minutieux lèvres à lèvres, sexes durcissant et tétons tendus et malmenés. Il le relâcha ensuite et Richie lâcha la poignée de la porte pour se frotter les lèvres.

— Pourquoi ai-je droit à cela ? s'étonna-t-il.

Skip était déjà échauffé par le baiser, mais il savait que son visage était encore plus rouge.

— Juste… n'oublie pas ce week-end. D'acc'? C'était… tu sais. Comme le meilleur week-end de ma vie. J'en veux un autre.

— Tu en veux un autre ? répéta Richie avec un sourire presque timide.

— C'est d'accord ? dit Skip en se tordant la lèvre.

— Oui. Je… Oui ! s'exclama-t-il avec un sourire émerveillé renaissant sur son visage.

Il posa une main sur la nuque de Skip et il le tira vers lui pour un autre baiser, et cette fois, Skip souriait lorsqu'il se termina.

— Nous allons refaire ceci, n'est-ce pas ? demanda Richie, leurs visages si proches que Skip pouvait sentir son souffle sur ses lèvres.

— Le week-end prochain, promit Skip imprudemment. Nous pourrons sortir au cinéma le vendredi soir. Jouer samedi… Je ne peux pas promettre que nous gagnerons…

— Qui s'en soucie ! répliqua son ami, clairement enchanté. Vendredi ! J'ai une raison pour survivre à cette foutue semaine maintenant ! C'est génial !

Il sortit avant que Skip puisse lui dire qu'il pouvait venir n'importe quand. Chaque jour était un jour où il pouvait traîner sur son canapé, jouer à ses jeux vidéo, se déshabiller et attenter à la pudeur d'un Skip totalement consentant.

Mais ce n'était pas grave, parce qu'ils feraient un truc ensemble vendredi.

Richie trouverait le chemin de sa porte lorsqu'il en aurait besoin, n'est-ce pas ?

À midi, Skip fixait son téléphone comme s'il détenait les secrets de l'univers.

— Skip, murmura Carpenter. Tu as un appel !

Il fixa son bureau, jura et, ignorant son téléphone portable, il décrocha sa ligne de travail et pressa son jouet antistress en forme de cerveau.

— Services Entreprise Tesko Tech ! Skipper à l'appareil. Comment puis-je vous aider ?

— Oh, salut ! Skipper ! Génial ! Je retombe sur vous, quelle chance !

Oh, bon sang. Il leva les yeux au ciel à l'attention de Carpenter et forma les mots « Monsieur Porno Gay » avec sa bouche.

Son collègue fit un geste obscène en utilisant son poing et sa bouche fermée avec sa langue dans sa joue.

Skipper sourit et aida monsieur Porno Gay à régler son problème.

— Nous devrions arrêter de nous rencontrer comme ça, Skipper, dit son client en riant lorsqu'il eut fini. Avons-nous une chance de nous voir autrement ?

Oh, merde.

— En fait, je vois quelqu'un, maintenant, monsieur, dit-il en soupirant sombrement. Et ceci est hautement inapproprié.

— Oh...

Ce son n'était *pas* prometteur parce qu'il ne semblait pas que son interlocuteur soit prêt à raccrocher. En fait, il ne l'était pas du tout.

— Vous voyez quelqu'*un*. Vous n'avez pas dit que c'était une *fille*. Vous avez dit quelqu'*un*. Je trouve cela intéressant. Pas vous ?

— Merci d'avoir utilisé les services de Tesko. Si vous avez des questions ou des plaintes concernant le service que nous venons de vous offrir, n'hésitez pas à composer le numéro fourni par votre manuel de l'employé. Encore merci et bonne journée.

Il raccrocha avant d'ajouter avec passion.

— Sans moi.

— Quel est le problème, Skipper ? Il a du mal à comprendre que non c'est non ?

— Purée, tu pourrais croire que cet homme... Je ne sais pas, comprendrait l'allusion, dit-il en se tournant vers son ami en secouant la tête. Je lui ai dit que je voyais quelqu'un...

— C'est vrai ? s'exclama Carpenter en le regardant avec avidité tout en prenant une grosse gorgée de son eau aromatisée. Raconte.

— Tu agis comme si je n'étais jamais sorti avec quelqu'un, répliqua-t-il en clignant des yeux.

Carpenter leva les yeux au ciel et prit une autre gorgée avant de répondre.

— Ma dernière petite amie date d'un an auparavant. Elle était douce, cela ne la dérangeait pas que je sois gros et elle m'a quitté lorsque son ancien petit ami est revenu parce qu'elle l'aimait encore. C'était très triste. *Ta* dernière petite amie était Ambre. Tu as rompu pour des raisons inconnues, *environ cinq mois* avant que Trisha et moi-même rompions. Le fait que tu aies quelqu'un est une grosse affaire. Allez, mec, tu es mon seul ami qui ne vit pas en ligne. Donne-moi quelques détails de la vie réelle.

Pendant un moment, Skip voulut plus que tout lui parler de Richie. Son collègue *appréciait* les causes politiques libérales. S'il avait dû parier, il aurait misé de l'argent sur le fait que sa vie amoureuse ait changé magiquement de «Ambre» à «Richie» ne l'étonnerait pas plus que cela.

Mais... *Richie* n'avait pas encore dit que qu'ils étaient ensemble et cela le retint. Son ami avait dit qu'ils se verraient pendant le week-end, mais ce n'était pas une admission... d'engagement.

C'était juste «hé, mon pote, qu'est-ce que tu fais le week-end prochain?», «Eh bien, j'ai pensé que nous pourrions essayer de faire à nouveau ce truc de baiser, qu'en penses-tu?», «Cela semble génial, Skip... à propos de baiser à nouveau mon cul!»

Richie et Carpenter se voyaient tout le temps. Ils s'appréciaient. Skip ne *pouvait* pas parler à son collègue au sujet de... la nouvelle, foutue chose, parce que cela ne serait pas juste.

Il regarda encore une fois son téléphone, longuement. Ce serait tellement plus facile si Richie et lui pouvaient juste échanger par texto, de la manière dont Ambre lui envoyait des messages. Quelle idiotie... donner des informations au sujet de ta journée merdique.

En fait...

— En fait, comment sais-tu quand tu dois envoyer un texto à quelqu'un? demanda-t-il pensivement à Carpenter. Existe-t-il une manière de le faire?

— Je ne sais pas, répondit celui-ci en grattant le chaume sur ses joues. Tu vas revoir cette personne?

Skip sourit en se souvenant combien Richie avait été excité.

— Oui, ce week-end. Tu sais, après le match.

Et avant aussi et, bon sang, ne serait-ce pas formidable se pouvoir se voir après l'entraînement?

— Waouh, tu as trouvé quelqu'un qui pourrait graviter autour de ton obsession du football! s'exclama Carpenter en laissant échapper un sifflement bas. C'est sérieux. Tu as abandonné une partie en réseau pour le football, mon ami.

Celui-ci leva les yeux et vérifia sa liste d'appel. Pour l'instant, c'était assez calme et l'heure du déjeuner était proche.

— Viens, allons manger déclara-t-il en tapant son code de coupure et faisant un geste pour que Carpenter fasse de même. Et tu sais, tu pourrais jouer aussi. Ça pourrait être bon pour toi.

— J'ai dû prendre trop de café ce matin. Je pourrais jurer que tu viens juste de dire que je pourrais jouer dans ta précieuse équipe de foot, s'exclama Carpenter, s'arrêtant de frapper son code.

— Pourquoi pas? répondit Skip en haussant les épaules pendant que son collègue finissait d'entrer ses chiffres. C'est une ligue amateur... personne n'est là pour jouer sa peau, tu sais?

— Oui, je suppose que le fait que je sois un gros idiot qui ne *peut* probablement pas se traîner à travers le terrain t'a totalement échappé, dit Carpenter en levant les yeux au ciel.

Skip fronça les sourcils et ils coururent ensemble hors du bâtiment vers la sandwicherie à un rythme honorable. Novembre avait visiblement arrêté les jours ensoleillés et venteux d'automne et inauguré un brouillard bas et les jours froids et humides de la saison. Ah, eh bien, ce serait un peu plus agréable lorsque Skip courrait ce soir après le travail.

— Écoute, puisque c'est un tournoi d'hiver, nous courrons et ferons des exercices jeudi soir. Viens à l'entraînement et apprends à jouer avec nous. J'apporterai mon vieil équipement, ça ira. Nous n'avons eu qu'un seul remplaçant cette saison. Avoir quelqu'un pour remplacer les défenseurs serait génial. Tu peux être celui qui traîne devant le gardien et garde le but vierge.

Carpenter grogna, mais il le suivit alors que Skipper ne traînait pas.

— Est-ce qu'ils me haïront s'ils perdent à cause de moi?

Skip se souvint du moment où il avait tiré pour marquer et que le ballon avait heurté la barre et avait rebondi vers le milieu du terrain. Par un coup de chance, le milieu de terrain de l'équipe adverse l'avait récupéré à mi-hauteur et avait marqué le but de la victoire contre les Scorpions. L'équipe, pratiquement les mêmes gars, avait ri jusqu'à ce qu'ils quittent le terrain.

— Non, répondit-il avec sincérité. Notre équipe n'aurait pas duré longtemps s'ils étaient tous des connards.

Son collègue pantela, souffla légèrement et ralentit alors qu'ils approchaient de la sandwicherie.

— Oui, haleta-t-il en souriant. Pourquoi pas? Dieu sait qu'un peu plus d'exercice ne me ferait pas de mal.

Skip sourit.

Il était heureux d'avoir trouvé un moyen de distraire Carpenter et parce qu'il avait maintenant réellement quelque chose à envoyer par SMS à Richie qui ne soit pas ennuyeux ou pot de colle.

Il sortit son téléphone de sa poche pendant qu'ils faisaient la queue et fut étonné de voir qu'il avait reçu un texto de Richie.

Hé. Comment se passe ta journée?

Bon sang! C'était comme si les nuages et le brouillard s'étaient séparés et que le soleil s'était finalement répandu sur Carmichael.

Pas mal. J'ai convaincu Carpenter de venir s'entraîner avec nous jeudi et peut-être d'être remplaçant samedi.

☹

L'emoji le prit au dépourvu.

Je pensais que nous avions des plans pour samedi.

Eh bien, je lui ai dit que j'avais un rendez-vous après. Il ne s'attend pas à ce que je traîne après.

☺ *Bien. Je suis content d'être ton rendez-vous.*

☺ *Moi aussi. Mais c'est d'accord pour Carpenter, n'est-ce pas?*

Tant qu'il ne passe pas dans la soirée pendant le week-end, la vie est belle.

Skip dut passer sa commande, donc il arrêta les textos et Carpenter et lui discutèrent des exercices qui seraient le mieux adapté pour lui pendant le déjeuner.

Mais à la fin du repas alors qu'ils rentraient un peu plus lentement parce qu'ils étaient un peu pleins tous les deux, Carpenter changea de sujet.

— Alors, à qui envoyais-tu des textos, tu sais, lorsque nous faisions la queue?

Skip fut fier de lui… Il ne rougit pas, ne se troubla pas et, merde, son cœur n'accéléra pas trop.

— Richie… Je l'informais juste que tu jouerais avec l'équipe. Il a dit oui, c'est bien.

— Humm, murmura Carpenter presque pour lui-même. D'accord. Je suis content de savoir que tu as éclairci ça avec ton ami.

— Oui, eh bien, tu sais. Richie est un bon gars. Il est heureux que tu embarques avec nous.

Il n'entendit pas sa réponse et c'était tout aussi bien. Ils étaient un peu en retard de leur pause et ils devaient se dépêcher de rejoindre leurs postes ou ils auraient des ennuis. C'était bien, cependant… Sa principale motivation d'aller à la sandwicherie avait été de pousser son collègue à faire de l'exercice. Il n'avait pas beaucoup de monde dans sa vie. Il appréciait de les aider à rester en bonne santé.

CE SOIR-LÀ, il trouva une autre excuse pour échanger des SMS avec Richie : quelque chose qu'il avait ratée à propos d'Hazel et ils eurent une bonne conversation d'une demi-heure. Il se réveilla le lendemain pour trouver une photo souriante et somnolente sur son téléphone, la photo de Richie au réveil.

Skip lui retourna la faveur et l'image suivante que son ami lui envoya n'était pas aussi familiale.

OH BON SANG !

Quoi ? Tu l'as vu avant.

Pas sur mon téléphone ! Merde, il m'a fait peur. À me regarder avec ce grand œil !

HAHAHAHAHAHAHAHA.

Tu ris, mais j'en ai rêvé. Me l'avoir montré sur mon téléphone était un peu trop réel.

Pas assez réel parce que je ne suis pas là !

Skip soupira.

Et si tu restais le jeudi soir aussi ?

J'aimerais. Ma belle-mère essaie de me caser avec une amie de la famille. Je dois prétendre que c'est une possibilité.

Skip en laissa presque tomber le téléphone.

Skip ?

Skip, tu es là ?

Son téléphone sonna et, cette fois, il le laissa vraiment tomber. Au moment où il le récupéra, Richie radotait à moitié.

— Skip, je ne vais pas sortir avec elle. Je vais juste… Kay a organisé ça et nous dînons simplement tous ensemble après l'entraînement de football, d'accord ?

Skip prit une profonde inspiration avant de répondre.

— Je ne veux pas que tu rencontres quelqu'un d'autre, dit-il simplement, sentant cette jalousie remonter. Je… je sais que ta belle-mère ne sait pas et tu ne veux pas lui dire…

— Pas pendant que je vis encore ici, le coupa hâtivement Richie.

Skip prit une autre profonde inspiration. Son ami avait économisé pour sortir de l'appartement au-dessus du garage de ses parents au cours de la dernière année. Le fait qu'ils facturent un loyer standard à leur fils ne l'avait pas aidé, mais il avait réussi.

— Alors… Après ton départ ? demanda-t-il se sentant pathétique.

— Oui, Skip. Si toi et moi… je veux dire… tu vois ? Pour l'instant, c'est juste ce week-end.

La troisième respiration rapide dut être efficace parce que Skip se calma.

— Oui, dit-il en sentant son cœur ralentir. Pardon. Je ne voulais pas te stresser comme ça.

— Non, répondit doucement Richie. Pas de stress. Tu voulais seulement savoir... tu voulais seulement savoir où nous en sommes, c'est tout.

— Oui, répondit-il, pas sûr de savoir s'ils avaient une meilleure idée maintenant ou pas.

— À propos, dit Richie sur un ton pratique. J'ai aimé que nous n'ayons pas à nous soucier des capotes. Je pense que nous devrions continuer ainsi. Est-ce que ça marche pour toi ?

— Oui, d'accord, répondit-il

Parce que c'était une bonne idée. Même lui le comprenait.

— Je peux gérer ça.

— Bien. Maintenant, raccroche ou nous serons en retard au travail.

— D'acc, au revoir, Richie. On se voit jeudi.

— À jeudi.

Skip raccrocha et prit sa douche, se sentant particulièrement insatisfait. À jeudi ? Quand ils ne passeraient aucun moment seuls ensemble ?

Eh bien, où était le plaisir là-dedans ?

Pourtant, cela ne les empêcha pas de s'envoyer des SMS tous les jours et cela n'empêcha pas son cœur de briller comme un soleil d'automne ambre lorsqu'il voyait le nom de Richie s'allumer sur son téléphone.

LE JEUDI fut une pure torture, à sa manière.

D'un côté, l'équipe fut géniale avec Carpenter. Ils lui donnèrent des exercices et des choses à faire chez lui et ils travaillèrent sur un calendrier de rotation de sorte que le jeune homme puisse relayer un des défenseurs afin que ceux-ci puissent sortir et remplacer le milieu de terrain ou les buteurs. Ce n'était pas un système parfait. Les hommes n'auraient peut-être que trois minutes pour reprendre leur souffle pendant le match... Mais c'était certainement mieux que ce qu'ils avaient maintenant, c'est-à-dire rien, parce qu'ils avaient juste le nombre minimum pour jouer.

McAllister, étant le grand irlandais très marrant qu'il était, semblait avoir pris le nouvel arrivant sous son aile, mais pas totalement dans le bon sens.

— Arrogant bâtard, murmura Clay dans sa barbe une fois que celui-ci eut minutieusement expliqué un mouvement que n'importe quel garçon des poussins aurait compris.

Mais Jefferson l'entendit et rebondit sur Mac.

— Il est grand, tu sais. Il n'est pas en état de mort cérébrale. Je suis certain qu'il a déjà joué avant aujourd'hui, d'accord ?

McAllister leva les yeux au ciel et leur tourna le dos et Skip savait que c'était le mieux qu'ils obtiendraient de lui.

— Ignore-le, dit-il tout bas à Carpenter. S'il veut que tu le remplaces pendant le match, il doit se rappeler que tu n'es pas stupide.

— J'ai entendu ! se plaignit leur coéquipier.

— Oui ? dit Skip qui le regarda et hocha la tête comme s'il s'adressait à un enfant. Parce que Carpenter t'a entendu fort et clair aussi !

Mac eut la grâce de se sentir embarrassé.

— Désolé, mec, marmonna-t-il. Skip a raison, tu n'es pas stupide.

L'entraînement se calma un peu après et Richie bougea pour prendre la place de Mac lorsque celui-ci partit. Il était un meilleur enseignant, donnant à Clay une place plus importante et ils furent tous récompensés lorsque celui-ci bloqua quelques tirs alors que personne ne s'y attendait.

Au moment où ils finirent, Skip avait l'impression d'avoir couru deux fois plus sur le terrain afin de s'assurer que chacun obtenait sa juste part de l'entraînement, mais l'équipe s'entendait bien avec Carpenter. Celui-ci était bien avec eux, il dégoulinait de sueur et était heureux en même temps.

Skip était prêt à crier victoire.

Mais lorsque Scoggins commença à se diriger vers le parking et fit signe à l'équipe comme si Skip n'était qu'un autre équipier, il ne se sentit plus aussi victorieux.

Cette nuit-là, il reçut un texto de Richie au moment de se coucher.

Je dors seul. Promis.

Skip sourit. Il ne s'était pas inquiété à ce sujet… pas après que son ami l'eut rassuré. Richie était emporté, rusé et pas un très bon communicateur, mais il n'était ni un menteur ni un tricheur.

Je te crois.

Comment va Carpenter ?

Sa respiration est encore sifflante, mais il est heureux. Tu as été un bon professeur.

C'est un bon gars. Tu peux venir me chercher demain ? Juste après le travail.

Oui, bien sûr. Ta voiture est en panne ?

Non.

Skip fronça les sourcils. La casse se trouvait à l'extérieur de la ville à Rancho Cordova et les parents de Richie habitaient une maison non loin de leur travail. Skip se moquait de devoir conduire jusque-là bas, surtout avec Richie comme carotte au bout du bâton… mais puisque Richie devait passer par Carmichael pour se rendre au terrain de football…

Son téléphone bourdonna, le ramenant au présent.

Ça craint de venir en voiture. Peut-être que ce sera plus facile si tu me viens me chercher.

Skip fixa son téléphone, bouche bée.

Oh.

Je doute de ça. Mais je viendrai.

Merci, Skip. À demain.

À demain.

RANCHO CORDOVA s'était améliorée au cours des dernières années. Skip se souvenait de son enfance, lorsque tout ce qui dépassait Folsom Boulevard n'était pas un bon endroit où habiter. Mais beaucoup de zones industrielles avaient été démolies et remplacés par des sites de loisirs depuis lors, et beaucoup d'immeubles d'habitation merdiques avaient été abattus et remplacés par des restaurants haut de gamme orientés sur les universités.

Mais une grande casse automobile ne serait jamais un marché aux fleurs, peu importe combien la ville elle-même avait évolué. L'entreprise, située sur le boulevard Grant Line, était tout aussi éloignée de tout et isolée maintenant qu'elle l'était lorsque Skip l'avait visité pour la première fois alors qu'il était à l'institut de Sciences et Technologie.

Le soleil de novembre s'étalait grassement comme la poussière sur les cadavres des véhicules défunts et Skip essaya difficilement de ne pas penser à ceux qui étaient arrivés ici suite à des accidents avec de graves dommages corporels pour leurs occupants. Tout le monde avait-il survécu dans ce véhicule-là ? Ou celui-ci ? Celui avec le toit écrasé ? Les poignées et les serrures des portes méritaient-elles le remorquage du SUV complètement détruit de l'endroit où il avait été accidenté ?

La première fois qu'il était venu ici, il essayait de garder l'Oldsmobile de sa mère en attendant de quitter l'école et de pouvoir se permettre une voiture qui n'était pas aussi vieille que lui. Richie l'avait aidé à remplacer la pompe à essence, le carburateur, la ligne d'alimentation moteur, les plaquettes de frein et à peu près toutes les ceintures de la voiture. Skip pensait qu'il s'en sortait à peu près avec les voitures maintenant, mais cela n'empêchait pas ses souvenirs de se remplir de taches blanches de chaleur, de métal cuisant, de poussière et de fumées d'échappement qui peuplaient la casse même dans les ténèbres s'allongeant d'un soir d'automne.

Richie lui avait envoyé un texto et lui avait dit qu'il était encore au travail, donc Skip quitta Grand Line après la division avec Jacksonville et il conduisit dans l'allée de huit cents mètres entourée par les lumières bleu plastique des panneaux accrochés aux clôtures grillagées. Un fil électrifié surmontait la clôture de deux mètres cinquante et Richie lui avait dit autrefois que les alarmes et les projecteurs se mettaient en marche environ trois fois par mois, révélant du sang sur le fil électrifié et des silhouettes fuyant dans les champs vides autour de la casse dans la nuit.

Une fois qu'il eut passé le corridor bleu vert, il se dirigea vers le petit immeuble de bureaux «transportable» où son ami travaillait et, oh, hé, les imbéciles heureux étaient là, debout avec Richie devant un nouveau véhicule entrant.

Skip se gara sur le petit emplacement pavé en face du bureau et se précipita vers l'endroit où se trouvait toute l'agitation. Tout ce qui impliquait les demi-frères de son ami, Paul et Rob, tournait mal. Au temps de l'institut de Sciences et Technologie, Richie avait dû porter un plâtre pendant six semaines parce que les deux abrutis pensaient que c'était une *super* idée de se servir d'un vieux châssis comme d'un skateboard. Ils l'avaient bien réglé à leur taille et pourquoi Richie qui pesait bien quarante-cinq kilos de moins que l'un des deux grands gorilles n'avait-il pas pu faire ça sans heurter le foutu chariot élévateur en descendant la colline?

Les deux hommes faisaient un bon mètre quatre-vingt-quinze, pesaient dans les cent quinze kilos de muscles volumineux et ils frappaient Richie depuis qu'il était un maigre et sec gamin de douze ans.

Ils avaient évolué, pensa sombrement Skip. Ils ne le battaient plus. Maintenant, ils l'appâtaient, le défiaient de faire des choses dangereuses ou hors de portée. Richie était petit, mais il était fort et intelligent jusqu'à ce que Rob ou Paul disent quelque chose de bête comme : « Hé, Richie... Tu dois faire *ça* pour t'asseoir à la table des adultes ! » Et son ami qui aurait dû

64

être assez âgé pour mieux comprendre se faisait attraper comme le chien à qui on lançait une balle par-dessus la maison. Le foutu chien *savait* où la balle avait disparu, mais il continuait à regarder la ligne de toit, attendant que quelque chose change.

Les deux frères étaient brunâtres, cheveux bruns, peau tannée comme le cuir et des yeux de la couleur des marais. Skip savait qu'avant que Richie obtienne son diplôme, il avait brûlé sa peau blanche encore et encore parce que peut-être s'il ignorait simplement son teint roux, il serait aussi bronzé que Paul et Rob.

Maintenant, ils travaillaient dans des domaines différents, les imbéciles à l'extérieur aidant les clients à trouver les bons véhicules dans l'organisation labyrinthique des carcasses de voitures et Richie dans le bureau, établissant les factures ou à l'intérieur de l'atelier de mécanique afin d'entretenir les équipements hydrauliques et électroniques qu'ils utilisaient.

À l'heure actuelle, ils étaient *tous* debout devant un vieux Muscle Car qui, même pour l'œil non formé de Skip, avait un cadre courbé et une carrosserie qui ne pourraient jamais être réparés.

Imbécile Un… Paul, l'aîné, âgé de vingt-huit ans, debout, déhanché, un sourire insupportable sur son visage à la mâchoire carrée, tenait un marteau dans sa main burinée.

— Je dis que n'importe qui peut faire un trou dans un capot dans cet état, même un chien à queue de rat comme toi, Richie !

Celui-ci avait croisé ses bras et il secouait la tête face à ses demi-frères comme s'il ne voulait plus faire cela.

— Je pense toujours que vous êtes fous, mais c'est bon. Donne-moi le marteau, je vais essayer.

Oh merde.

— Richie, bordel…

Skip démarra, parcourant le trottoir puis la partie en terre où se trouvaient les voitures. Richie lui jeta un regard oblique, serra sa mâchoire et Skip commença à courir vers lui.

Il était trop tard. Son ami était trop petit et sa force n'était pas dans son torse. Le marteau rebondit sur le «point idéal» et Richie en perdit le contrôle. Ses mains repartirent en arrière et il se frappa lui-même en plein visage. Même Skip put entendre le craquement de son nez cassé.

Richie lâcha le marteau, recula maladroitement et s'écrasa sur les fesses dans la poussière, tenant son nez saignant dans ce que Skip imagina être un océan de douleur déferlant sur lui.

Paul et Rob riaient.

Skip s'accroupit près du jeune homme et il ôta son pull à fermeture éclair. Il le plia deux fois et le lui donna pour qu'il le tienne sur son nez.

— Mais, Skip, c'est trop gentil, dit-il d'une voix étouffée.

— Utilise-le, c'est tout, ordonna-t-il. Si je ne peux pas le laver, j'en achèterai un nouveau.

Son ami hocha la tête, semblant confus, et Skip soupira. Il voyait un voyage aux urgences dans son avenir, ce n'était pas ainsi qu'il avait prévu d'utiliser son temps, ce soir. Mais il ne pouvait pas ne pas aider Richie non plus.

— Attends ici, murmura-t-il. Je vais aller chercher la voiture, d'accord ?

Le jeune homme hocha la tête, cligna fortement des yeux, Skip se leva et transféra directement sa colère sur les sources de celle-ci, qui riaient tellement l'une et l'autre qu'elles devaient se soutenir en s'appuyant sur la voiture.

— Espèces *d'enfoirés* ! rugit-il.

Le marteau avait fini à côté de la voiture et il l'attrapa, sa colère lui donnant plus de puissance alors qu'il le levait facilement avec une main.

— Il n'est pas faible, il est râblé. Ce n'est pas de la faiblesse, c'est de la physique et vous êtes bien trop abrutis tous les deux pour connaître la différence !

Il souleva le marteau à hauteur de son épaule et le balança durement, encore et encore, martelant durement un trou après l'autre. Rob et Paul avaient cessé de rire et ils reculaient lentement, apparemment effrayés par sa fureur, parce qu'ils n'avaient pas la bravoure de Richie et du simple bon sens.

— Maintenant, arrêtez de vous comporter comme des voyous débiles du lycée et commencez à vous comporter comme sa famille, primates inutiles, ou je vous montrerai à quoi ça ressemble !

Ceci dit, il jeta le marteau de toutes ses forces et il heurta le pare-brise fêlé de la voiture qui vola en éclats avec un gros craquement avant de rebondir, inoffensif, sur le plancher en bois corrodé.

Il inspira avec difficulté et sentit une légère douleur dans son épaule qui pourrait être plus importante au matin, mais surtout, il était heureux de ne plus tenir le marteau parce qu'il ne serait pas tenté de l'écraser sur leurs stupides foutues têtes.

— Skip ?

Il se retourna, comme dans un rêve et vit que Richie s'était levé et vacillait à côté de lui.

— Tu es azzez gostaud, n'est-ce pas ?

Skip soupira, une partie de sa folie envolée et il posa doucement son bras sur l'épaule de son ami.

— Oui ? Eh bien, assure-toi de le dire à l'équipe de football. Allons-y. Où est ton sac ?

— … l'intérieur, marmonna-t-il. Waouh… Non, je vais le faire !

— Oui, eh bien, rappelle-toi ça la prochaine fois, dit-il en l'aidant à s'installer sur le siège passager de la voiture.

Le père et la belle-mère de son ami étaient dans le bureau, fumant et comptant la caisse. Skip comptait juste entrer dans la pièce et prendre les affaires de Richie sans dire un mot, mais le père de ce dernier, Ike, commit l'erreur de lui parler.

— Attendez, qui *êtes*-vous ?

— Je suis un ami de Richie, je suis déjà venu ici avant, répondit-il brièvement, même s'il était probablement allé dans leur maison pour prendre Richie afin d'aller quelque part.

D'accord, derrière le bureau. Il l'avait repéré. Il passa derrière Ike et Kay Scoggins et tenta de ne pas s'étouffer dans les nuages de fumée qu'ils soufflaient.

— Il vient chez moi ce soir parce que nous jouons au football demain matin.

— Eh bien, pourquoi Richie ne peut-il pas venir chercher son propre sac de voyage ? demanda Ike décidant qu'il allait interposer son corps trapu entre Skip et le sac et celui-ci réalisa combien il n'avait pas évacué sa colère en balançant le marteau dans le pare-brise.

— Richie *saigne* sur le siège avant de ma voiture parce que les deux fils de votre femme l'ont encore une fois envoyé aux urgences. C'est un peu trop tard pour faire semblant de vous préoccuper de votre fils, n'est-ce pas ? Vous voulez vraiment faire un geste pour lui ? Que diriez-vous de lui payer un peu plus que le salaire minimum pour son travail et ne plus lui dire qu'il est nul pour quelque chose qu'il ne peut pas changer ! Merde !

Il les avait entendus tous les deux se moquer du poids du jeune homme, ses cheveux roux, son nez de canard. Il avait entendu le père de Richie rabaisser tout ce que lui trouvait à présent si précieux.

— Attendez, dit Kay en sortant de derrière le bureau.

C'était une femme sèche comme un coup de trique avec des cheveux noirs. Elle portait des push-up sous ses tee-shirts col en V et aimait se pencher en avant vers le bureau et exposer son décolleté parce qu'elle pensait probablement que cela augmentait son attrait.

— Que se passe-t-il avec mes enfants ?

— Dites-leur de rester loin de lui, déclara Skip.

Il dut imprimer une force supplémentaire dans sa voix parce qu'il réussit à passer Ike et à prendre le sac de son ami.

— Je le déposerai au travail lundi matin. Je ne crois pas qu'aucun de vous soit capable de prendre soin de lui avant cette date.

Cela dit, il partit sans se soucier de savoir s'ils se souvenaient de lui, bien qu'il soit venu chez eux plus d'une fois et qu'il ait fait de son mieux pour être civil ces fois-là. Bon sang, Ike Scoggins avait même déposé son fils une fois chez Skip, lorsque Richie l'avait aidé à déménager, donc quel était le problème ?

Tout ce dont il se souciait maintenant, c'était que Richie saignait à l'avant de sa voiture et qu'il avait trois jours et deux nuits pour s'assurer qu'il allait bien.

Richie était assuré par *Kaiser*, tout comme Skip et ils eurent de la chance. Il n'y eut pas de fusillades en voiture, de carambolages ou de virus de la peste ce soir-là, donc ils ressortirent de là vers vingt-deux heures avec un scanner et un contrôle pour une commotion cérébrale dans leur escarcelle. Le nez de Richie avait été plâtré. Skip avait reçu ses antalgiques et quelques instructions strictes de ne pas le laisser faire quelque chose de trop vigoureux comme, par exemple, jouer au football comme une banshee hurlante ou faire le tour du terrain sur les épaules de quelqu'un si son équipe gagnait.

Skip s'arrêta dans un fast-food pour acheter des hamburgers sur le chemin du retour, s'assurant de prendre un grand chocolat et un menu avec des frites pour son ami. Il prit pour lui un double jambon, sans fromage, sans sauce et un Coca-cola Diet.

Richie soupira lorsqu'il lui remit le sac.

— Tu ne vas même pas t'empiffrer et m'aider avec mes frites ?

Une partie de l'enflure avait diminué depuis que le docteur l'avait plâtré et sa voix était étouffée, mais pas déformée.

— Je pourrais lorsque nous serons à la maison, dit-il en admettant que l'odeur qui sortait du sac était divine. Pour l'instant, je veux juste rentrer à la maison, nourrir Hazel et…

— Et quoi ? demanda Richie d'une petite voix.

— Et te tenir contre moi, Richie. Merde, j'ai vu ce marteau rebondir et j'ai pensé qu'il allait complètement exploser ton visage. Tu pourrais respirer dans un tube, à présent !

Il serra ses mains sur le volant et frissonna. Il avait donné son sweat-shirt à son ami pour qu'il arrête le saignement et il s'était gelé toute la soirée.

— Tu veux me serrer dans tes bras ? demanda le jeune homme, sa voix s'illuminant même sous le gonflement et le bandage. Parce que, sérieusement, je n'ai voulu que ça pendant toute la journée.

Skip se força à relâcher ses mains sur le volant et il déplaça la droite vers le genou de Richie.

— Moi aussi, avoua-t-il. Je voulais le... Tu sais....

— Oui. Oui. Moi aussi, répondit-il en couvrant la main de Skip avec la sienne.

Une seule chose fut dite après cela :

— Allume le radiateur, Skip, je tremble rien qu'à te regarder.

Richie s'occupait de lui aussi, et c'était agréable.

Ils mangèrent tranquillement dans l'affreuse cuisine de Skip. Celui-ci nettoya ensuite et poussa Richie vers le lit.

— Je vais me doucher, d'abord, dit-il.

Le médecin avait dit à Richie qu'il devait éviter l'eau chaude jusqu'au lendemain matin.

— Beurk, gémit ce dernier. Comment arrives-tu à me supporter ? Je dois sentir comme une aisselle, je dormirai sur le canapé.

— Ne t'avise pas de faire ça, répliqua Skip rapidement. Écoute, je vais sauter la douche aussi, ce soir, d'accord ? Juste...

Richie le fixa par-dessus le masque en plâtre et les ecchymoses sous ses yeux.

— J'aimerais que tu sois là où je peux te caresser, termina-t-il, se sentant stupide.

Ils se mirent au lit ensemble, portant toujours leurs caleçons et Skip se mit en cuillère derrière son ami pendant qu'ils regardaient des épisodes de séries que Skip avait enregistré pendant qu'ils étaient à l'hôpital.

— Tu as déjà remarqué comment ces hommes se font tirer dessus et continuent à courir après les méchants ? marmonna Richie, dégoûté.

— Ce n'est pas la réalité, dit Skip avec compassion.

Il serra son bras autour de la taille de son compagnon, ressentant une douleur dans le muscle qui avait pesé sur le marteau lorsqu'il l'avait brandi.

— Oui, mais je pense toujours que ça va fonctionner juste avant de faire quelque chose de stupide.

Skip se mit à rire et Richie tendit la main pour attraper le téléphone qu'il avait posé sur la table de nuit.

— C'est mon père, dit-il en lisant le texto. Il veut que je rentre à la maison.

Skip gronda.

— Je reste chez Skip ce week-end comme prévu, commenta Richie pendant qu'il tapait le texto. Le docteur a dit que j'avais besoin de repos.

— Oui, eh bien, je pensais que tu avais besoin d'autre chose, railla son compagnon. Une bonne façon de tuer l'ambiance, sérieusement.

— Oui, oui, acquiesça Richie en tapotant la main qui serrait sa taille. Ne t'emballe pas, je peux encore te faire une masturbation de la victoire.

Skip souffla dans la nuque de son compagnon, l'air trop content et celui-ci rit doucement. Puis, son téléphone bourdonna.

— Skip, qu'as-tu dit à mon père ?

— J'ai, peut-être, traité tes demi-frères de crétins et de primates inutiles, confessa-t-il en grognant. Et je leur ai peut-être dit quelque chose sur le fait qu'ils ne devaient pas être des enfoirés envers toi… après ça tout est devenu flou.

Richie se risqua à jeter un coup d'œil derrière lui.

— Aïe ! Eh bien, je vais simplement lui dire que tu es désolé…

— N'appuie pas sur *Envoyer* ! protesta Skip. Je ne suis même pas un peu désolé !

— Mais tu ne peux pas laisser les choses ainsi, c'est ma famille !

— Une famille te traite mieux que ça, murmura-t-il.

Si j'étais ta famille, je te traiterais tellement mieux que ça, Richie.

— Comment pourrais-tu sav…

Richie s'arrêta et soupira, mais Skipper entendit le reste de la phrase de toute façon.

Piqué, il se retourna et essaya de se concentrer sur la publicité automobile à la télévision. Il entendait son ami envoyer des textos, puis celui-ci le poussa pour s'asseoir et commença à parler au téléphone comme s'il était au milieu d'une conversation.

— Oui, je sais ce qu'il a dit. Il était furieux et il s'inquiétait pour moi. C'est mon ami, d'accord ? Il n'a pas à s'inquiéter pour moi ? Oui, je sais que c'était stupide de… attends.

Richie tapota frénétiquement le bras de son ami et celui-ci se tourna de nouveau vers lui.

— Je n'ai pas jeté le marteau à travers la voiture, affirma-t-il en louchant sur ses bandages sous l'effet de la confusion. Les garçons m'ont défié de frapper le capot et c'est tout ce dont je me souviens.

Ses yeux s'écarquillèrent lorsqu'il vit la grimace de Skip.

— Je ne m'en souviens pas, dit-il.

C'était probablement vrai, il était assez dans les vapes jusqu'à ce qu'ils quittent *Kaiser*.

— J'étais énervé, murmura Skip. Ils se moquaient de toi.

— Oui, dit Richie dans le téléphone. Mes demi-frères riaient après que je me suis blessé. Skip a changé d'humeur à cause de cela. Il devient protecteur dans ces cas-là. Je ne vais pas m'excuser pour ce merdier. Je te verrai lundi, papa. Peut-être que si tu réfléchis un peu, tu te rappelleras *qui a été* réellement blessé.

Il raccrocha avec un grognement de dégoût.

— Le gars qui est venu me chercher parce que je suis un abruti n'est pas capable de dire au revoir. C'est ça qui le blesse, dit-il d'une voix douce en tendant la main pour caresser la joue de Skip. Désolé d'avoir été un enfoiré au sujet de ta famille.

Skip secoua la tête comme si ce n'était pas grave.

— Tu es celui avec une attelle sur le nez, dit-il en essayant d'être drôle. As-tu besoin d'un anti douleur ?

— Arrête d'essayer de me materner, Christopher, déclara son compagnon avec gravité.

Même le fait que le « pher » sonnait comme « brur » à travers son nez cassé ne changea pas l'impact presque magique d'entendre son vrai prénom. Il cessa de bouger et Richie repoussa ses cheveux de son front.

— Tu prends vraiment très bien soin de moi. Je dois me souvenir que tu n'as personne pour s'occuper de toi. Tu… tu as besoin de quelqu'un.

— Je… tu sais. Si jamais tu veux le poste, dit Skipper avec un petit sourire, essayant véritablement cette fois.

— Oui, eh bien, j'ai l'impression que cela fait partie de l'audition pour ce poste, acquiesça-t-il en passant ses doigts dans les cheveux blonds de Skip comme celui-ci l'aimait. J'essayerai de ne pas tout foutre en l'air à partir de maintenant. À présent, remets-toi en cuillère contre moi, l'épisode commence bientôt.

Skip fit ce qu'il lui avait ordonné, appréciant encore une fois la joie du corps ferme et sec de Richie lové contre le sien.

Il devait être fatigué – ils devaient être tous les deux éreintés – parce qu'avant la fin avant que le méchant se révèle et soit capturé, ils fermèrent tous les deux les yeux dans la chambre obscure et s'endormirent.

Nuit Orageuse.

C'ÉTAIT UNE bonne chose que Carpenter vienne juste d'être intronisé. Il finit par jouer tout le match en tant que défenseur et Owens prit la place de Richie à l'avant. Ils furent détruits – bien sûr qu'ils furent explosés –, mais même si McAllister en laissa passer quelques-uns et que Singh fit tout ce qu'il put pour arrêter toutes les tentatives, ils ne purent rien faire à ce sujet.

Après le jeu, pendant la réunion obligatoire pizza et bière, Richie informa Carpenter que Skip avait dû annuler son rendez-vous afin de pouvoir s'occuper de lui. Puis, il raconta à tout le monde l'histoire de Skip jetant son marteau à travers le pare-brise d'une voiture, même s'il ne se souvenait toujours pas de ce qui s'était réellement passé.

— Skipper? dit Galvan en haussant un élégant sourcil noir dans un visage latin magnifiquement ciselé. Skipper a jeté un marteau à travers un pare-brise. Es-tu certain qu'il ne s'agit pas d'une hallucination?

Les yeux de Galvan scintillèrent alors qu'il manipulait le sommet de la tête de son coéquipier et feignait de vérifier ses deux yeux.

— Les gens imaginent toutes sortes de choses avec une commotion cérébrale!

Richie secoua la tête (pas trop violemment parce qu'il avait admis en privé à Skip qu'il avait mal à la tête et que même les antalgiques ne le faisaient pas totalement disparaître) et leva les mains.

— Juré, ce n'est pas moi qui l'ai dit, c'est mon père. Apparemment, Skipper a vu mes crétins de frères se marrer pendant que je pissais le sang dans la poussière et il a perdu la tête.

— C'était des enfoirés, marmonna Skip en se sentant rougir.

Il obtint beaucoup de rires, des applaudissements ensuite et une offre pour plus de bière.

— Content de savoir que tu nous couvres aussi hors du terrain, Skip, déclara Owens en portant un toast avec sa bière artisanale.

Skip s'abstint de lui dire que Richie était une sorte de cas spécial et Jimenez intervint sur la façon d'éviter les dommages matériels parce qu'on pouvait être poursuivi pour cela. Il était avocat. Thomas, le professeur avec une barbe brune hirsute et un catogan, lui posa des questions à ce sujet. Il avait, visiblement, des étudiants en difficulté.

Alors que le groupe se scindait en de plus petits groupes pour discuter, Richie avoua, et pas en privé cette fois, qu'il avait mal à la tête. On nota les bières offertes pour une autre fois et Skip et Richie rentrèrent à la maison. Ils avaient joué dans la brume matinale, mais alors que Skip roulait vers chez lui tôt dans la soirée, la pluie s'était déjà installée.

— Désolé pour ta tête, s'excusa-t-il en plissant les yeux alors que les gouttes frappaient le pare-brise

— Je n'ai pas mal à la tête, répondit son compagnon avec espièglerie. Je voulais juste t'avoir pour moi.

Skip fit une grimace, toujours concentré sur la route.

— Désolé pour la masturbation de la victoire, nous pourrons peut-être la faire la semaine prochaine.

Il vit du coin de l'œil Richie sourire.

— Oui, eh bien, je crois que la masturbation par pitié est encore plus géniale. Tu veux voir?

— Pouvons-nous attendre jusqu'à ce que nous arrivions à la maison? demanda-t-il, se retrouvant à sourire, assez certain d'obtenir une réponse affirmative parce qu'ils voulaient vivre tous les deux.

— Oui, mais difficilement, répondit Richie d'une voix sobre.

Ils réussirent à entrer en se précipitant sous la pluie, avant que Skip tente un doux baiser sous le nez endolori.

Richie le lui rendit tout aussi doucement et Skip recula en souriant, se sentant stable pour la première fois depuis qu'il avait vu Richie avec le marteau.

— J'attendais ça, dit-il doucement en encadrant avec précaution le visage de son ami avec ses paumes.

— Juste le baiser? demanda celui-ci, posant avec espoir sa main sur le sexe de Skipper à travers son bas de survêtement.

— Eh bien, ça aussi, répondit Skip, son cerveau quelque peu chamboulé par le baiser et le contact ferme du jeune homme. Tu veux qu'on prenne une douche?

— Non, répondit Richie en secouant la tête avant de l'embrasser à nouveau en le poussant vers le canapé.

Skip s'assit brusquement lorsque ses mollets frappèrent le siège et les mains occupées de Richie soulevèrent le sweat-shirt et le tee-shirt de son compagnon et les firent passer par-dessus sa tête. Il frissonna un instant parce que le radiateur ne s'était pas encore mis en marche et que la lumière extérieure n'était pas suffisante pour réchauffer la pièce obscure. Alors, Richie lécha doucement, délicatement sa poitrine et ses dents se refermèrent autour de son mamelon sans le téter. Et Skip laissa échapper un bruit de désir dont il n'était pas fier.

Oh! Il n'avait pas imaginé ça, n'est-ce pas? La caresse de son amant... beaucoup plus confiant à présent que la semaine dernière, si brutale, si exquise, qu'il en gémissait. Il inspira et tenta de se contrôler, mais il avait attendu, étudiant chaque SMS comme si c'était du sanscrit ancien, en essayant de ne pas se comporter comme un adolescent, au cours de leurs échanges.

Il serra la tête de Richie sur sa poitrine et inclina ses hanches.

— Chut...

Le jeune homme remonta et Skip le lâcha immédiatement, conscient de ses blessures

— C'est bon, murmura Richie contre son oreille. Je suis là.

Il inclina la mâchoire de Skip et entreprit de l'embrasser un peu plus et, dans le même temps, il glissa sa main dans son pantalon. Sa main était rugueuse et froide, sa poigne sans hésitation.

— Ah... s'exclama Skip en prenant une inspiration. Ah... bon sang, Richie. Je vais jouir *tout de suite*!

Celui-ci se mit à rire et lui lécha le cou.

— Tu as dit que tu n'avais pas d'érection. Je m'en souviens. Tu n'as pas ce problème avec moi, n'est-ce pas?

— C'est vrai, répliqua Skipper après une inspiration.

Richie bougea sur le canapé et sa prise sur le sexe de son compagnon disparut. Ce dernier ouvrit les yeux et s'aperçut qu'il avait enlevé son jean et l'avait laissé tomber avec ses chaussures. Sa verge était pleinement remplie et Skip n'avait pas besoin de la main de Richie sur lui pour avoir envie de le toucher de toute urgence.

C'était ce qui lui avait manqué toute la semaine.

Il le caressa lentement, fortement, et le « humph » tremblant du jeune homme à son oreille était aussi enivrant que de l'alcool, mais il le faisait décoller plus haut. Richie remit sa main où elle se trouvait précédemment, puis, toujours entreprenant, il balança une jambe sur ses hanches, de sorte que leurs deux sexes se retrouvent l'un près de l'autre.

— Tes mains sont plus grandes, dit-il d'une voix râpeuse.

C'était peut-être la seule fois que Skip l'entendait avouer qu'il ne pouvait pas faire quelque chose.

Il enveloppa sa main autour d'eux deux, sentant la longueur de Richie contre la sienne. Oh, merde, la sensation était érotique, brute et charnelle.

— C'est tellement bon, chuchota-t-il. Ah, bon sang, Richie, c'est...

Le jeune homme grogna et poussa dans le cercle des doigts de Skip, ses mouvements lents et intenses. Avec un petit cri, il craqua et poussa dans une frénésie rapide, mais Skip comprit que cela ne fonctionnerait pas. Ceci, c'était *incroyable*, mais cela ne les mènerait pas à l'orgasme.

Il relâcha leurs membres, puis il se pencha et attira son compagnon sur lui.

— Chut, murmura-t-il. As-tu du lubrifiant dans ta poche ?

Richie leva les yeux et sourit, ses yeux se plissant au-dessus de l'attelle. Puis, son expression s'assombrit.

— Je ne suis pas censé... tu sais... m'agiter... autant.

— Assieds-toi simplement sur moi et je bougerai lentement, expliqua-t-il en lui caressant la joue avec un sourire. Je te masturberai.

Richie lui adressa à nouveau ce sourire avec son attelle nasale et fouilla dans son jean sur le sol. Il se redressa avec une petite bouteille de lubrifiant qu'il offrit à Skip. Il s'installa ensuite entre les cuisses de Skipper, se tournant pour être face à lui.

— Tu veux, euh...

Il reposa doucement sa joue contre le genou de Skip et commença doucement à caresser son sexe... pas trop vite. Ce dernier savait qu'il devait essayer de ne pas rendre la chevauchée trop rude et que le jeune homme ne voulait certainement pas sa hampe dans sa bouche, pas maintenant alors que son visage était assez fragile.

Mais il ne put s'empêcher de passer ses mains sur les côtes de son amant, sur ses cuisses et sur ses fesses qui étaient recouvertes de poils roux.

Richie étreignit le genou de son compagnon comme s'il essayait de se cacher.

— Je suis une sorte de petit bâtard plein de poils, s'excusa-t-il comme si, peut-être, Skip ne l'avait pas remarqué les dernières fois qu'ils s'étaient retrouvés nus.

— J'aime tout de toi, dit-il d'une voix gutturale.

Il lubrifia ses doigts et taquina l'entrée de son amant.

— Ah... ah... ah... laissa échapper Richie.

— Cette partie aussi, murmura-t-il.

— Absolument !

— Tu aimes aussi cette partie ? demanda Skip.

— Absolument veut dire plus maintenant, répliqua-t-il brusquement. Ah… oh… mec… c'est… c'est bon…

Skip l'étira doucement, attendant que l'anneau, autour de ses doigts, s'assouplisse et s'ouvre. Richie continua sa caresse à un degré exaspérant et inégal sur son sexe. Skip dut s'empêcher de s'arquer sous sa poigne et consommer tout le repas alors que ce n'était censé être qu'un en-cas.

— Tu es prêt ? demanda-t-il à Richie en retirant ses doigts afin de glisser ses deux pouces à l'intérieur.

Les muscles de Richie le serrèrent et le jeune homme grogna, tournant sa tête et mordant l'intérieur du genou de son amant.

— Merde… Skip… Oh, oh…

Skip ôta rapidement ses doigts et les essuya sur le bas de survêtement posé à côté de lui sur le canapé. Richie gémit et ses bras tremblèrent alors qu'il se relevait et balançait sa jambe par-dessus son compagnon. Ce dernier saisit ses cuisses alors que Richie se positionnait à cheval sur ses hanches. Il se souleva légèrement et plaça directement le sexe de Skip là, sur son entrée accueillante et détendue. Une partie du gland glissa et puis Richie s'arrêta, rejeta sa tête en arrière, la bouche entrouverte, les yeux fermés et il siffla doucement pendant qu'il glissait plus bas.

À mi-chemin, il grogna et se releva, la friction rendant Skip un peu fou. Ce dernier dut obliger ses hanches à rester immobiles pendant que le jeune homme se baissait à nouveau, un peu plus bas.

Et Richie remonta.

Et descendit un peu plus bas.

Et il remonta.

Et…

— Ahhh, grogna Skipper doucement et longuement lorsque Richie glissa complètement cette fois.

Le jeune homme se figea, tremblant, empalé sur son érection. Son sexe, rouge et complètement érigé, frappait doucement l'abdomen de Skipper en rythme avec sa respiration.

— Bordel, Richie, jura Skip, dans l'admiration et l'agonie. C'est… tu es si bon…

— Je veux bouger, gémit Richie. Mais… je ne peux pas.

Il déplaça ses hanches d'avant en arrière, Skipper frottant à l'intérieur de lui, mais sans la caresse qu'ils voulaient tous les deux. Oh, bien sûr, il ne pouvait pas bouger autant qu'il ne le souhaitait, pas avec chaque rebond ébranlant sa tête douloureuse.

— Lève-toi, murmura Skip. À peu près à moitié. Appuie-toi sur le canapé, assieds-toi et reste immobile.

Richie fit ce qu'il lui demandait, respirant doucement pendant qu'il bougeait. Il attrapa le dossier du canapé d'une main et posa l'autre sur l'épaule de son amant. Skip empoigna les hanches minces, le tint fermement, puis il commença à pousser.

Lentement, lentement, lentement, durement, lentement, lentement, lentement, durement.

Pas trop durement. Pas trop vite. Lentement, lentement, durement.

Richie commença à murmurer et à implorer, mais son amant ne pouvait pas aller plus vite. Pas de coup sur la tête… C'était la règle d'or.

— Allez… plus vite… allez, Skip, plus vite… plus dur… oh, s'il te plaît… s'il te plaît… s'il te plaît… Skipper…

Il priait, *suppliait*, sa voix craquant et Skip ne pouvait plus le supporter.

— Prends-toi, Richie. Aussi vite que tu peux. Baise ton propre poing, bon sang, masturbe-toi…

— *Oui…*

Skip continua lentement, lentement, lentement, *durement,* lentement, lentement, lentement *durement* alors que son corps hurlait d'aller plus vite, plus durement, jouir, merde, jouir !

— Merde, merde, merde, merde… Skipper ! bafouilla Richie, sa main volant sur son propre sexe.

Lentement, lentement, *durement, durement, durement, durement, durement…*

— Oh, bon sang, *oui* !

Skipper dut fermer ses yeux parce que son amant jouit en l'éclaboussant. Cela frappa sa poitrine, sa bouche, ses joues et ses cheveux. Cela ne toucha pas ses yeux, mais Skip les garda fermés de toute façon. Le canal de son compagnon se serra et convulsa autour de son sexe.

Il gémit, son corps entier inondé de chaleur alors qu'un orgasme long, lent et déchirant le transperçait et inondait Richie.

— Oh, bon sang, souffla-t-il.

Richie se pencha sur lui, en bougeant avec précaution. Skipper leva les mains, les posa et les déplaça en petits cercles.

— Comment va ta tête ? demanda-t-il, concerné.

Travail manuel. C'était censé être un petit travail manuel.

— J'ai mal, murmura Richie. Je vais prendre des antalgiques. Un jour.

Skip rit et repoussa les cheveux de son compagnon sur son front. Il caressa sa joue, ils sentaient le sexe et le sexe anal avait une odeur telle qu'aucune confusion n'était possible… Et la sueur de Richie était définitivement celle d'un rouquin.

Et sur tout cela, imprégnant leurs pores, l'odeur de fumée du bois et de la pluie alors que la nuit tombait et que l'orage grondait autour d'eux.

— Richie ?

— Oui ?

— C'était magique. Ne ris pas, dit-il en clignant des yeux pour s'adapter à l'obscurité et chasser les taches blanches toujours dans sa vision.

Oh, merde, il aurait dû dire « ne pas rire » avant.

Cependant, Richie prit ses joues dans ses mains et le tint pour un baiser mouillé, teinté de sperme.

— Je ne ris pas, murmura-t-il. Magique, c'est vrai. Je n'ai jamais connu ça.

Il reposa sa tête sur l'épaule de Skipper pendant un moment et ils écoutèrent la pluie ensemble.

Ils prirent une douche après cela et Skip venait de finir de chauffer un potage et de faire cuire du pain aux céréales lorsque l'électricité sauta. Ils partagèrent un dîner tranquille dans l'obscurité, puis ils se glissèrent dans le lit, toujours en caleçons, et ils commencèrent à parler.

C'était drôle, ils se connaissaient depuis six ans. On aurait pu penser qu'ils savaient tout l'un de l'autre, n'est-ce pas ? Mais sentir Richie, chaleureux et réconfortant contre son épaule, semblait le libérer pour poser des questions que les hommes ne demandent pas habituellement. Et l'obscurité, ou peut-être le confort du bras de Skip autour de ses épaules semblait agir de même pour Richie.

— Alors, je n'ai pas compris, dit ce dernier d'une voix somnolente et aisée. Pourquoi ton père t'a-t-il laissé avec ta mère si elle avait vraiment des problèmes ?

— Eh bien, il était probablement la raison de ses problèmes, grogna son amant en réponse. Il… il pourvoyait à nos besoins et il n'était pas méchant, mais je me souviens… il jouait avec moi, regardait la télévision et était fondamentalement un père pour moi après le travail, mais il ne…

Cela n'avait jamais été aussi clair pour lui que maintenant quand il ne pouvait pas supporter de voir Richier sur le terrain de football alors qu'ils ne pouvaient même pas se tenir la main.

— Ils ne se touchaient jamais, dit-il enfin, sa voix douloureuse dans l'obscurité. Tout ce que je veux faire quand je te vois, c'est te toucher, n'importe quelle partie de toi, même si c'est juste taper ton épaule. Mais ils… ils ne se touchaient jamais. Je pense qu'elle s'est sentie seule après tant d'années. Ils avaient besoin de se toucher.

Richie se redressa un peu et il se tourna sur le côté. Skipper fit de même et ils se regardèrent dans l'obscurité, le bruit de la pluie résonnant sur les fenêtres noires.

— Ma mère était une putain, avoua Richie calmement comme un enfant qui aurait peur d'être surpris à dire un gros mot. Mon père l'accusait de ça et elle avait tout le temps des gars avec elle. J'étais censé ne rien dire à propos de l'oncle Billy ou Bobby ou quel que soit le prénom. Quoi qu'il en soit, elle est finalement partie avec le dernier en date et mon père a rencontré Kay et…

Il serra ses lèvres et se tut.

— Elle fait la pute, elle aussi ? demanda Skip.

— Je le souhaite, dit-il en soufflant. Elle est surtout, juste… Juste pas chaleureuse, tu vois ?

Skip se rappelait de cette personne qui ne semblait pas préoccupée par le fait que son beau-fils saignait.

— Oui, je sais, dit-il sombrement.

— Est-ce que ta mère était chaleureuse ?

Skip déglutit pour contrer ce qui coinçait brusquement sa gorge.

— Oui, murmura-t-il. Elle… même à la fin, quand elle toussait du sang et ne voulait pas s'arrêter de boire… Elle m'appelait dans sa chambre à la fin de la journée et je la trouvais allongée sur son lit un chiffon sur la tête. Elle me disait : « Dis-moi ce que tu as fait aujourd'hui » et je le faisais. C'était embarrassant. J'inventais surtout. Elle ne voyait pas la différence. J'étais cet adolescent gros et boutonneux de cinquième. Personne ne faisait attention à moi jusqu'à ce que mon teint se dégage et que j'ai une poussée de croissance lors de ma dernière année. Mais je lui disais que j'étais dans l'équipe d'athlétisme ou de football et pendant tout le temps où j'étais censé m'entraîner, je travaillais dans un fast-food, tu connais, celui sur Madison ? Il est fermé par des planches, à présent, mais ils m'avaient embauché et avaient esquivé tout le problème du permis de travail. C'est en partie pour ça que j'étais si gros, parce que je n'ai mangé que ça pendant environ trois ans, mais c'était de la nourriture.

Il grimaça.

— Mais elle voulait savoir ? demanda Richie, comme s'il voulait être certain.

— Oui, elle voulait, répondit-il en hochant la tête. Toi ?

— Mon père, dit-il d'une voix rugueuse. Il n'était pas toujours gentil, mais il posait des questions sur les notes et il me donnait toujours des pièces pour aller jouer à des jeux vidéo à la pizzeria si j'en avais des bonnes.

Il leva les yeux au ciel avant de poursuivre.

— Paul et Rob me les volaient, mais quand même. Il essayait. On aurait dit qu'il avait épousé Kay parce qu'il pensait que nous pourrions être une famille, ce que nous ne pouvions pas être avec ma vraie mère. Ce n'était pas de sa faute. Il avait juste choisi la mauvaise personne. Pour moi, en tout cas.

— Donc, tu avais quelqu'un aussi, dit Skip, se sentant bien à ce sujet. C'est bien.

Richie resta silencieux pendant un moment, ses yeux cherchant son compagnon dans l'obscurité.

— Oui, c'est génial que nous ayons eu quelqu'un lorsque nous étions des enfants, Christopher, mais je ne crois pas que l'un d'entre nous ait une personne qui nous dise ce qu'il faut faire à propos de ce... que nous faisons ici.

— Être allongés dans le noir à échanger des secrets ? répondit Skip en traînant le bout de ses doigts sur la joue de Richie.

— Avoir des relations sexuelles parce que nous ne pouvons pas supporter de ne pas nous toucher, clarifia-t-il d'une voix âpre.

Skip tira leurs mains vers sa bouche et déposa un baiser chaste sur le bout des doigts de Richie.

— Je pense que nous sommes a...

— Ne le dis pas, ordonna Richie avec rudesse en appuyant ses doigts contre les lèvres de son amant. Si tu le dis, ça aura un nom. Je ne suis pas encore prêt à ce que ce soit nommé, Skip. Je devrais le dire à mon père si nous le nommions et je ne suis pas prêt pour ça.

Skip déglutit, la boule qui s'était formée dans sa gorge lorsqu'il avait parlé de sa mère l'étouffant de plus en plus. Ses yeux brûlaient et il roula pour s'éloigner. Richie l'immobilisa en posant une main chaude sur son biceps. Skip se tourna vers lui et chercha son visage, se demandant si ses propres yeux étaient aussi brillants dans le noir que ceux de son compagnon.

— Là, murmura celui-ci en inclinant la tête. Dans mon oreille. Personne ne peut l'entendre, à part moi.

Skip n'avait jamais dit ces mots à une fille. Il n'était jamais resté éveillé la nuit dans son lit avec une femme, parlant de son affreuse enfance ou des meilleurs moments qui étaient comme des diamants dans la boue, brillants et lumineux et qui l'avaient aidé à avancer.

Mais le pavillon de l'oreille de son amant était une grotte secrète et les mots vinrent facilement dans l'abri absolu de la nuit obscure.

— Je suis amoureux de toi, Richie, murmura-t-il, s'armant de courage de ne pas entendre les mots en retour.

— Moi aussi, Skip, murmura celui-ci, ses lèvres brossant l'oreille de Skip. Je promets de ne pas le dire.

— Moi aussi.

Ils restèrent allongés ainsi pendant un long moment avant de s'endormir, à se regarder dans l'ombre, respirant dans le silence, écoutant la pluie tomber.

Une sorte de reconnaissance.

Ils restèrent à l'intérieur le lendemain, traînèrent, regardèrent la télévision et firent doucement et lentement l'amour. Skip pouvait l'appeler ainsi dans sa tête parce qu'il avait dit les mots. Peut-être était-ce la lenteur à cause des blessures de Richie ou peut-être était-ce la mélancolie de la pluie, mais de toute manière, chaque caresse était magnifiée dans un mélange de douleur et de plaisir.

Ils rirent encore et se racontèrent des blagues, mais tôt, très *tôt*, le lundi matin, juste avant que Skip parte pour déposer Richie, il se glissa très vite devant la porte et la bloqua.

Il se tint là, regardant Richie avec toujours son bandage et son attelle et les ecchymoses noires sous ses yeux toujours gonflés.

Sa bouche charnue, lèvre fendue comprise, était légèrement recourbée, cependant, et ses yeux brillants étaient exceptionnellement sobres.

— Tu dois m'embrasser, maintenant, dit-il. Donne-moi le meilleur parce qu'il devra durer jusqu'à vendredi. Nous ne nous embrasserons pas les jeudis, d'accord?

Skip hocha la tête et s'abstint de se plaindre de la façon dont ils s'étaient embrassés un jeudi. Ils avaient eu de la chance, vraiment, de ne pas se faire surprendre. Pendant un instant, il frissonna de peur en se demandant ce qui arriverait au football, pas juste au tournoi d'hiver, mais à toute l'équipe qu'il avait forgée pendant six ans sans jamais baisser les bras, si quelqu'un les avait vus s'embrasser, Richie et lui.

Je les abandonnerais pour Richie, pensa-t-il. *Mais si je le perds lui, ils seront tout ce que j'ai.*

Tout à coup, il se rendait compte à quel point leur situation était précaire.

Cependant, Richie levait toujours les yeux sur lui comme s'il pouvait l'embrasser, lui donner ce baiser à la fin d'un week-end à jouer à être une famille. *Skipper* pouvait le faire. C'était lui qui détenait la magie, apparemment, parce qu'il pouvait faire en sorte que les cinq prochains jours sans baisers ne soient pas douloureux.

Il essaya.

Il posa sa main sur la nuque de Richie et inclina sa mâchoire avec des pouces fermes, puis il le goûta. Son compagnon avait mangé la même chose que lui, donc il écarta les toasts et les œufs. Il resta juste Richie avec un léger soupçon d'antiseptique dans son odeur, mais il était encore chaud, vibrant, piquant et vivant. Skip le goûta lentement et profondément, tout comme ils avaient fait l'amour ce week-end, mais en plus doux. Il n'essayait pas de frapper quelque point que ce soit, il n'y avait pas de fantastique jouissance au centre de la cage de but. Il y avait juste Richie, les bruits d'animaux qu'il faisait et la façon dont ses doigts s'enfonçaient dans les épaules de Skip comme si sa vie en dépendait.

Celui-ci l'interrompit avec un cri, les yeux écarquillés, choqués et larmoyants.

— C'était une chose horrible à me faire, dit-il d'une voix brisée. M'embrasser comme ça. Comment vais-je vivre sans ça pendant un autre jour ? Ou deux ? Encore moins cinq. Bon sang, Skipper, tu m'as fracassé.

Il se retourna, attrapa son sac de voyage et se précipita sous la pluie.

Skipper réussit tant bien que mal à empêcher Hazel de s'enfuir avant de le suivre, mais il était tellement stressé qu'il oublia sa veste et son déjeuner. Le trajet vers Rancho fut un long voyage misérable, froid et humide, rythmé par le bruit des balais d'essuie-glaces et rendu brutal par le silence récriminant de son passager.

— Je suis désolé, déclara-t-il après avoir dépassé la route 50. Je… Je voulais juste te donner un baiser qui durerait toute la semaine.

— Ce n'était pas de ta faute, déclara Richie, sa voix encore épaisse. Je… Je devrais savoir… tu ne peux pas faire les derniers baisers, pas comme ça. Peut-être que si tu partais à la guerre ou un truc du genre, que je savais que je devrais être sans toi. Mais tu es juste en bas de la foutue route et j'essaie de me rappeler pourquoi ça a un sens.

C'était à Skipper de le dire.

— Tu avais raison, tu sais. Je suis celui qui n'a pas de famille, à part l'équipe. Tu es celui qui a une famille. Tu as l'équipe à perdre. Tu as…

— Quoi ? demanda Richie, semblant amer. Qu'est-ce que je dois faire ?

— Rien, Richie, répondit-il, se sentant à présent près des larmes. Juste… tu sais. Me voir quand tu le peux.

Ils s'approchaient de Grant Line maintenant et la main de Richie sur son genou le surprit.

— Je vais faire ça, dit-il avec force.

Skip se risqua à jeter un coup d'œil sur son passager. Il s'éclairait brusquement, changeant d'humeur comme le mercure.

— À quoi penses-tu ? demanda-t-il en fixant la casse automobile devant lui.

— Je pense que j'ai quelqu'un qui veut me voir ce week-end. Je ne vais pas foutre ça en l'air en me comportant comme une très vieille salope émotionnelle.

— Ce n'est pas parce que nous sommes gays que tu es une salope, dit Skip en souriant un peu, le halètement de Richie le frappant comme une gifle. Quoi ? demanda-t-il.

Mais c'était le moment de tourner et il ne pouvait pas le regarder parce qu'il était occupé à surveiller une foutue stupide voiture qui n'allumait pas ses feux sous la pluie.

Puis, la voiture passa et il put attaquer le grand terrain de boue que la casse automobile était devenue. Il espéra que les gens s'amusaient à farfouiller dans les voitures mortes sous la pluie parce qu'il ne pouvait penser à rien qu'il aimerait moins faire, à moins qu'ils préfèrent le faire lorsqu'il faisait 50 degrés à l'ombre.

Skip avait déjà parcouru la moitié de la piste avant de se risquer à regarder à nouveau son ami.

Celui-ci regardait droit devant lui, la bouche légèrement ouverte, le visage pâle contre ses cheveux spectaculaires.

— Quoi… tu vas bien, Richie ? Tu ne vas pas vomir, n'est-ce pas ?

Le jeune homme se secoua et le regarda avec un sourire un peu verdâtre. Skip dut reporter son attention sur la route qui était totalement glissante. Il s'arrêta finalement sur le parking de cinq places et regarda à nouveau son passager.

— Richie, dois-je te conduire chez le médecin ? Dois-je dire à ton père que tu as des nausées ? Qu'est-ce qu…

Richie le stoppa avec un baiser surprise, pressé, totalement conscient qu'ils pourraient être surpris, mais définitivement un baiser sur le coin de sa bouche. Skip tourna la tête, étourdi, et Richie enfonça sa langue une fois et le goûta, puis se retira et fit courir son pouce sur les lèvres de Skip avant de passer sa main derrière sur le siège arrière pour attraper son sac.

— Euh…

— Tu as raison, Skip, dit Richie en lui adressant un sourire légèrement plus naturel. Nous sommes gays. Nous disions homosexuels auparavant et je ne sais pas pourquoi dire gay est différent, mais ça l'est pour moi. Personne n'avait encore dit cela. À jeudi.

Cela dit, il partit, traversant le parking jusqu'aux bureaux qu'il ouvrit avec une clé. Skip attendit jusqu'à ce qu'il se retourne et lui fasse signe à la porte et disparaisse avant de partir.

Sur la route, à mi-chemin dans l'allée encadrée de plastique bleu vert et de fils électrifiés, il se déporta sur le côté et laissa passer une dépanneuse conduite par le père de Richie. Ce fut alors qu'il se rendit compte du grand risque que son amant avait pris avec ce baiser. Il se sentit un peu mieux alors qu'il revenait sur Grand Line et se rendait ensuite à son travail.

Ils étaient gays. Ils l'avaient nommé et Skip ne savait pas pourquoi, mais si ce mot rendait tout cela plus clair pour Richie, c'était pareil pour lui. Parfois, c'était comme entendre le prénom d'une personne par opposition à son nom de famille ou son surnom. Scoggins était l'homme sur lequel il criait sur le terrain, mais *Richie* était celui qui avait joui dans ses bras. Il existait de nombreux enfants prénommés Christopher, mais celui qu'on appelait *Skip* pouvait faire quelque chose, n'est-ce pas ? Alors, peut-être que pour Richie, *homosexuel* signifiait une chose et *gay* une autre. Skip s'en moquait. Si cela contribuait à rendre son ami bien dans sa peau, il accepterait n'importe quel nom que celui-ci aurait besoin d'entendre.

Quoi qu'il en soit, ce n'était pas si grave d'avoir nommé cela. Vous pouviez faire face à tout lorsque vous aviez un nom. Ils pourraient regarder le mot gay sur Internet et voir quelles positions ils pourraient essayer (même s'il était assez certain qu'ils trouveraient la plupart d'entre elles tout seuls.) ou ils pourraient lire des livres sur des personnes ayant fait leur coming-out et voir comment cela s'était passé.

Ils pourraient regarder la télévision et suivre la politique, même si regarder un film à propos d'être gay ne le tentait pas vraiment et qu'il ne suivait pas vraiment la politique. Cependant, c'était une chose qu'ils pourraient faire s'ils devaient savoir comment le reste du monde se préoccupait de ce qu'ils étaient.

En tout cas, ils n'étaient pas seulement « Skip et Richie contre le monde entier », ils étaient « Skip et Richie, deux gays qui pourraient ou pas choisir de rejoindre une communauté entière ».

Il se demanda avec un peu de tristesse s'il existait une ligue de football amateur gay qu'ils pourraient rejoindre si leurs coéquipiers décidaient qu'ils n'étaient pas assez progressistes pour faire face à « Skip et Richie, les deux gays qui pensaient avoir déjà une communauté et qui étaient maintenant un peu à la dérive. »

Cependant, l'échange complet l'avait laissé assez mal à l'aise et à côté de la plaque. Il avait oublié sa veste et son déjeuner, ce qui voulait dire qu'il allait devoir se rendre à son travail sous la pluie, puis déjeuner d'un sandwich sain encore une fois. Il alla déjeuner avec Carpenter et celui-ci était prêt à lui prêter son parapluie, mais Skip refusa parce que son collègue n'avait même pas apporté de chapeau. Il tremblait un peu et éternuait beaucoup lorsqu'ils revinrent et il regardait toujours son téléphone pendant chacune de ses pauses.

— Tesko Tech, déclara-t-il pour la énième fois alors que sa tête gonflait, le lançait et que le monde autour de lui se transformait en réfrigérateur. Skipper Keith à l'appareil, comment puis-je vous aider ?

— Oh, Schipperke ! dit cette voix désormais familière. Vous ne semblez pas bien, jeune homme. Que faites-vous au travail ?

— J'achèterai des médicaments pour le rhume en rentrant chez moi, se défendit-il, mais il savait que ça ressemblait à j'ztrai des bediments bour le rhube en trant zez moi.

Oh, bon sang, cela allait être terrible.

— Puis-je vous aider ?

Buisje ou der ? Oh, merde, avec un peu de chance, son rhume ferait que cet homme y réfléchirait à deux fois avant de lui faire des avances, allez savoir ?

— Vous pouvez me laisser vous apporter du thé chaud et de la soupe de poulet, déclara monsieur Flirt, sagement. Vous ne semblez pas bien du tout. Je suis sérieux. Vous êtes en bas dans l'aile ouest du bâtiment, n'est-ce pas ? Laissez-moi vous envoyer quelqu'un pour vous amener ça. S'il vous plaît, dites-moi que vous avez quelqu'un qui pourra s'occuper de vous lorsque vous rentrerez chez vous.

Skip grogna et reposa sa tête douloureuse sur son bras.

— Qui *tes* bous ? demanda-t-il, totalement incapable de penser à ce qu'il était censé dire. Pouwoau bous êtes si zentil avec boi ?

— Pourquoi je suis si gentil avec vous ? traduisit l'appelant en riant. Parce que vous avez une voix amicale, Skip. Et parce que vous avez réussi à régler mon problème, même après que je vous ai fait des avances sans vergogne. Vous êtes vraiment fair-play, soit dit en passant. Maintenant, sérieusement, donnez dix minutes à ma secrétaire et elle viendra avec du *Theraflu Daytime*. Mais, dites-moi, j'espère que votre petite amie sera chez vous pour vous tenir la main parce que vous êtes le premier ami que je me suis fait, ici, à Tesko, et j'espère qu'on va s'occuper de vous.

Oh, c'était gentil, vraiment gentil, n'est-ce pas ? Il devrait envoyer un texto à Richie et lui dire que son horrible client gay porno pénible était en réalité un gentil type qui aimait juste plaisanter.

— Bon betit abi ne beut bas zocuper de boi vant bendredi, dit-il tristement. Bais, z'est zentil de botre bart, berci.

— Waouh, Schipperke, ça craint, déclara doucement son interlocuteur. J'espère que le *Theraflu* va fonctionner. Ne venez pas travailler demain, d'accord ? Cela semble mauvais et vous avez besoin de vous reposer.

— Berci, dit-il, ne voulant pas lever sa tête de son bureau. Au reboir. Bassez ne vonne zournée !

Il raccrocha, puis grogna et son téléphone sonna en même temps qu'il levait les yeux et voyait Carpenter debout près de son bureau tenant un sweat-shirt de leur compagnie à la taille de Skip.

— Salut, dit-il faiblement. Z'est bour boi ?

— Oui, dit Carpenter, semblant exceptionnellement sobre. Tiens, Skip, enfile ça. Tu ressembles à un mort. Tu aurais dû demander à Richie d'attendre pendant que tu prenais ta veste.

Il cligna des yeux et essaya de se rappeler ce qu'il avait raconté à son collègue au sujet de Richie qui venait chez lui. Il n'arrivait pas à se concentrer autant.

— Bitchie tait broblèbe, dit-il avant de regarder son téléphone.

Désolé, j'ai été une salope ce matin.

Skip sourit et une partie de sa misère disparut.

— Bais blus baintenant, dit-il en enfilant le nouveau sweat-shirt.

Il répondit au SMS.

Pas une salope, je t'aime toujours.

Moi aussi.

Il caressa le téléphone pendant un moment, souriant et perdant la trace de ce que faisait Carpenter jusqu'à ce qu'il entende un bruit de gorge qu'on s'éclaicissait. À cet instant, une femme dans la cinquantaine avec un air efficace s'avança sur des chaussures vertigineuses.

— Monsieur Keith, dit-elle, sa voix vive tempérée de gentillesse.

— Voui ?

Elle sourit un peu et, pendant un moment, son visage mince avec des cheveux blanchis avec goût étincela. On aurait dit sa mère en plus âgée et comme une aquarelle floue dans la pénombre de sa chambre.

— Bonjour, mon patron m'a envoyé ici avec du *Theraflu* pour vous. Il s'inquiète aussi que vous ne soyez pas en état de rentrer chez vous, dit-elle en lui tendant une grande tasse fumante portant le logo de leur entreprise et, il l'espérait, beaucoup de médicaments super bons pour le remettre d'aplomb dedans.

— Je peux le ramener chez lui, dit tranquillement Carpenter. J'appellerai aussi son petit ami.

Skip se figea avant de boire et il adressa un regard surpris à son collègue, mais la belle femme qui ne ressemblait pas vraiment à sa mère repartait déjà et Carpenter le regardait avec une douce compréhension.

Il but son *Theraflu* pendant quelques instants, incapable de soutenir ce regard doux et insistant.

— Cela fonctionne vraiment, déclara-t-il après un petit moment. Je peux probablement terminer mon service et rentrer chez moi.

Oh, bon sang. Il pouvait *respirer* à nouveau.

— Alors, je ne devrais pas appeler Richie ? dit Carpenter calmement.

Skip se risqua à jeter un coup d'œil sur lui. Son collège semblait juste… attendre. Il ne semblait pas le juger ou quoi que ce soit et attendait simplement.

— Je lui enverrai un texto lorsque je rentrerai chez moi, dit-il en essayant de rire pour faire passer ça.

Il avait toujours mal à la tête et son estomac et ses mains tremblaient fortement. Il était encore malade, le médicament n'avait pas changé ça, il l'avait juste aidé à fonctionner un peu mieux.

Il allait devoir faire quelque chose et il commença déjà à planifier ce qu'il achèterait.

Dès que Carpenter aurait cessé d'attendre.

— Tu aurais pu me le dire, dit finalement celui-ci en soupirant et en se détournant pour retourner dans sa propre cabine où une foule de lumières clignotaient et l'attendaient.

— Cela vient seulement d'arriver, répondit Skip en se surprenant. Juste avant Halloween. C'est… tu sais.

Il rit sans humour avant de poursuivre.

— Mon Interlocuteur Galant le sait. Richie et moi…

Carpenter grimaça et regarda derrière lui.

— Richie et toi êtes encore en train de régler vos problèmes.

— Tu es très intelligent, répliqua-t-il, son visage chauffant même au-delà de la fièvre.

Carpenter hocha la tête et sourit, une partie de la tension s'évaporant dans l'air.

— Et tu es la seule personne qui m'ait traité ainsi de toute ma vie, déclara-t-il. Si tu as besoin d'un ami…

— Je sais où tu travailles, répondit Skip en réussissant à lui adresser un clin d'œil avec un sourire.

Son collègue leva un pouce et prit son téléphone et Skip réussit, avec peine, à faire son travail.

Il s'arrêta et acheta des *Theraflu* sur le chemin en rentrant chez lui ainsi que du *Nyquil*, du thé vert, du vinaigre de cidre et du bon vieil *Advil*. Sa tête le faisait déjà souffrir lorsqu'il passa sa porte et il gémit. Il avait eu l'intention de courir ce soir-là, puisque Richie avait mis la pagaille dans son régime d'entraînement. Il détestait l'idée de devoir appeler son travail pour prévenir qu'il était malade. Il pensa qu'il allait prendre des médicaments, se coucher et espérer qu'il irait mieux le lendemain.

Il s'étendit sous les couvertures et trembla pendant un moment en espérant que le médicament ferait vraiment effet, caressant Hazel jusqu'à la faire baver sur sa barbiche noire et fumée de chatte et envoyant des textos à son petit ami. Il s'endormait entre les SMS de temps en temps et lors d'un de ses réveils, Richie lui demanda pourquoi il ne suivait pas leur émission.

Désolé, je me suis endormi.

Il n'est que vingt heures !

Trop de bons exercices ce week-end *regard lubrique*

Bien.

Est-ce que je t'ai dit que ce mec avait appelé aujourd'hui ? Il pensait que j'étais malade et c'était vraiment sympa. Il a envoyé sa secrétaire avec du thé.

Son téléphone sonna.

— Il a envoyé sa secrétaire avec du thé ? demanda Richie avec brusquerie.

— Oui, répondit Skip en espérant que ses médicaments commençaient à faire leur effet et qu'il ne semblerait pas trop pathétique. C'était sympa. Carpenter m'a donné un sweat-shirt de la compagnie. Ne t'inquiète pas. Je vais me coucher tôt et j'irai bien demain matin.

— Il n'a pas essayé de te faire à nouveau des avances ? demanda Richie, l'air grincheux.

— Il a surtout dit que j'étais un homme sympathique qui le dépannait et il m'a demandé si ma petite amie s'occupait de moi.

— Qu'est-ce que tu as dit? demanda-t-il, semblant bouleversé et curieux en même temps.

Merde, sa tête le faisait souffrir. Il était incapable de mentir.

— J'ai dit que mon petit ami ne pouvait pas s'occuper de moi avant vendredi, donc pas d'inquiétude.

— Jusqu'à vendredi!

— Richie, ne t'en fais pas, dit-il brusquement. Écoute. Ma tête me fait mal et un des cachets pour la nuit que j'ai pris me rend cinglé. Je vais me coucher avant de voir des petits hommes verts, d'accord?

— Tu m'appelles demain matin et tu me dis comment tu vas, d'accord?

Skip sourit. Ce qui se passait battait à plate couture la dernière fois qu'il avait été malade avant que Carpenter commence à travailler chez Tesko. Il était certain qu'à l'époque, il aurait pu mourir dans son lit et personne ne l'aurait remarqué jusqu'à l'entraînement du jeudi.

— Je te le promets, dit-il.

Il s'endormit avec la lumière, recroquevillé autour du téléphone. Il se réveilla à quatre heures du matin parce que sa poitrine donnait l'impression d'être un champ de verre cassé accouplé à une boîte de lames de rasoir et que leur progéniture grandissait dans ses poumons.

Et il avait un éléphant debout sur sa tête.

Au moment où Richie l'appela, il avait réussi à se droguer suffisamment pour sortir de la maison, mais son ami savait que quelque chose n'allait pas. Le déjeuner se passa et tous les médicaments que Skip avait pris dans la matinée firent dérailler son cerveau. Carpenter le ramena chez lui au milieu de la journée parce que l'Interlocuteur Galant avait téléphoné et qu'il l'avait décroché en annonçant : « Tech Tech, comment puis-je vous sentir? »

Puis, il l'avait mis en attente.

L'agréable secrétaire avait descendu les escaliers quelques instants plus tard avec des instructions strictes pour que Skip ne revienne pas à Tesko avant lundi.

Après l'avoir conduit chez lui, Carpenter l'aida à se déshabiller et à se mettre au lit, en riant doucement avec lui tout le temps.

— Est-ce que nous aimons le violet, Skip? Quelle est notre couleur préférée?

— Nous aimons le pourpre, dit-il en pensant que cela avait l'air *génial* et se demandant où se trouvaient son bureau et son téléphone. Mais pas autant que l'orange. Les cheveux de Richie sont si… *orange*. Nous couchons ensemble. N'est-ce pas génial ?

— Oui, Skip. Ce qui est génial, c'est que tu ne l'aurais pas dit à âme qui vive si tu n'étais pas malade !

— Je suis *malade* ! dit Skip, horrifié.

Il se pencha et essaya d'enlever ses chaussures, puis il se rendit compte qu'il les avait ôtées dès qu'ils étaient entrés sans laisser Hazel sortir.

— Je suis *malade* et Richie ne peut pas venir avant *vendredi*.

Il fit une pause, pas certain que son collègue et lui soient allés aussi loin.

— Je suis gay, Clay, annonça-t-il en riant. Gay Clay. Une bonne chose que tu ne le sois pas où ce nom pourrait te rester.

— Oui, comme si je n'avais pas entendu *ça* à l'école primaire, grogna celui-ci. Mais je suis content de l'entendre de ta part. Comment est-ce que tu te sens ?

Skip essaya de réfléchir, mais il se balança debout à côté de son lit. Il aimait son lit. Il avait des barreaux en laiton. Si brillants.

— Je me sens bien, dit-il en essayant de prendre la chose gay au sérieux. Je me sentirais mieux avec Richie. *Tout* est mieux avec lui.

De grandes mains larges le manœuvrèrent jusqu'à ce qu'il grimpe à quatre pattes sur le lit comme un petit enfant. Il y arriva, en travers, puis il tomba à plat ventre et remua jusqu'à ce que sa tête soit en haut et ses pieds en bas.

— Comment Richie se sent-il à ce sujet ? demanda Carpenter en le couvrant de sa couette.

— Il déteste ça, répondit le malade avec légèreté. Cette couverture est si douce ! J'aimerais en avoir une autre.

— Je m'en occupe, dit son collègue, toujours aussi doux. Pourquoi Richie déteste-t-il ça ?

— Richie *m'*aime ! expliqua-t-il, ses yeux se refermant. Mais gay est un mot effrayant. Effrayant, effrayant, effrayant. Le père de Richie est effrayant. Ses demi-frères sont effrayants. Mais pas moi. Je ne veux pas être effrayant. Tout est si…

— Effrayant, murmura Carpenter en posant sa main sur le front du jeune homme. Merde, Skip, aussi dans les vapes que tu sois, tu ne devrais pas être aussi chaud. As-tu un thermomètre ?

— Dans le placard…

— Des légumes congelés ?

— Dans le congélateur. Pourquoi ?

— Sans raison. Je m'affolerai après le thermomètre.

Il disparut et Skip perdit la notion du temps.

Il revint à lui alors que Carpenter et Richie débattaient dans la cuisine et se livraient à un combat de coqs

Il resta allongé dans la paix de sa chambre et caressa Hazel qui restait lovée près de sa tête, sans réclamer des câlins, donc il *devait* être malade.

— Nous ne mettrons pas des petits pois congelés sous ses aisselles ! hurla Richie. Et nous ne l'emmènerons pas chez le médecin. C'est cet endroit qui l'a probablement rendu malade au départ.

— Non, ce qui l'a rendu malade, c'est de sortir sans veste sous la pluie, Richie. Je te le dis, quarante degrés, c'est mauvais chez un adulte.

— Mais pas pour lui, l'informa Richie en baissant un peu la voix. Il y a environ trois ans, il est tombé malade et nos coéquipiers du football sont venus et ont pris des tours pour s'occuper de lui. Il nous a dit qu'il avait des accès de fièvre depuis qu'il était enfant.

— Oh, oui ! J'avais oublié ça, dit Skip à Hazel. Ils *étaient* là pendant cette période. C'est agréable, ils ne reviendront pas, mais c'était gentil de venir une fois.

— Quoi ? dit son petit ami en venant de la cuisine. Skip, as-tu besoin de quelque chose ?

— J'avais oublié, répondit-il simplement.

Oh, il avait l'air bien.

Ses cheveux étaient complètement ébouriffés à cause de la pluie, il portait encore l'attelle métallique, avait toujours des meurtrissures noires sous ses yeux, mais il ressemblait toujours à un ange du paradis.

— J'avais oublié que l'équipe de football était venue à cette époque, reprit-il. Je me souviens juste d'être allongé ici, de me sentir seul.

Tout le faisait souffrir. Sa tête, ses articulations, sa gorge, ses oreilles. Cependant, Richie *était là.*

— Pas tout seul, dit-il, heureux malgré ses misères. Tu es là. Et Carpenter aussi.

Il caressa Hazel et s'adressa à elle.

— N'est-ce pas agréable, Hazel ?

Celle-ci miaula et ronronna dans un de ses moments « Génial, c'est bon d'être un chat de maison ! »

Richie s'avança dans la chambre, vint s'asseoir sur le lit à côté de lui et caressa doucement ses cheveux en sueur.

— Tu es vraiment chaud, dit-il calmement. Je peux comprendre pourquoi Carpenter a peur. Mais les pois sous les aisselles et au creux des cuisses, c'est juste…

— C'est foutrement douloureux, confirma Skip. Peut-être juste sur les poignets. Je pense que Jefferson a fait ça. Était-ce Jefferson ? Quelqu'un a fait ça.

— C'était moi, mon grand bavard, répondit son petit ami en riant doucement. Tu… tu me réclamais toujours. Les hommes ont compris que nous étions assez proches et j'ai dû faire la plupart des soins infirmiers. Nos coéquipiers ne savaient pas que je voulais tellement que tu me remarques aussi.

— Je l'ai remarqué, assura Skip avec des yeux larmoyants. Tu as tout simplement dit à tout le monde que je pouvais le faire. Je ne voulais pas te laisser tomber. C'est comme ça que je suis devenu Skipper, je pense.

— Nous allons mettre la nourriture surgelée sur les poignets et les chevilles, d'accord ? dit Richie, l'air inquiet en se penchant pour déposer un baiser sur sa tempe.

— Ça va aller avec Carpenter, n'est-ce pas ? demanda-t-il avec angoisse. Il sait.

Oui, c'est ça, n'est-ce pas ? Son collègue connaissait le grand secret gay et il ne semblait pas s'en préoccuper.

— Il est énervé parce que tu ne lui as pas dit plus tôt, dit Richie en frottant la mâchoire de son petit ami avec son pouce. J'ai essayé de lui dire que nous ne savions pas.

Skip se demanda brusquement, dans l'étrange lucidité de son rêve fiévreux, à quel point c'était vrai.

— Tu as déjà pensé à quel point nous le savions ? demanda- Skip. Tu as déjà pensé que juste cette fois, nous ne pouvions plus supporter de faire comme si nous ne savions pas, désormais ?

— Oui, pourquoi pas ? répondit son ami en fermant les yeux avant d'embrasser sa joue. Je ne peux plus supporter de faire comme si nous ne savions pas. Nous allons le faire. Accroche-toi, Skip. Nous allons mettre des aliments congelés sur tes fesses, d'accord ?

— Oui, merci pour les pois mélangés, répondit-Skip en riant tout seul.

Richie soupira et quelques instants plus tard, Skip essayait simplement de ne pas pleurer de l'inconfort d'avoir tant de froid sur ses poignets et ses aisselles. Seule la pensée de ces blocs de froid poussés sous ses aisselles le faisait gémir et se battre.

Une heure plus tard, sa fièvre descendait jusqu'à trente-huit degrés six et Carpenter poussa un soupir intense de soulagement.

— C'est génial, dit-il en s'effondrant sur une chaise de cuisine qu'il avait amené dans la chambre. Bon sang, je me suis vu te traîner à l'hôpital et tout cela devenir terrifiant...

— Pas d'hôpital, déclara Skip, se souvenant de l'argumentaire de Richie selon lequel il aurait probablement attrapé le virus à l'hôpital.

C'était vraiment possible. Mais pire que ça...

— Les coéquipiers viendraient me rendre visite à l'hôpital, déclarat-il, se sentant lucide pour la première fois en deux jours. Et je babille, apparemment.

— Tu babilles apparemment ? C'est ce que tu as dit ? demanda Richie à côté de lui en commençant à rire. Tu babilles apparemment ?

Carpenter, complètement affalé sur une chaise, commença également à rire.

— Oui... tu as entendu ça ? Il babille ! Qui l'eut cru ?

— Vous me fatiguez tous les deux, répliqua Skip avec dignité en fermant les yeux pour les ignorer.

Puis, il s'endormit.

Il fut réveillé quatre heures plus tard par une nouvelle poussée de fièvre. Richie était là pour lui donner des médicaments et refroidir ses extrémités.

— Où est Carpenter ? bafouilla Skip. C'est un bon gars. Il a besoin de jouer plus souvent au football. Tu le laisseras jouer lorsqu'ils m'éloigneront, n'est-ce pas ?

— Où vas-tu ? demanda Richie qui semblait distrait et fatigué, mais il était trois heures du matin après tout. Carpenter est rentré chez lui, il me remplacera demain matin.

— Humm... accepta le malade. Je vais m'inscrire à la ligue gay. Il doit exister une ligue gay pour le football, n'est-ce pas ? S'ils ne nous laissent pas jouer dans la ligue amateur ?

Il était couché sur le dos, les sachets de légumes sur ses poignets et ses chevilles et il regardait le plafond en essayant de tracer des motifs compréhensibles de sa vie sur ce qu'il y voyait.

Richie se déplaça dans la pièce, nettoyant le thermomètre, remplaçant les mouchoirs, prenant la bouteille vide, probablement pour la remplir d'eau. Il arrêta toute activité pour regarder son petit ami du coin de l'œil.

— Pourquoi irais-tu dans une ligue gay alors que je serais toujours dans la ligue amateur? demanda-t-il.

Skip le regarda, malheureux. Tout ce temps ensemble et pas de sexe. Ça craignait vraiment d'être malade.

— Parce que je suis celui qui nous a dévoilés, dit-il, pensant que c'était raisonnable. Je ne voulais pas le dire à Carpenter. Je ne veux pas que ton père l'apprenne et ne te parle plus. Je veux juste que tu puisses rester pendant la semaine. Je vais donc m'inscrire à la ligue gay. Tout le monde au travail sait que je suis gay. Tu peux rester en ligue amateur. Personne ne doit savoir pour toi.

— Arrête de réfléchir, marmonna son garde-malade en secouant la tête.

Il revint ensuite avec une bouteille pleine d'eau fraîche et plus de médicaments.

— Voilà. Assieds-toi, Bébé.

Il obéit et prit la bouteille d'eau et les médicaments. Il finit et voulut rendre la bouteille, mais il se demandai si Richie était en colère parce qu'il ne voulait pas qu'il soit dans la ligue gay non plus.

— Tu veux au moins rester dans la ligue amateur, n'est-ce pas? demanda-t-il lentement lorsque Richie resta silencieux pendant un moment.

— Je jouerai là où tu seras, Skip, répondit-il, fatigué. Ligue gay, ligue amateur, tu choisis, je te suivrai sur le terrain, d'accord?

— Je suis désolé de l'avoir dit à Carpenter. Et à l'homme au travail qui voulait que je regarde un porno avec lui. Et à sa secrétaire.

Richie rit un peu et installa son malade sous les couvertures avant d'éteindre.

— Tu sais ce qui me désole?

— Quoi?

— Que tu sois malade comme un chien. Je suis fou d'inquiétude pour toi parce que tu es plus malade que tu l'étais il y a trois ans. Et tu as pris des médicaments et tu as essayé d'aller au travail comme si tu n'avais pas d'autre endroit où aller.

— C'était idiot, déclara Skip en le pensant.

Il s'était senti bien pour aller au travail, mais bon sang, une heure après c'était la *catastrophe*.

— C'était à cause de la *solitude,* dit Richie, sa voix cassée. Et maintenant, tu devrais te préoccuper de guérir et tu babilles à propos du football en ligue gay parce que tu ne veux pas que je sois fâché. Je monterai sur le toit de notre bureau et je te ferai une *fellation* si tu arrêtes de babiller assez pour aller mieux, d'accord, Skipper? Juste… Ne t'inquiète pas de la ligue gay ou amateur. Toi et moi, ce sera toi et moi et nous jouerons au football et ça n'a pas à être important, d'accord?

— Mais, qui va prendre soin de moi lorsque tu partiras? demanda-t-il, confus. L'équipe est venue la dernière fois, mais je babille.

— Carpenter et moi, répondit son ami en s'installant confortablement dans le dos de Skip, mais sans le toucher. Nous allons nous occuper de toi. Ne t'inquiète pas, Skip. Tu ne resteras pas seul. Et, tu sais quoi? S'il le faut, nous appellerons l'équipe. S'ils refusaient de s'occuper de toi parce que tu es gay, qu'ils aillent se faire voir. Nous trouverons d'autres hommes.

— Je les apprécie, déclara Skip, mal à l'aise. Ce sont de bons gars.

— Oui, ils ne sont bons que s'ils te traitent bien. Maintenant, tu dois dormir, Skipper.

— D'acc. Je t'aime, Richie.

— Je t'aime aussi, Skip.

— Ça devient plus facile à dire chaque fois.

— Oui, je sais. C'est plus important aussi, tu sais, comme te brosser les dents ou boire ton café, le matin. Ce que tu dois faire.

— Oui, répondit Skip en souriant, sa fièvre ayant un peu reculé, son cerveau fatigué, mais clair pour la première fois depuis le début de cela. J'aime boire de l'eau ou aller aux toilettes. On ne peut pas croire que c'est anormal.

— Ou respirer, Skip. Ça sonne mieux.

— Oui, j'aime respirer.

C'EST DRÔLE, on devrait mentionner que respirer est nécessaire. Sa fièvre se maintint à un niveau raisonnable, ce soir-là, mais sa respiration n'était plus qu'un souvenir heureux, une chose du passé, tandis que ses poumons se remplissaient et que même la toux la plus déterminée n'arrivait pas à les dégager. Il passa le mercredi et le jeudi couché dans son lit, essayant de faire sortir ses poumons par sa bouche en toussant. Richie restait la nuit et Carpenter passait le voir dans la journée. Il souhaita presque qu'ils le laissent seul. Ils semblaient faire des bruits atroces lorsqu'ils entraient.

Richie et Carpenter allèrent à l'entraînement ce soir-là et ils informèrent tout le monde que Skip était malade, mais qu'ils devaient quand même s'entraîner. Leur capitaine leur avait écrit une liste d'exercices qu'ils devaient faire l'un après l'autre après avoir terminé les tours de course autour du terrain.

Richie revint à la maison, s'assura que Skip avait mangé de la soupe et il lui fit un rapport sur ses équipiers.

— Carpenter a été parfait pendant l'entraînement, tu aurais dû le voir pendant qu'il courait, sautait, faisait les exercices. Je pense qu'il a perdu du poids à s'inquiéter pour toi.

Skip leva les yeux sur Richie qui affichait encore les derniers reflets de son nez cassé, ainsi que ses yeux au beurre noir l'accompagnant.

— Je sais ce qu'il ressent… déclara-t-il.

— Oui, eh bien, mange plus que de la soupe ou tu n'iras pas mieux. Mais tu dois entendre ça. Les hommes étaient vraiment bons, à l'exception de McAllister, mais tu le connais, il a toujours été un enfoiré du style : fais ceci, fais cela ! Ce n'est pas grave. Ils étaient bons. Ils ont voulu savoir si tu serais là samedi et j'ai répondu que si tu venais, tu resterais sur le bord du terrain.

— Aïe, répondit Skip

Puis, il toussa pendant dix minutes pendant que Richie attendait patiemment qu'il puisse finaliser sa pensée.

— Peut-être pas, réussit-il à murmurer lorsqu'il eut fini. Peut-être que dormir sans tousser est une priorité.

— Je savais que tu étais un homme intelligent, commenta son garde-malade avec une certaine satisfaction en hochant la tête.

Il caressa le côté de son bras et, pour la première fois en plusieurs jours, le corps de Skip se souvint de ce que cela signifiait.

— Ooh, dit-il en roulant pour faire face à son petit ami.

Celui-ci l'avait fait se lever le matin, afin de changer les draps, il venait de se laver et de prendre des médicaments. Si sa poitrine n'avait pas été si douloureuse, il aurait pu se sentir sexy au lieu d'être dans un trou noir comme il l'était.

— Si je suis en meilleure santé dimanche, tu crois que toi et moi… dit Skip en battant des cils, espérant que Richie comprendrait.

— Je pense que nous pourrions, répondit Richie en ébouriffant ses cheveux. Cependant, nous devons voir si tu peux être un bon malade avant d'être un adulte en meilleure forme, d'accord, Skipper ?

— La meilleure chose à propos d'être adulte est de faire l'amour, répliqua Skip en boudant.

Richie se contenta de rire.

CARPENTER ÉTAIT là vendredi lorsque Richie entra et «fit semblant de travailler», comme il disait. Skip ne lui avait pas demandé ce qu'il avait raconté à son père pour la semaine passée. Il n'avait pas vraiment envie d'y penser. D'une part, «mon ami est malade et je l'aide» était parfaitement légitime.

D'autre part, il ne savait pas si son petit ami était meilleur que lui pour garder un secret.

Carpenter avait tenté d'aborder la question alors qu'ils jouaient à des jeux vidéo installés sur le canapé.

— Si tu avais *Battlefield : Hardline*, Richie pourrait dire à son père que c'est pour cela qu'il vient, déclara-t-il en éclatant la dernière version de *Witch Hunter* comme s'il l'avait déjà maîtrisé.

C'était le cas.

Skip regarda son personnage mourir d'une mort ignominieuse et se redressa pendant que son collègue et ami continuait à jouer. Il avait besoin de tousser pendant une minute de toute façon.

— Je ne pense pas qu'un nouveau jeu vidéo puisse empêcher les gens de soupçonner l'homosexualité, dit-il.

— Je dis simplement que ce serait une meilleure excuse pour sa présence ici.

— Est-ce que tu aimerais que j'aie *Battlefield : Hardline*, Carpenter? demanda-t-il en souriant doucement

— Eh bien, je pourrais te *l'offrir* pour Noël, dit-il en lui adressant un sourire timide. Mais il faudrait que tu sois sympa avec moi aussi.

Skip se mit à rire, puis il toussa, puis rit davantage.

— Qu'est-ce que je devrais faire pour compenser cela?

— Hum... que dirais-tu de venir chez mes parents avec moi pour Thanksgiving, dans deux semaines? Richie peut venir aussi s'il le souhaite, mais tu dois vraiment venir.

— Vraiment? demanda Skip avec un air suspicieux.

Son ami termina son niveau et mit le jeu sur pause. Il se tourna vers lui et lui tendit son thé à l'orme rouge, ce dont Skip lui fut reconnaissant.

— Tu es mon meilleur ami, Skip, pas de la même manière que Richie et toi l'êtes, d'accord? Mais mes parents continuent à se poser des questions sur ma vie sociale et si je vis bien, loin de chez moi. Tu es un homme agréable, tu es raisonnablement équilibré et, lorsque tu n'es pas malade, tu parles d'une manière vraiment sensée. Ce serait vraiment *génial* si tu pouvais venir pour Thanksgiving et convaincre Clyde et Cheryl Carpenter que leur petit garçon n'est pas totalement asocial et que sa dernière rupture romantique ne va pas l'inciter à vivre en reclus dans son petit appartement en se gavant de Cheetos et de Red Bull jusqu'à ce que son cœur explose.

Skip se mit à rire en imaginant ça et il toussa pendant cinq minutes ensuite. Il réussit à s'arrêter et grimaça parce que son ami était drôle, très humain et pas tout à fait honnête.

— Tu te sens vraiment désolé pour moi, dit-il.

Il se sentit stupide lorsque Carpenter lui adressa une grimace en retour.

— Tout ce que j'ai dit est vrai, se défendit-il. Cependant… Ça ne m'avait pas frappé jusqu'à ce que je te ramène chez toi, tu sais ? Tu ne t'en souviens pas, tu riais, collé contre la vitre de la voiture en disant « Oooh ! » tout le temps. Mais je t'ai demandé pourquoi tu étais même venu au travail. Tu avais eu la permission d'un des PDG de rester chez toi et tu t'es quand même présenté pour assurer ton poste alors que tu étais dans cet état-là.

Il se déplaça sur le canapé et s'appuya sur ses coudes avant de continuer.

— Sais-tu ce que tu as dit ?

— Oooh ? tenta-t-il, sentant son visage chauffer et devinant vaguement.

— Tu as dit que si Richie n'était pas là, le travail était le seul endroit qui te manquait.

Skip enfonça son visage entre ses mains et fixa son horrible jogging plein de trous qui lui tenait lieu d'uniforme pour cette horrible semaine parce que ceux sans trous (réellement ?) étaient dans le sèche-linge.

— Je suis officiellement l'homme le plus pathétique au monde, marmonna-t-il. Dis-moi que tu n'as pas dit cela à Richie.

Le silence à côté de lui n'était pas encourageant.

— Carpenter ! gémit-il. Je pensais que tu étais mon *ami* !

— Je le suis, répliqua ce dernier en levant les mains comme s'il se défendait. Je suis ton ami et je ne veux pas que tu sois seul !

— Oui, parce que rien ne dit qu'on peut attirer quelqu'un en étant si seul qu'on devient un objet de pitié ! Je veux dire, comment va-t-il…

Il recommença à tousser et cette fois, c'était douloureux. Cependant, cela ne l'empêcha pas de penser : *comment va-t-il me respecter assez pour m'aimer s'il est désolé pour moi !*

— Richie te *révère totalement*, déclara Carpenter lorsque l'épisode de toux fut terminé. Mais j'aimerais vraiment que tu m'accompagnes chez mes parents pour Thanksgiving. Nous nous sentirions mieux.

Skip grogna et se laissa retomber contre les coussins du canapé, trop fatigué tout à coup pour ressentir quoi que ce soit. Le père de Richie fêtait Thanksgiving. Richie le lui avait dit la veille, après l'entraînement. Son petit ami redoutait cela, il n'aimait pas la cuisine de sa belle-mère, détestait encore plus ses demi-frères et n'était pas vraiment friand du frère ou de la famille de Kay… Mais il ne voulait pas que Skipper vienne.

— Je peux y assister tout seul et être misérable ou tu pourrais venir avec moi et nous serions misérables tous les deux. Sérieusement, Skipper, je me sentirai mal rien qu'à te regarder tenter de ne pas les injurier lorsqu'ils commenceront à fumer dans la maison. Tu resteras chez toi et je viendrais te voir après, ou même mieux, vendredi matin, d'accord ?

Skip avait hoché la tête, épuisé et triste, et il s'était résigné à être seul pour une fête, une fois de plus. Il regarda Carpenter et ressentit réellement une petite envie de jubiler.

— Dois-je apporter quelque chose ? demanda-t-il avec espoir.

— Du pain. Tu te souviens lorsque tu as fait du pain une fois et que tu l'as apporté ? Fais-en un peu plus. C'était vraiment bien.

Il pensa à faire du pain et à en garder un peu pour Richie. Ils pourraient le manger le lendemain… en fait, il pourrait leur faire un petit poulet avec de la farce sans les relents désagréables de fumée.

Cela devrait fonctionner.

— D'accord, dit-il.

Pour la première fois depuis cette promenade sous la pluie, il se sentait un peu redevenu lui-même. Richie serait là ce soir, et Skip pourrait au moins de regarder le match depuis le banc de touche.

Et il aurait son petit ami pour lui pour le reste du week-end.

Et dans deux semaines, il fêterait Thanksgiving avec la famille de quelqu'un, même si ce n'était pas celui qu'il avait espéré.

RICHIE VINT, comme prévu, et bien que Skip soit encore malade, ils passèrent tous les deux un délicieux moment, cette nuit-là. Tous les deux en sous-vêtements, se pelotant simplement *partout*. Richie se pelotonna dans les bras de Skip, son dos contre le torse de son amant et tandis que celui-ci câlinait sa poitrine, son abdomen, sa gorge, le jeune homme caressa son propre sexe jusqu'à ce que son corps se resserre et qu'il jouisse.

— Oooh… Ooh, ooooh.

Ce son sexy fut presque suffisant pour que Skip durcisse malgré trois prises successives de médicaments pour la grippe.

Richie revint se coucher après s'être lavé et il embrassa Skip sur la joue en enlaçant son cou.

— Je n'avais jamais fait ça avant, dit-il.

— Te branler? dit Skip en réussissant à rire sans tousser. Tu ne m'avais pas dit que c'était une sorte de première?

— Non, je veux dire devant quelqu'un *d'autre*, répondit Richie en riant, son rire beaucoup plus profond sans la touche due aux mucosités.

— Oui?

Skip se sentit fier de cela et sa mélancolie pour Thanksgiving commença à s'effacer.

— Tu es spécial, Skipper. N'en doute jamais.

Skip s'endormit, son bras serré sur l'abdomen de Richie et fit un rêve au sujet de dindes se masturbant et éjaculant de la sauce.

Fichus médicaments contre la grippe.

GAGNER ET PERDRE.

SKIP ÉTAIT emmitouflé et portait son écharpe et son chapeau pour assister au match, heureux qu'il ne pleuve pas. Richie et Carpenter l'avaient tous les deux menacé de l'attacher au lit s'il pleuvait et, bien que pour son petit ami, cela ait pu compter comme une idée sexy et jusqu'ici inexplorée, en ce qui concernait son ami, c'était de la frustration pure.

Les Scorpions rencontraient une équipe d'une force à peu près égale à la leur, donc Carpenter, tenant le poste de défenseur, faisait une réelle différence dans le reste de l'équipe qui jouait.

Skipper marchait le long de la ligne de touche, incapable de crier des directives, mais de temps en temps Richie l'observait et il pointait quelqu'un et faisait des gestes et son coéquipier arrivait à lire sans problème son esprit.

Cela semblait fonctionner correctement ainsi. L'équipe avait été très heureuse de le voir et il avait profité de beaucoup de claques dans le dos et de blagues sur les Kleenex, mais une fois qu'ils étaient arrivés sur le terrain, ils s'étaient focalisés sur le jeu. C'était une chose qu'il appréciait à leur propos, aucun d'eux n'avait demandé pourquoi on ne les avait pas appelés pour s'occuper de lui et il n'était pas certain de savoir comment expliquer « Je babille et j'ai enfin un secret à dire. »

Ils étaient à égalité, deux partout, à la mi-temps et Skip réussit à leur donner des directives rouillées lorsqu'ils vinrent tous boire de l'eau et se rassembler pour discuter de la suite du match. Il expliqua à McAllister qu'il devait laisser Carpenter tranquille parce qu'il faisait son travail et il dit à Galvan et Owens qu'ils devaient cesser de se parler au milieu du terrain parce que leurs adversaires écoutaient et découvraient ce qu'ils allaient faire.

— Bonne chance ! cria-t-il ensuite en les renvoyant sur le terrain.

Ils venaient de reprendre le jeu lorsque deux personnes peu familières errèrent sur le terrain.

Oh, merde.

Ils erraient vraiment sur le *terrain*.

Skip réussit à éviter de crier pendant la moitié d'une action de jeu, mais il inspira ensuite et hurla.

— Sortez du terrain, nous *jouons* ici.

Il se plia ensuite en deux pour tousser, mais il reconnut le visage étonné qui se tournait vers lui alors qu'il le faisait.

Oh, bon sang.

Quelques minutes plus tard, les deux personnes qui étaient sorties précipitamment du terrain en firent le tour et se rapprochèrent de lui. Il dut se battre pour ne pas siffler lorsque l'odeur de la fumée de cigarette le frappa.

— Bonjour, monsieur Scoggins, dit-il faiblement en tendant la main.

Il se sentit soulagé lorsque le père de Richie serra sa main et que sa belle-mère lui accorda un signe de tête plutôt réservé derrière son épaule.

— Heureux de vous voir, Skip, déclara Ike Scoggins d'une voix mesurée.

La journée était venteuse et froide et Skip sentit ses joues chauffer même ainsi.

— Oui, eh bien, Richie et Carpenter n'ont pas voulu me laisser jouer, dit-il en espérant être charmant. Ils ont dit qu'après tout le travail qu'ils avaient fait pour me remettre sur pied, ils m'étrangleraient si je détruisais tout en jouant ce match.

C'était les mots de Carpenter, en fait. Ceux de Richie avaient été « Bon sang, si tu m'aimes, tu vas tout simplement te battre pour aller mieux. »

— Eh bien, maintenant que vous allez mieux, mon fils peut cesser de passer tout son temps chez vous, déclara Ike

Skip haussa les épaules.

— Nous jouons aux jeux vidéo, déclara-t-il. Carpenter aussi. Lorsque le temps s'améliorera, ils vont m'aider à réparer la cour pour que je puisse avoir un chien.

Sa cour était déjà réparée, mais il était en train d'agoniser à cet instant, sous ce souffle parfumé à la nicotine, à fixer Ike Scoggins. Ce dernier avait les mêmes pommettes étroites que son fils, sa mâchoire osseuse et sa couleur rousse, sauf que la peau du père était plus foncée que celle de son fils. Mais il n'avait pas les yeux brillants et rieurs. Et la douceur qui coupait parfois le souffle à Skip.

— Vous semblez beaucoup compter sur la gentillesse des étrangers, déclara Kay d'une voix moqueuse. Un jour, vous devrez rester seul.

— Comme Paul et Rob ? rétorqua-t-il avec acidité.

Il savait très bien qu'ils habitaient tous les deux avec Ike et Kay, alors que Richie payait un loyer pour vivre au-dessus du garage et prétendre qu'il avait sa propre vie.

— Les appartements décents sont difficiles à trouver, déclara leur mère.

Skip voulut lui répondre : «Ils le sont avec ce que vous voulez payer!». Mais son équipe avait besoin de lui.

Les changements étaient rapides, juste assez longs pour une conversation avec deux personnes qui semblaient haïr son courage, mais brusquement, l'autre équipe récupéra le ballon et ils firent des incursions contre le point le plus faible des Scorpions.

— Carpenter! Tiens-toi plus près du but et utilise ton corps! le héla Skip.

Son joueur hocha la tête, mais ne le regarda pas. Bon gars. Un joueur intelligent. Il deviendrait plus rapide avec le temps.

— Vous avez vraiment confiance dans ce gros homme pour être un défenseur? demanda Ike.

Skip dut prendre sur lui pour ne pas lui exploser le nez.

— Cet homme a pris soin de moi pendant une semaine, alors que je ne savais même plus quel jour nous étions, dit-il. Montrez un peu de respect pour mes joueurs.

Il leva ensuite la voix.

— Cooper, va vers lui et porte-lui secours! Jefferson, sois prêt pour la passe de Cooper.

La toux l'interrompit brusquement.

Il ignora tout et tout le monde dans son effort pour respirer et lorsqu'il réussit à retrouver sa respiration, son équipe avait de nouveau la balle. Richie et McAllister avançaient.

— Vas-y, Richie, fonce! croassa-t-il.

Son coéquipier ne leva pas non plus les yeux, mais il exécuta exactement le mouvement qu'ils jouaient ensemble. Il fit un appel à McAllister juste avant que le défenseur remonte afin qu'il se positionne pour tirer.

McAllister se retourna et répondit, mais ils avaient dépassé le défenseur et se retrouvaient en position de hors-jeu.

— McAllister, espèce de crétin, murmura Skip. Tu aurais dû tirer au but. Il te l'avait servi sur un plateau.

Ce dernier se retourna vers lui et leva ses mains avec le classique haussement d'épaules «C'est de ma faute» et Skip lui retourna son geste.

Le regard que Richie lui adressa était beaucoup plus précis et Skip fut heureux qu'ils n'aient aucune mèche des cheveux roux de McAllister à proximité ou il y aurait eu des poupées vaudou dans sa maison. Puis, son petit ami aperçut ses parents et l'expression de profond dégoût et d'irritation sur son visage pouvait être vue de l'autre côté du terrain.

— Il ne semble pas content de nous voir, constata Kay.

Cependant, on aurait dit que cela l'exaltait en fin de compte. Skip aurait tout donné à ce moment-là pour prendre sa voiture, rentrer chez lui et se coucher avec Hazel, mais il était venu avec Richie et n'avait même pas son véhicule.

— Il ne s'attendait pas à avoir un public, dit-il en essayant d'être aimable.

Les autres venaient avec leurs femmes ou leurs petites amies, mais pas toujours. La plupart du temps, ils étaient juste entre eux et la pizza et la bière étaient leurs cotisations dans un petit club exclusif d'intérêt et d'amitié partagés sans risque de se retrouver « impliqués » comme c'était le cas pour Richie, Carpenter et lui.

— Il me priait de venir voir ce qu'il fabriquait, déclara Ike, tristement.

Skip se sentit mal pendant un moment. Il leva les yeux en pensant qu'il pourrait dire quelques paroles de réconfort, puis il se rendit compte que s'il disait la moitié de ce que Richie ressentait à propos de son père, ce serait trop d'informations pour celui-ci.

— Il est juste surpris, dit-il doucement.

Puis l'équipe eut besoin de lui et il ignora les parents du jeune homme parce qu'il ne pouvait pas les changer.

Ils finirent par perdre, mais l'équipe l'aida à se sentir mieux en assurant que c'était parce qu'ils avaient besoin de lui sur le terrain et en pleine capacité pulmonaire. Il rit et il eut droit à beaucoup de taquineries gentilles à propos de lui chantonnant « Oooh ! » sur tout le trajet pour rentrer chez lui le mardi, puis Owens donna le signal du départ.

— Skip, nous sommes heureux que tu aies pu venir, mais tu as l'air rincé. Laisse Scoggins te ramener chez toi et te nourrir d'une soupe ou d'autre chose, d'accord ?

— Tu restes chez Skip encore une fois, Richie ? demanda son père à ce moment-là.

Skip vit que l'attention de toute l'équipe se concentrait sur le visage de son petit ami et sur ses yeux verts vraiment écarquillés. Impressionnant.

— Oui, en fait, je l'ai conduit ici.

106

— Tu rentres ce soir ? demanda sa belle-mère. Je vais cuisiner.

Skip eut envie de gémir en voyant son petit ami passer d'un adulte triomphant à un petit garçon réprimandé en deux secondes.

— Nous verrons, dit-il. Cela dépend si Skip est bien ou pas. Comment tu te sens, Skip ?

Celui-ci regarda Carpenter qui lui retourna un regard du genre : « Fais quelque chose, bon sang », donc il lui obéit.

Il se lança rapidement dans une toux si brutale qu'elle le fit vomir.

IL AVAIT presque retrouvé sa respiration au moment où ils arrivèrent à sa porte tandis que Richie n'arrêtait pas de s'excuser.

— Je suis tellement désolé, dit-il pour la énième fois en ouvrant la porte.

Il avait maintenant son propre jeu de clés, ce qui était génial, mais cela n'améliorait pas ce moment.

— Bon sang, j'aurais juste dû leur dire. Juste là-bas, tu sais ? Simplement leur dire, je reste chez un ami cette nuit, cela vous pose un problème ? Mais tous nos équipiers nous regardaient et tout ce à quoi je pouvais penser, c'était combien je voulais ce week-end, tu vois ?

Skip était aphone. Il n'aurait pas pu faire un bruit, même si sa maison brûlait. Cependant, son système de défense de Richie fonctionnait très bien.

Il ferma la porte derrière lui, tendit la main et saisit son homme par le devant de son coupe-vent.

Celui-ci se tourna, le fixa alors que Skip s'adossait à la porte en souriant faiblement.

— Quoi ? demanda-t-il avec suspicion.

Le jeune homme désigna sa gorge et haussa les épaules. Il avait effectivement essayé de parler dans la voiture, mais il n'avait réussi à produire que de l'air. Il avait eu l'impression de se chuchoter à lui-même.

— Tu ne peux pas parler, maintenant ? demanda Richie, donnant l'impression que c'était la goutte faisant déborder le vase.

— Non, répondit-il en secouant la tête.

— Eh bien, merde alors ! Mon père se méfie. Il nous a presque démasqués devant toute l'équipe de football et tu as une laryngite ? Que sommes-nous supposés faire maintenant ?

Skip mima un gros baiser en cul de poule avec ses lèvres et Richie craqua.

— Non, répliqua-t-il en riant. Tu as de telles valises sous les yeux que je pourrais t'expédier à New York en colis spécial. Pas de baisers pour toi.

Skip leva ses sourcils et produisit son meilleur visage de pauvre petit chiot.

« Soupe », articula-t-il silencieusement.

Richie rit doucement et entra dans ses bras.

— Bien sûr, dit-il calmement. Je vais te faire de la soupe. Tu vas te coucher et je vais m'occuper de ça. Carpenter et moi avons fait des courses pour toi jeudi soir. Je pense pouvoir te faire une soupe vraiment savoureuse.

Skipper mima le maniement d'un ouvre-boîte. Puis, il mit ses bras autour de Richie et fit plus de baisers avec ses lèvres.

— Tu n'as qu'une chose en tête, Skip, constata son compagnon en bécotant ses lèvres. Non, je vais vraiment te faire une bonne soupe et je vais bien m'occuper de toi. Si ma famille devient totalement bizarre et s'ingère dans ma vie personnelle, je vais le gérer.

— Pourrais-je avoir un cookie après la soupe ? râla le malade en croisant ses bras avec un lourd soupir.

— Tu as réussi à me calmer et à m'empêcher de devenir cinglé. Tu peux avoir ce que tu veux, répondit le jeune homme en prenant sa joue dans sa main.

Skip sourit, se nicha dans la paume de sa main et se traîna jusqu'à son lit.

Mais, intérieurement, il se disait que des ennuis se préparaient avec les parents de Richie, l'équipe, le monde entier, qu'il n'allait pas pouvoir régler et que peut-être son petit ami n'était pas prêt à faire face.

Bon sang. Il était vraiment heureux d'avoir attrapé ce *foutu* virus. Au moins, cela lui donnait l'occasion de reporter la vie réelle pour une autre semaine, peut-être deux. Ils pourraient tenir jusqu'après Thanksgiving, n'est-ce pas ?

CE SOIR-LÀ, il observa Richie, après avoir reçu l'ordre de se cantonner au canapé, pendant que celui-ci courait partout, balayait, aspirait et faisait les poussières.

— Je ne suis pas impotent ! tenta-t-il de protester.

Cependant, sa voix n'était toujours pas revenue et Richie lui assurait qu'il ressemblait à un téléviseur sans le son. Finalement, il accepta l'aide et posa son menton sur son poing en regardant un quelconque programme.

Richie prit une douche rapide après avoir fini de briquer la salle de bain, puis il revint dans le salon et s'assit à côté de lui pour regarder le programme.

Après environ une demi-heure de silences et de douces caresses, Richie mit le téléviseur sur pause et commença à parler, fixant l'écran comme s'il fonctionnait toujours.

— Carpenter m'a dit que tu serais avec lui pour Thanksgiving. C'est bien, je ne peux pas être avec toi, alors je suppose que c'est bien. Je pense que certains pourraient présumer que tu ne peux pas tomber amoureux de lui parce qu'il est gros, mais je te connais. Tu as un grand cœur. Donc, même s'il est hétéro et que cela ne peut vraiment pas arriver, je veux que tu saches que c'est pareil lorsque Kay essaie de me coller avec une fille. Je n'apprécie pas ça, d'accord ?

— D'accord, murmura-t-il. Rien d'autre ?

Richie se tourna vers lui, puis il fit ce geste de caresser la joue de son amant. Au début, celui-ci avait pensé que c'était juste comme ça ou parce qu'il était malade, cependant, à présent, il se rendait compte que c'était son *truc*. Il le caressait là lorsqu'il voulait se rassurer.

C'était tellement doux.

— Si, mais je n'ai pas de mots pour cela. Simplement… j'aimerais que le prochain week-end soit déjà là. Nous allons être ensemble toute la journée de demain et je partirai lundi matin, mais, brusquement, j'ai peur de te laisser seul.

— Je ne suis plus malade, dit Skip d'une voix râpeuse.

— C'est purement et simplement une connerie, répliqua Richie en levant les yeux au ciel. Mais, c'est plus qu'être malade et être trop stupide pour rester à la maison. C'est que tu ne pensais pas que quelqu'un s'occuperait de toi si tu restais chez toi.

— Je sais que c'est différent, maintenant, assura-t-il.

Il se fit plaisir et passa sa main sous le sweat-shirt de son petit ami. Ah, la peau. Il aimait la sensation soyeuse de la peau sur la hanche de Richie.

— C'est vrai ? demanda celui-ci, toujours inquiet. Tu promets que tu appelleras quelqu'un si tu es malade, blessé ou que ta voiture tombe en panne…

— J'appellerai le service d'assistance, plaisanta Skipper.

— Tu sais ce que je veux dire ! rétorqua son amant en fronçant les sourcils, pas amusé.

Skip caressa le ventre de Richie avant de remonter sa main pour pincer ses tétons. Le souffle retenu du jeune homme en valait peine.

— Je t'appellerai, murmura-t-il. Veux-tu être mon contact d'urgence ? Je ferai de toi ma personne à prévenir ?

— Plus que ça ! s'exclama Richie sur un ton particulièrement dur. Arrête ça, Skipper !

Il frappa la main baladeuse, mais Skip avait réussi à la glisser avant sous la ceinture de son pantalon.

— Quoi en plus ? demanda-t-il afin de le distraire.

— Sois honnête, répondit son ami en inspirant. *Skip !*

Celui-ci venait de glisser sa main sous le caleçon de Richie et commença à taquiner son sexe. Il était fatigué de discuter sur la manière dont il avait besoin de prendre soin de lui-même. Il voulait caresser Richie nu !

— Comment ça, être honnête ?

Richie arqua son dos et se poussa dans la paume de Skip et celui-ci accepta l'invitation, enroulant ses doigts autour de son sexe et le serrant.

— Pas ce que je… Oh, bon sang, Skipper. Ce que tu…

Ce dernier fit glisser le pantalon de Richie tout en bas de ses jambes et s'agenouilla devant lui, brusquement lassé d'être fatigué, malade et endolori. Merde, il *désirait* et il voulait juste plus que le taquiner. Il ne pouvait pas participer à la conversation, mais il pouvait très bien être une bonne compagnie.

Il caressa le sexe de son petit ami de la base jusqu'au gland, puis il le prit dans sa bouche et commença à le masturber.

— Nous devrons…

La voix de Richie retentit alors que Skip hésitait à le prendre profondément dans sa bouche et déglutissait pour soulager sa gorge.

— … avoir…

Il remonta rapidement vers le gland de Richie et le lécha.

— … une discussion…

Il redescendit et le prit presque jusqu'au bout à nouveau. Il glissa sa main entre les jambes de Richie et caressa ses testicules.

— … *plus tard* ! gémit-il abandonnant et bougeant lentement, avec précaution dans la bouche de Skip.

Ce dernier le pressa, l'absorba, le lécha, le caressa et Richie passa ses mains dans les cheveux de son amant.

Skip se détandit sous cette caresse, se demandant quand être à genoux devant Richie avec son sexe dans sa bouche était devenu une zone de confort. *C'était* un réconfort. Pas tellement son goût, puisqu'il ne pouvait pas vraiment le goûter de toute façon, mais la sensation de sa chair, solide, réelle, les bruits qu'il faisait et surtout le fait que Skip était le centre de son monde.

Les mouvements de Richie devinrent plus frénétiques, ses hanches commencèrent à pousser en petits mouvements et Skip se concentra uniquement sur le but de rendre son amant sauvage. Il se masturbait trois fois par jour habituellement, n'est-ce pas? Eh bien, il avait un homme ici, sa bouche ouverte, son poing fermé, mourant simplement de... suppliant juste...

Richie noua ses doigts dans les cheveux de Skip qui commençaient à être longs et tira sa tête en arrière.

— Je vais jouir, murmura-t-il en frottant ses doigts sur le cuir chevelu de son compagnon. N'avale pas. Tu tousserais du sperme pendant une semaine.

Skip ouvrit sa bouche et équilibra la hampe de Richie sur sa langue, ses lèvres ourlées sur un sourire. Il se tint ainsi, faisant rebondir sa langue vers le haut et le bas et vice versa jusqu'à ce que son amant s'arque et se pousse en avant.

— Merde, Skip, tu crains!

Puis, Skipper le suça, il y mit toute sa force et Richie se répandit chaudement et amèrement dans sa bouche, la première saveur qu'il goûtait en une semaine.

Il avala, bien sûr.

Richie continua à agiter faiblement ses hanches comme s'il ne pouvait pas s'en empêcher et même lorsqu'il frissonna une dernière fois et s'immobilisa, Skip le lécha encore afin de s'assurer qu'il était tout propre.

Richie lui lança un regard sombre, même si Skip s'occupait de son pantalon, le remettait en place et réajustait son sweat-shirt, donnant l'impression qu'il venait de s'installer sur le canapé pour regarder la télévision et pas qu'on venait de le sucer.

— Cela ne change rien, déclara-t-il en essayant de maintenir la sobriété qu'il affichait *avant* la fellation.

Skip lui adressa un sourire éclatant et Richie abandonna son personnage et se mit à rire en ébouriffant ses cheveux.

— D'accord, d'accord. Je ne suis plus aussi tendu. Cependant, je veux toujours que tu m'appelles si quelque chose ne va pas. N'essaie pas de me raconter des craques, ne me dis pas que tout va bien alors que tu es trop malade pour bouger. Ne... ne prétends pas que tu n'es pas seul pour me protéger, Skipper. Je suis la seule personne au monde, Carpenter inclus, qui ne te laissera plus jamais seul.

Le sourire de Skip s'adoucit et il posa sa tempe contre la cuisse de son compagnon. Il tendit la main, le regardant avec espoir et celui-ci enlaça ses doigts avec les siens.

— Oui, dit, Richie en serrant un peu sa main. C'est ce que nous sommes.

Skip sourit encore plus et il serra à son tour. Oui, oui, ils l'étaient.

LE LENDEMAIN, il pouvait réellement parler... Hourra! Et Richie était moins enclin à faire des conférences et plus à faire l'amour.

Ce qu'ils firent.

Beaucoup.

La deuxième fois, il prit Richie alors qu'il était plaqué contre la tête de lit, ses deux mains serrant les barreaux, poussant si fort en lui qu'ils n'auraient probablement pas entendu une bombe exploser.

— Baise-moi! Baise-moi, Skip! Baise-moi!

Le sexe de Skip enfin délivré des contraintes du sirop pour la toux et des analgésiques voulait baiser comme un prisonnier libéré voulait s'envoler.

La tête de Richie tombait en arrière sur les épaules de Skip, ses cheveux déversant glorieusement leur couleur automnale contre la peau pâle de son compagnon, Celui-ci pouvait voir les taches de rousseur sur son corps et il le voulait, aspirait à cela, ne pouvait pas le baiser assez. La hampe saillante du jeune homme heurtait les barreaux alors qu'il le martelait et chaque fois que cela arrivait, il suppliait pour encore plus et Skip lui obéissait.

Mais Skip devait jouir – et *bientôt* – ou son corps nouvellement guéri renoncerait pour lui.

— Masturbe-toi, Richie, râla-t-il. Vas-y, serre-le durement. Je veux te voir...

Oh, c'était tout ce qu'il fallait. Il le fit une fois, une autre et la semence blanche fusa de son gland et aspergea les coussins, les barreaux et les murs. Richie s'affaissa dans ses bras et Skipper frissonna, totalement excité par tout cela, du canal de son amant autour de son membre jusqu'à la vue de sa semence coulant sur le barreau en laiton du lit.

— Aaah... Argh!

Ce fut un moment intense. Cet orgasme ne fusa pas, il le déchira, l'ouvrit de l'aine au menton, le frappa d'une lumière blanche, le fit se répandre dans Richie et il le lui offrit afin qu'il le garde profondément dans son corps.

Ils s'écroulèrent tous les deux comme du beurre fondu sur le lit, transpirant dans l'air froid.

— Skip, haleta Richie après quelques instants de silence.

— Oui ?

— Je pense que nous nous améliorons.

— Je sais que quelque chose s'améliore, répondit-il, sa voix râpeuse. Mais quoi ?

— Je ne veux pas attendre jusqu'à…

Des coups sur la porte d'entrée de Skip les prirent tous les deux par surprise. Dans l'affolement qui suivit, Skip se retrouva à porter son propre pantalon en mode commando et le sweat à capuche de Richie sans tee-shirt en dessous. Celui-ci le serrait à la poitrine et laissait son estomac nu.

— Vas-y ! commanda Richie en allumant la télévision et montant le volume à fond.

Il courut vers le vaporisateur dans le coin de la pièce et Skip ne resta pas pour voir ce qu'il faisait ensuite parce que les coups sur la porte continuaient.

Il arriva à la porte, l'ouvrit et s'étouffa presque avec sa langue lorsqu'il vit le père de Richie.

Oh, bordel de merde. Avaient-ils été très bruyants ? De quoi avait-il l'air ? Avait-il tenté de coiffer ses cheveux pendant qu'ils se dépêchaient ?

— Monsieur Scoggins, dit-il d'une voix râpeuse et cordiale. Que venez-vous faire ici ?

— Je suis ici pour voir si Richie est enfin prêt à rentrer à la maison, dit Ike en le regardant.

Skip lui sourit en espérant qu'il ne ressemblait pas à l'homme qui venait de baiser le bébé d'Ike dans le matelas cinq minutes plus tôt.

— Je n'en suis pas certain, il prévoyait de faire des courses un peu plus tard, lui répondit-il.

Ils devaient acheter des décorations pour Thanksgiving, c'était tellement domestique, comme de vrais petits amis, mais il ne le dirait pas au père de son amant.

— Il fait vos courses *alimentaires* ? répliqua celui-ci, sa bouche se relevant sur un ricanement.

Skip décida de ne pas le laisser entrer.

— Il mange ici aussi, dit-il d'une voix très rude.

À ce moment-là, ce que Richie fabriquait avec le vaporisateur arriva dans le salon et Skip sentit son cerveau s'éclaircir pour la première ce jour-là et le père de son petit ami commença à cracher ses poumons.

— Qu'est-ce que…

Une toux, un autre, encore une autre.

— … C'est quoi, ce *truc* ?

— De l'eucalyptus, l'informa Skip en inspirant plus profondément. Waouh. Ça fonctionne *merveilleusement* bien.

Richie sortit de la chambre à coucher vêtu de son jean et du polo de travail de Skip, mais les pieds nus.

— Papa ? demanda-t-il, faisant comme si son père ne remarquait pas qu'ils portaient les vêtements de l'autre. Je t'ai dit que je serais là lundi matin.

— Qu'est-ce que tu fais ici, Richie ?

— Oui, désolé pour le *Vicks Vaporub*. J'en ai trop mis dans l'humidificateur… Ce n'est pas le résultat que je *voulais* atteindre.

— Tu plaisantes ? C'est *génial,* le rassura son compagnon, vraiment reconnaissant.

C'était comme s'il retrouvait le plein usage de ses sens pour la première fois depuis une *éternité.*

— Vraiment ? s'exclama Richie en lui souriant et ils purent pendant un instant faire comme s'ils n'avaient pas failli se faire surprendre à faire l'amour dans la chambre de la petite maison de Skip. Je m'en souviendrai.

— Tu dois rentrer à la maison, maintenant, aboya son père et le petit moment de plaisir de Richie se dégonfla.

— Non, dit-il calmement. Désolé, papa. Je n'ai rien de familial de prévu et mon temps est à moi, n'est-ce pas ?

— Ne le passe pas à…

Ike les regarda tous les deux comme s'il les défiait d'oser dire les bons mots.

— À quoi ? demanda Skip d'une voix rauque, mais ferme. Que pensez-vous que nous faisons, monsieur ? Nous sommes amis depuis des années… Que voyez-vous de si mauvais ici ?

— Ne vous moquez pas de moi, jeune homme, aboya-t-il. Vous deux… ce n'est pas sain. Vous ne pouvez pas vous en sortir avec ce que vous faites… Quelqu'un vous arrêtera !

Il se retourna et se dirigea vers sa voiture. Les deux jeunes gens fermèrent la porte derrière lui en tremblant.

— Oh, merde, dit Skip en s'appuyant contre la porte. Hazel est-elle sortie?

— Non. Elle se cache sous le lit. Tu l'as entendu, Skip? demanda Richie, lui aussi appuyé contre la porte, leurs bras se touchant.

— Oui, je ne sais pas à qui il pense lorsqu'il dit que quelqu'un nous arrêtera, murmura-t-il en fixant son petit ami, les yeux écarquillés. Je veux dire... il ne va rien faire, n'est-ce pas?

— Tu veux dire comme saboter ta voiture ou brûler ta maison? demanda sérieusement Richie.

— Le fait que tu puisses penser cela est vraiment effrayant. Le ferait-il?

— Non, dit-il en secouant la tête. Non, je ne pense pas. Cependant... Rob et Paul pourraient ne pas être aussi intelligents. Bon sang, Skip. Je devrais partir...

— Non, s'exclama Skip, ses yeux étincelants brusquement. Non, qu'est-ce qui va se passer? Tu vas rentrer chez toi et dire : «Désolé, papa, tu as raison, je ne jouerai plus avec Skip.». Que se passera-t-il pour le football? Pour nous? Es-tu prêt à renoncer à tout cela?

— Non, répondit doucement son compagnon en saisissant sa main et s'y accrochant. Non. Tu as raison. Nous allons faire nos courses comme prévu. Nous achèterons d'autres appareils à l'eucalyptus pour ta table de chevet afin que nous n'ayons pas à en mettre dans toute la chambre. Merde, je n'arrive pas à croire que ça ne te dérange pas.

— Ma tête ne s'est jamais sentie aussi bien depuis une semaine, confirma Skip. Mais nous devrions sortir d'ici de toute manière.

Il se redressa et sentit les restes de son orgasme coller dans son pantalon et l'air froid frapper son ventre.

— Mais d'abord...

— Oui. Nous devons absolument nous changer.

Richie partit une nouvelle fois le lundi matin et, cette fois-ci, ils s'embrassèrent devant la porte aussi longtemps qu'ils le purent avant d'être tous les deux en retard.

Lorsqu'ils s'arrêtèrent, Richie était écrasé contre la porte et Skip soutenait les cuisses de son amant alors que celui-ci avait mis ses jambes autour de sa taille. Ils firent une pause, front contre front, inspirant pour trouver de l'air.

— Qu'est-ce que je dis à mon père ?

— Dis-lui que tu es amoureux.

— Je suis tellement amoureux de toi, affirma Richie en nichant son visage dans l'épaule de Skip

Celui-ci le serra contre lui pendant une seconde, puis une autre et il laissa finalement partir.

RECONNAISSANCE.

LA SEMAINE suivante sembla heureusement normale.

Le travail se passait bien : le panier de fruits de Monsieur l'Interlocuteur Galant fut très apprécié et Skip et Carpenter en profitèrent beaucoup. La carte l'accompagnant disait « *Merci de ne pas me poursuivre pour harcèlement sexuel. J'espère que votre petit ami vous a bien soigné* ».

Ils portèrent un toast à leur nouvel ami en mangeant de grosses poires japonaises qui avaient un goût paradisiaque et Skip, se souvenant d'un épisode presque oublié de sa jeunesse, envoya une vraie carte de remerciement manuscrite lorsqu'il eut fini.

Il s'arrêta de pleuvoir au cours de la semaine, les laissant avec du brouillard et de l'humidité, mais comme c'était normal pour un mois de novembre, cela le déprima à peine. Richie et lui s'envoyèrent un SMS à peu près une fois par heure et Skip commença à jouer à *Des Mots entre Amis* avec lui, pas parce que l'un d'eux était un joueur au-dessus de la moyenne, mais parce que cela voulait dire qu'une fois par heure il pouvait faire savoir à son petit ami qu'il pensait à lui.

Richie faisait pareil et il était particulièrement doué pour trouver des mots salaces dans son tirage de lettres, un don qui ne cessait jamais d'étonner Skip. Le mot « vulve » gagna le jeu de mercredi et Skipper fut élogieux.

Richie arriva au football avec près d'une demi-heure de retard, et Skip se servit de cela à la fin de l'entraînement bien qu'il n'ait aucune envie de lui crier dessus. Il l'appela pour qu'il l'aide à ramasser les cônes orange afin qu'ils puissent discuter de ce qui l'avait mis en retard.

L'entraînement pour le tournoi d'hiver se tenait à Rush Park au lieu du collège, parce que ce stade était éclairé et ils étaient les deux dernières personnes ici, se déplaçant lentement, leur silence pour seul compagnon. Ils se retrouvèrent au bout du terrain et Skip rassembla tous les cônes et commença à se diriger vers leurs voitures. Le parking était raisonnablement éclairé, en particulier par les lumières du stade et si leurs souffles n'avaient pas fait de la vapeur alors qu'ils parlaient, cela aurait pu être un endroit agréable pour une conversation nocturne.

Skip parla à voix haute et invita son coéquipier à monter dans sa voiture afin qu'il puisse l'emmener jusqu'à sa voiture qui se trouvait à l'extrémité du parking, et Richie se glissa sur la place passager avec reconnaissance.

— Je suis désolé, Skip, dit-il aussitôt qu'il eut fermé la porte. Mon père... Il s'est passé beaucoup de choses, tu sais ? Il a frappé à ma porte un soir comme s'il voulait me border. Paul et Rob ont tout à coup rencontré Jésus et j'ai eu droit à tout ce qu'il ferait à un pédé dans une nuit sombre...

— D'accord, donc c'est à propos des deux idiots les plus abrutis de la planète. Il y a quatre ans, les gens auraient acheté cette merde, mais est-ce que les gens n'ont pas compris que Jésus était gay, maintenant ?

— Oh, je leur ai dit, répondit-il en lui souriant. J'ai cité le chapitre et le verset...

— Tu connais bien ta bible ?

Ce n'était pas quelque chose qu'ils avaient abordé au cours de leurs conversations tardives.

— Non, je connais bien mon Gay, corrigea celui-ci en hochant la tête. J'ai un ordinateur portable... j'ai fait des recherches. Je sais que tu étais mal la semaine dernière, mais tu as dit le mot magique, Skipper. Tu as dit « gay » et cela m'a donné une ligne de recherches. Maintenant, je connais mes références bibliques et Rob et Paul peuvent aller se faire voir.

Skip se mit à rire alors qu'il s'arrêtait près de la voiture du jeune homme et il se gara, la laissant tourner au ralenti.

— C'est formidable, dit-il en le pensant vraiment avant de se calmer. Alors, je suppose que nous jouerons ensemble dans la ligue gay si les gars le découvrent, n'est-ce pas ?

Richie soupira et appuya sa tête contre l'épaule de son compagnon.

— Oui, eh bien, il existe des choses pires que de ne pas participer au tournoi d'hiver, Skipper. Veux-tu simplement leur dire ? Je veux dire...

Il posa un baiser sur la clavicule de Skip et celui-ci embrassa sa tempe.

— Carpenter m'a surpris, tu sais ? C'est grâce à toi aussi. Même mon père le sait. Il n'y aurait pas eu assez d'eucalyptus *dans le monde* pour dissimuler l'odeur de ta maison dimanche matin et il continue d'être surpris lorsqu'il vient chez moi, comme s'il s'attendait à une grande orgie gay. Mais il sait. Que se passera-t-il si on le dit simplement et...

Skip tourna la tête et vit que son petit ami le regardait avec des yeux écarquillés et limpides comme s'il le suppliait pour quelque chose.

Il n'aimait pas l'idée de le faire supplier. Il l'embrassa alors sans se cacher et Richie soupira et s'immergea dans ce baiser. Ce fut urgent et contenu parce qu'ils n'allaient pas s'envoyer en l'air dans la voiture de Skip. Ils pouvaient attendre le week-end pour ça. Mais c'était passionné. Il aimait à jamais le goût de la bouche de Richie dans la sienne. C'était toujours la reconnaissance que ce qui avait commencé dans la voiture de Skip s'était transformé en autre chose qu'un désir ardent. Cela *les* avait changés et ils avaient besoin de comprendre qui ils étaient.

Ils étaient les deux mêmes hommes qui s'étaient rencontrés à l'institut de Sciences et Technologie et qui s'étaient progressivement rapprochés depuis. Ils étaient les mêmes types qui avaient découvert leur première vraie relation sexuelle, leur premier baiser et leur premier amour ensemble.

Skip revint à la réalité après quelques instants, sachant qu'il avait une érection, mais ressentant le poids d'être un adulte.

— Après Thanksgiving, dit-il pendant que Richie clignait des yeux comme s'il essayait de déterminer quel jour on était.

— Quoi?

— Après Thanksgiving. Nous avons un entraînement vendredi après-midi. Je leur dirai à tous. Je vais juste leur dire que je suis gay, si tu veux. S'ils deviennent méchants, je te laisserai en dehors de...

— Ce sont des conneries, Skipper, dit Richie en secouant la tête. Tu penses que je ne sais pas ce que tu risques? Tu risques ton... ton unité familiale là...

— Et toi aussi, répondit-il doucement.

Les cheveux de Richie avaient poussé eux aussi et Skip enroula une boucle en sueur autour de son doigt.

— Ton père a déjà...

— Tu connais la chose la plus triste à propos de mon père en ce moment? demanda Richie d'une voix forte.

— Quoi?

— Il n'a rien qui puisse me retenir, Skip. Rien que je veuille. Rien dont il puisse me menacer. Rien qui puisse me faire changer d'avis sur ce que je ressens lorsque je suis avec toi.

Skip sourit, une sorte de sérénité se répandant dans sa poitrine.

— D'accord, dit-il en embrassant le front du jeune homme. Alors, nous sommes la seule famille dont nous avons besoin. Je... je peux vivre avec ça. Cela se passe bien, n'est-ce pas? Je me sens heureux.

Le matin suivant, Richie lui téléphona pour lui dire que la casse automobile avait été complètement vandalisée. Les carcasses de voiture avaient été incendiées, le meilleur de leur stock avait été mis dans le broyeur, c'était un vrai bazar et le père du jeune homme demandait à tout le monde de faire des heures supplémentaires jusqu'à ce qu'ils aient un devis pour leur assurance.

Donc, pas de Richie ce week-end, pas de sexe, pas de chaleur et certainement aucun projet de sortie.

Il ne lui restait plus qu'à passer un long week-end solitaire et attendre Thanksgiving chez les parents de Carpenter.

CARPENTER N'AVALA aucune de ces conneries.

— Il ne sera pas là du week-end? dit-il lorsque Skip lui expliqua au déjeuner.

Son collègue et ami se déplaçait beaucoup plus rapidement maintenant. Ils disposaient donc de plus de temps pour discuter pendant le déjeuner. Skip ne savait pas si c'était correct de dire combien il était fier, mais c'était le cas. Son ami s'était vraiment mis au football et s'était entraîné seul depuis Halloween, du moins c'est ce qu'il soupçonnait.

— C'est le moyen de subsistance de son père, commenta-t-il.

Il avait commandé de la soupe, mais cela ne semblait pas fonctionner pour le réconforter.

— Richie commence à soupçonner que c'est plus que du simple vandalisme, poursuivit-il.

Son petit ami lui avait envoyé un texto juste avant le déjeuner disant qu'il était certain que toutes les parties essentielles de leur meilleur stock manquaient avant que les carcasses de voitures aient été broyées.

C'était comme si on avait ôté tout ce qui avait de la valeur avant qu'elles soient détruites. Et les alarmes n'étaient pas éteintes et elles auraient dû fonctionner.

— Donc, c'est vraiment un gros problème, constata Carpenter, soulagé.

— Oui, il n'essaie pas simplement de me larguer, dit-il en lui jetant un coup d'œil avec un lent sourire.

— Tu sembles inquiet.

— Son père...

— Oui... je l'ai vu lorsqu'il est venu au match. Il ne m'a pas semblé...

120

— Chaleureux, déclara Skipper.

C'était le mot adapté. La famille de son petit ami n'était pas chaleureuse.

— Et il déteste mon cul brusquement gay avec une force que tu ne peux même pas imaginer, continua-t-il.

Cela devenait-il plus facile à dire ? Il pensa que c'était peut-être le cas depuis qu'ils le disaient tous les deux.

Est-ce pour cela que je ne l'ai jamais dit auparavant ? Et pour cela que Richie s'est tu ? Parce que nous avions peur de le dire seul ? se demanda-t-il dans un petit coin de son cerveau.

— J'ai compris ça, dit son ami en haussant sèchement ses sourcils fauves. Beau mouvement d'avoir vomi sur le terrain, en passant. Je crois que tous les gays devraient utiliser cela pour éviter de sortir du placard.

— Oui, c'était classe, n'est-ce pas ? commenta Skip en se couvrant les yeux avec sa paume.

Sa manière d'être un homme fiable.

— Hé, Richie n'était pas prêt. Je pouvais le voir. Personne ne veut dire quelque chose de personnel sur un terrain de football. C'est pour ça que les hommes se lient autour du sport, bon sang.

Skip hocha la tête et se redressa sur son siège, essayant de se concentrer sur sa soupe.

— Richie continue encore à dire qu'il peut tout faire lui-même, reprit-il. Mais…

Il but bruyamment et avala. Sa poitrine était encore un peu douloureuse et le liquide l'apaisait.

— Mais… ?

— Mais, je pensais que tout allait bien quand j'étais malade, reprit-il, encore un peu embarrassé. J'ai eu de la chance que le médicament contre la toux n'ait pas agi pendant que je conduisais. Et si Richie et toi n'aviez pas pris soin de moi, je serais probablement mort et Hazel mangerait mon visage en ce moment.

Carpenter posa le reste de son sandwich à la dinde et à l'avocat avec un air dégoûté.

— C'est super. Ce n'est pas suffisant que tu m'aies fait jouer au football, m'entraîner et manger sainement, maintenant, tu veux que je *déteste* les aliments aussi ?

— Non, oublie la partie chat. Le fait est que j'avais besoin d'aide. J'avais besoin de Richie et de toi et j'aurais dû l'admettre plus tôt, mais je le fais à présent. Cependant, je ne l'aurais pas fait si mon petit ami n'avait pas insisté pour que je promette que je n'essayerai jamais de me renfermer sur moi-même et de mourir seul à nouveau.

— C'est un bon petit ami, déclara Carpenter en s'attaquant à nouveau avec enthousiasme à son sandwich avocat dinde. Et tout ça pour dire ?

— Qu'il a besoin d'un peu d'aide pour parler à son père. Pas ce week-end. Il est occupé ce week-end.

Et ses idées noires et sa frustration firent leur réapparition.

— Oh, merde, non, s'écria Carpenter en mettant le dernier bout de son sandwich dans sa bouche. Si tu n'as rien à faire ce week-end, tu me dois un service.

— Je te dois un service ? répéta Skip en le fixant avec suspicion. De quoi as-tu besoin ?

— J'ai besoin d'un partenaire de golf, annonça-t-il. Sérieusement. Deux fois par an, mon groupe du lycée se réunit pour faire un golf et compare leurs conquêtes du monde. J'y vais. Je déteste ça. Je n'ai toujours rien à dire. Ils ont tous un diplôme universitaire…

— Comme toi, se sentit obligé de souligner Skip.

Contrairement à lui, Carpenter avait un diplôme universitaire en informatique et non un certificat de l'institut de Sciences et Technologie. Il avait l'impression que son collègue traçait son chemin chez Tesko parce que c'était facile et que personne n'attendait rien de lui, ce qui était démoralisant, d'une certaine manière. Avoir un travail avec des avantages était le *rêve* de Skip. Eh bien, jusqu'à ce qu'il ait embrassé Richie. Maintenant, il en avait un autre.

— Oui, eh bien, ils se servent de leurs diplômes, ils font beaucoup d'argent et ce sont des bâtards arrogants à ce sujet.

Cela semblait si amusant que Skip aurait préféré être malade.

— Et tu veux que je vienne parce que…

— Parce que tu es ce que j'ai de plus intéressant dans ma vie.

— Oh, Carpenter… s'écria son ami en le fixant d'un air horrifié.

— Oui, je sais. C'est pathétique. Mais c'est la vérité. Tu peux venir et être un entraîneur de football gay… je sortirai mon drapeau libéral parce que certains sont aussi conservateurs que les diamants sur lesquels sont posés leurs culs et toi et moi pourrons parler de si oui ou non, *Assassin's Creed Syndicate* a vraiment racheté la dernière version merdique.

— Euh… hésita le jeune homme parce qu'il n'était pas convaincu, même si tous les magazines de gamers disaient que c'était la meilleure version à avoir.

— Oui, n'est-ce pas ? Nous pourrions passer toute la journée à parler de ça. Et Skip… dit son collègue en souriant comme un enfant devant un bonbon. Skip… C'est un *exercice volontaire.*

— Tu t'es entraîné sur le terrain de football, répliqua-t-il en riant un peu. Tu ne peux pas me tromper. Tu as l'air vraiment bien.

— Oui, eh bien, c'était parce que j'ai cru que j'allais mourir après ce premier entraînement. Je ne peux cependant pas te promettre que cela continuera. Donc, alors ? Puisque Richie et toi ne pouvez pas être ensemble ce week-end, puis-je t'avoir pour le golf ?

Eh bien, qu'est-ce qu'il pouvait dire ? Cet homme l'avait aidé à se rétablir.

— Oui, mais je te préviens. Richie devient jaloux… Tout ça craint et nous devrons nous plaindre de ça avec force ou il voudra te supprimer.

Carpenter se mit alors à rire, un véritable rire, et Skip se sentit légèrement mieux. Richie avait raison lorsqu'il disait que chacun avait besoin de gens autour de lui. Il était heureux d'être l'un des gens de Carpenter.

ATTENTION !

LES CAMARADES de Carpenter étaient tout ce qu'il n'était pas. Ils se présentèrent sur le parcours en pantalon de golf griffé et polo pastel, et Skip essaya de ne pas sourire. Contrairement à eux, ils portaient des treillis et des sweat-shirts à capuche – un short treillis en ce qui concernait Carpenter – malgré le vent fort. Skip avait posé des questions sur les codes vestimentaires, mais son ami avait juste souri, montré sa pièce d'identité et ils n'avaient plus abordé ce sujet alors qu'ils entraient dans le club.

Les amis du jeune homme parlèrent de leurs portefeuilles d'action, de comment ils avaient obtenu leurs Masters en marketing ou leurs diplômes en droit pour faciliter leur prochaine promotion et comment ils passaient leur week-end de Thanksgiving à assister aux collectes de fonds que leurs parents sponsorisaient.

Oh. Et si Corfou était un meilleur lieu de vacances que Santorin.

Austen Mathers, la reine des abeilles... hum, le capitaine principal de l'univers... affichait sa meilleure condescendance pour essayer d'attirer Skip dans la conversation alors que celui-ci essayait de se fixer pour taper la balle.

— Alors, euh, *Skip*, quel est votre lieu préféré pour les vacances ?

— Disneyland, répondit-il rapidement.

Quand s'était-il rendu là-bas – était-ce deux ans auparavant ? – Richie, Jefferson, Thomas et lui étaient tous descendus à Anaheim et avaient séjourné au Tropicana. Pas un hôtel cinq étoiles. Non. Mais il se trouvait *juste en face* de Disneyland et ils s'étaient acheté un pass de trois jours. Pendant ces trois jours, il avait parcouru toutes les allées, avait serré la main de tous les personnages, avait agité la main comme tous les enfants heureux et s'était fondamentalement réapproprié une partie de son enfance malheureuse, mais en mieux. Il avait toujours le livre d'autographes avec des photos de ses amis et lui avec autant de personnages qu'ils avaient pu trouver.

Jefferson avait adhéré à l'adoration des personnages, mais Richie ? Il était resté près de Skip. Thomas s'était adapté à eux trois... Ils savaient cela... Mais Skip et Richie ?

Il avait parcouru ce livre de photos quelques fois depuis lors. Jefferson avait l'air heureux, Thomas affichait un air de souffrance et Richie était aussi enchanté que n'importe quel enfant. Ce livre, ce moment, était important pour eux.

— Disneyland, dit Austen moqueur et Skip hocha la tête avec sérieux.

— Je le jure devant Dieu, c'est l'endroit le plus heureux de la terre. Maintenant, attendez une minute. J'ai un swing à faire.

C'était la première fois qu'il jouait au golf. Carpenter avait amené les clubs de son père afin que Skip n'ait pas besoin de les louer en affirmant que c'était un échange équitable pour l'équipement de football que Skip lui avait prêté.

Il avait fait cinq au-dessus du par au premier trou... Il ne savait pas si cela s'appelait un bogey ou un booger ou un foutu gigantesque raté, mais il avait passé ce tour à étudier les amis de Carpenter, leurs swings, leurs approches de la balle, leurs clubs et le trou. Il était plutôt coordonné, doué pour l'observation, pour apprendre et appliquer. Bon sang, c'était comme s'il avait simulé une vie sociale depuis la sixième.

D'accord, le dos droit, les genoux pliés, les bras souples, le club comme un levier géant et on appliquait la force exacte...

Voilà.

Carpenter et lui regardèrent avec admiration la balle s'arquer, s'arquer et retomber à environ à environ un mètre vingt du trou.

— Bon sang, s'exclama son ami en inspirant vivement. Tu es sérieux, Skip?

— Apparemment, répondit-il en souriant. Maintenant tout ce que je dois faire, c'est comprendre comment punter.

— Putter, rectifia son ami en souriant.

— Oui, peu importe.

Austen, qui avait à peine fait mieux que Skip au trou précédent, le fixa, la mâchoire tendue

— C'était assez chanceux, dit-il à travers ses dents serrées. Bonne chance pour que cela se renouvelle.

Pour le plaisir de Carpenter, ce fut le cas. Et, à la surprise de Skip, le jeune homme était aussi très bon.

— J'ai saisi, dit-Skip alors qu'ils avançaient devant le groupe pour passer au trou suivant.

— Tu as compris quoi? demanda innocemment son ami avant de boire une gorgée de son eau aromatisée.

125

— Je me demandais pourquoi mon bon copain Carpenter qui est génial traînait chaque année avec ces abrutis.

— Ah oui?

Oh, ce sourire satisfait s'étalant à travers le duvet de ses joues était totalement charmant. Skip pouvait voir pourquoi Carpenter plaisait aux femmes, nonobstant le poids en trop et son laisser-aller. Non que Richie ait quelque chose à craindre, mais il trouvait cela encourageant pour son ami.

— Tu les bats à plate couture…

— Et c'est mon père qui nous donne le top départ, se réjouit-il.

— Oh, bon sang.

Ils venaient juste de rejoindre le groupe les précédant qui jouait sur le trou et ils posèrent leurs sacs à une courte distance et parlèrent d'une manière civilisée.

— Bon sang quoi? demanda Carpenter.

— C'est juste méchant. Tu n'avais même pas *besoin* de moi… Tu aurais adoré ta supériorité même sans moi.

— Oui, mais tu rends cela encore meilleur, répliqua-Carpenter avec un rire bas et cruel. Tu es beau, tu es gay et tu les as totalement *écrasés* alors qu'ils prennent des leçons depuis des années.

— Tu ne savais pas que j'allais le faire, souligna- Skip, gêné. Et si j'avais été nul?

— D'abord, ce n'est pas arrivé, dit-il en haussant les épaules. Ensuite, cela aurait été aussi bien parce que toi et moi aurions pu parler des droits des gays et de l'égalité du mariage pendant que nous étions au milieu d'eux. Cela aurait été génial.

— Je me sens un peu utilisé, déclara Skip, même si du point de vue d'un bâtard râleur, cela aurait pu être amusant.

— Oui, eh bien, ce n'est pas le cas. Je suis tout aussi content que nous ayons réussi à jouer. Tu es une bien meilleure compagnie.

— Eh bien, c'est étonnement galant de la part d'un enfoiré qui m'a entraîné ici pour baiser des gens qu'il aurait dû abandonner depuis des années, répliqua-t-il en secouant la tête. Tu sais que tu as de la chance parce que je suis un tout nouveau gay et que je ne connais *rien* aux problèmes des gays. Pour ce que j'en sais, j'ai voté pour le plus grand gayciste de Washington.

— Eh bien, *ce* serait une discussion intéressante, rétorqua Carpenter avec un rire purement méchant.

126

Donc, ils firent en sorte d'en discuter, en faisant preuve de discrétion, pendant qu'ils suivaient les deux hommes devant eux. Deux trous plus tard, ils se trouvaient dans une conversation similaire à propos du Gamergate lorsque Skip se mit à rire un peu trop fort à la suggestion de Carpenter concernant ce qui devait arriver à l'un des trolls responsables du harcèlement des femmes qui avaient osé dire que la misogynie existait bel et bien. À ce moment-là, un des hommes – un vrai canon, probablement dans la fin de la trentaine, avec des cheveux bruns teintés d'argent et des lignes de rire profondes autour de ses yeux brun foncé – se tourna vers eux.

— Vous avez été vraiment patients, voulez-vous jouer ?

Sa voix semblait un peu familière, mais Skip était trop embarrassé pour essayer de le situer.

— Je suis désolé, s'excusa-t-il. Nous parlions trop fort. Nous allons nous calmer et vous laisser tranquille… Notre groupe ne devrait pas tarder à nous rejoindre.

Carpenter éclata de rire parce que la distance entre leur groupe et eux augmentait à chaque trou et Skip le frappa dans le bras.

Alors, le bel étranger l'estomaqua.

— Schipperke ?

Oh, merde.

— Euh, le chic type qui m'a envoyé le panier de fruits ?

— Mason Hayes, vice-président chargé des ventes, se présenta-t-il en lui tendant la main avec un sourire et un rougissement. Merci de ne pas m'avoir poursuivi.

— Skipper Keith, répondit le jeune homme en souriant, brusquement embarrassé. Merci de ne pas être un vrai crétin. Vous avez été vraiment sympa lorsque j'étais malade.

— Te poursuivre en justice ? interrogea le partenaire de golf de Mason.

— Oh, bon sang, murmura celui-ci en se couvrant les yeux. Ne dites pas à mon petit frère que je vous aie fait des avances par téléphone !

Skip et Carpenter rirent comme ils étaient censés le faire et ils furent présentés à Dane Hayes, une version plus jeune et légèrement plus naïve que son frère aîné haut de gamme.

— Mon frère, le crétin sexuellement harceleur ? dit Dane avec un rire dubitatif.

— Non, répondit Skip, se sentant généreux.

127

— Oh oui, le contredit Mason J'étais nerveux, mal à l'aise et je venais de rompre avec mon petit ami pour entrer chez Tesko. Tout ce qui sortait de ma bouche était totalement délirant, tout le temps.

— Aïe, dit Skip avant qu'une voix derrière eux attire leur attention. Oh, merde, Carpenter, ils nous rattrapent.

— Est-ce votre groupe? demanda Mason en les regardant tous les deux, l'air amusé.

— Malheureusement oui, répliqua Carpenter. Ne les laissez pas vous accaparer.

— Allez, Mason… laisse les jouer avec nous. Je vais jouer et ainsi nous pourrons nous éloigner de ceux que nous n'avons pas envie de voir.

Et juste ainsi, Skip se retrouva à jouer avec le mystérieux Interlocuteur Galant dont Richie avait été si jaloux.

Peut-être que s'il n'avait pas été aussi amoureux de Richie, ce dernier aurait pu avoir des raisons de l'être. Mason et son frère étaient drôles et chaleureux. Dane poursuivait toujours des études pour être vétérinaire et c'était en partie pour cela que Mason avait quitté la Bay Area pour Sacramento, parce que son frère devait terminer son cursus à l'UC Davis.

— Nos parents vieillissent, avait dit Mason avant de faire un très horrible swing. Je soupçonne qu'ils s'installeront à Sun Hills dans quelques années.

— Je n'arrive pas à croire que je connais quelqu'un avec un tel parcours d'études, murmura discrètement Carpenter.

Skip attendit que la balle de Mason se perde sur le rough et qu'ils soupirent tous avant de répondre.

— Qu'est-ce que tu veux dire? Tous tes amis derrière nous ont obtenu leur Master et leurs diplômes de droit.

Carpenter grogna avant de faire son propre swing, exécuté à la perfection. Il *n'attendit* pas que sa balle rebondisse à quelques pas du trou pour répondre.

— Oui, mais le diplôme de Dane est tangible.

Dane lui sourit de toutes ses dents, celles de devant légèrement inclinées et Carpenter lui retourna joyeusement son sourire.

— Oh, bon sang, s'exclama Mason avec ferveur. Pouvons-nous tomber amoureux lorsque nous en aurons fini avec ce trou?

Skipper se mit à rire et son ami rougit.

— Désolé, marmonna Carpenter. Je ne suis pas gay, mais je suis tellement soulagé de ne pas avoir à jouer avec les gars de mon lycée.

— Oh oui, gémit Mason. Il y a beaucoup de personnes de mon lycée avec lesquelles je serais ravi de ne plus jamais parler. Qu'en est-il de vous, Skipper?

— Personne ne voudrait se souvenir de moi, grogna-t-il, souhaitant brusquement que Richie soit là. Tout le monde se recule, voyons si ma chance continue.

Ce fut le cas et ils continuèrent à jouer.

Ils se trouvaient à l'avant-dernier trou lorsque Mason fit brutalement redescendre Skip de son nuage de camaraderie inattendue.

— Attendez une minute, Skip… Si Carpenter n'est pas gay, qui est votre petit-ami? Ne m'aviez-vous pas dit quelque chose à propos de vous envoyer en l'air pendant le week-end?

Skip avait été sur le point de se positionner pour son swing, il se dégonfla brusquement et jeta un regard malheureux par-dessus son épaule.

— Il a eu une sorte d'urgence familiale, expliqua-t-il.

Il avait vérifié son téléphone à plusieurs reprises et Richie n'avait pas été en mesure de lui répondre. Il pensait que s'il ne recevait pas une réponse au texto l'informant *qu'il jouait au golf avec l'Interlocuteur Galant,* soit son petit ami était en train de travailler comme un fou, soit il avait cassé son téléphone.

— Vous n'êtes pas allé l'aider? demanda Mason, surpris.

— C'est compliqué, répondit Carpenter à sa place. Continue et envoie ta balle, Skip. Tu pourrais gagner ton premier tournoi de golf et je ne veux pas qu'on te porte la poisse avec ça.

Skip lui lança un sourire appréciateur, il s'éclaircit les idées et balança son club.

C'était drôle, le golf et le football étaient des sports très différents, mais il existait toujours un moment où ils connectaient lorsque le club frappait la balle vers le bon endroit ou lorsque le pied frappait le ballon, beaucoup plus grand, mais que vous saviez que c'était le bon tir.

Skipper observa la balle dans le ciel bleu de novembre avant qu'elle tombe et s'arrête sur le green et sut qu'elle était bonne.

Mais le bref sursis n'empêcha pas l'histoire de se répandre alors qu'il procédait au birdie. Il gagna à trois sous le par et Carpenter lui assura qu'il était une sorte de prodige pendant que Mason essayait de déplacer le sujet sur leur histoire.

— Alors… Richie, tenta-t-il pour la cinquième fois tandis qu'ils se dirigeaient vers le club. Il *n'a pas voulu* de votre aide.

— Son père pourrait probablement me frapper si je me présentais maintenant, grogna-t-il en réponse.

Mason posa sa main sur l'épaule de Skip et ce dernier s'arrêta pendant que Dane et Carpenter continuaient vers le club.

— *Voulez*-vous l'aider, Skip ?

Le jeune homme fronça les sourcils, malheureux. Cette main sur son épaule était *vraiment* agréable et Mason avait été chaleureux, gentil et drôle et… eh bien… gay. Pas de la manière mise en évidence par la télévision, mais plus dans le genre «j'aimerais vraiment t'avoir si tu n'étais pas pris».

Il n'était tout simplement pas certain de savoir si c'était un attrape-nigaud ou pas.

— Oui, répondit-il en reprenant tranquillement sa route. Je veux vraiment l'aider. Je déteste le fait que je ne le verrais pas avant Thanksgiving. Je…

J'ai peur qu'il soit tenté de nous oublier pendant qu'il fait cela.

— J'avais l'habitude de le voir plus, conclut-il faiblement.

Mason soupira et le regarda avec de la mélancolie dans ses yeux brun.

— Skip, je ne veux pas… vous savez… m'immiscer, mais…

Il rit et passa une main à travers des cheveux très bien coupés.

— Écoutez, je vous ai fait des avances avant de vous voir. Vous êtes… vous savez… agréable à regarder. Simplement…

Skip se sentit rougir et se dandina inconfortablement comme il ne l'avait jamais fait avec Richie. Cependant, son estomac le faisait un peu souffrir de retenir cela, ce qui voulait dire qu'il avait envie que cet homme le trouve attrayant aussi.

— Je…

Oh, bon sang. Les hommes ne disaient pas ce qu'il s'apprêtait à révéler devant un autre homme.

— Je l'aime vraiment. Si cela ne fonctionne pas, je serais vraiment brisé pendant longtemps.

Mason haussa les épaules, mais il n'eut pas l'air blessé, Dieu merci.

— C'est pour ça que *vous* avez éveillé mon intérêt, Skipper. Parce que vous dites cela à propos de lui sans réserve. Je dois simplement trouver quelqu'un qui m'acceptera comme je suis !

— Eh bien, vous savez, répondit-il en rougissant. Réfléchissez avant de parler et je suis certain que cela se produira.

130

Mason rit doucement, mais pas vraiment d'une manière animée. Il ne rejeta pas sa tête en arrière et ne sautilla pas sur place. Au moment où les amis de Carpenter entrèrent, l'air désolé, dans le club et furent présentés à Mason et Dane, Skipper n'avait plus mal à l'estomac et il avait dû vérifier son téléphone environ six mille fois.

CARPENTER LE ramena chez lui vers seize heures et il tondit la pelouse et passa le râteau avant que la lumière disparaisse. La pluie arriva une demi-heure environ après cela. Il passa sa soirée en mangeant une soupe en boîte et en réglant ses factures. Il s'endormit sur le canapé vers vingt-deux heures en regardant un film vraiment stupide à la télévision. Lorsqu'il se demanda s'il était si important qu'il finisse de regarder *Route 666*, il se rendit compte qu'il vérifiait son téléphone chaque fois qu'il se réveillait.

Bordel.

Il venait de se coucher lorsqu'il entendit frapper à la porte. Richie se tenait debout sous le porche, ses cheveux roux mouillés de pluie.

Skip le prit dans ses bras sans dire un mot.

Ah, Richie... Il avait dû manger une boîte de Tic-Tac parce qu'il avait le goût de la menthe croisé avec celui d'un accro à la nicotine, mais Skipper s'en moquait. Il le poussa contre la porte et le maintint pendant qu'il ravageait sa bouche, durement, avec possessivité et désir, et Richie le lui retourna naturellement.

Les vêtements de ce dernier tombèrent sur le sol et Skip recula pour ôter ses propres chaussures. Richie profita de l'espace et se déplaça, poussant son compagnon sur le canapé jusqu'à ce qu'il soit allongé dessus, puis il l'embrassa pendant qu'ils se fondaient l'un dans l'autre.

Les mains de Skip tremblèrent dans ses cheveux et ses hanches poussèrent spasmodiquement vers le haut, ressentant le besoin... le besoin... de se frotter à une telle dureté.

Richie s'arrêta un instant et regarda son petit ami dans les yeux.

— Il t'a fait des avances ? demanda-t-il.

— Il voulait, dit-il en secouant la tête. Je lui ai dit que j'étais pris.

Son amant hocha la tête, ses pupilles s'élargissant et s'éclaircissant.

— Tu *es* pris, marmonna Richie. Tu es à *moi*.

Il se redressa, quitta Skip et fit deux pas dans la pièce pour prendre son pantalon et attraper la bouteille de lubrifiant dans sa poche. Skip se leva aussi et lorsque Richie tenta de se pencher, fesses en l'air, il put tirer sur ses cheveux.

— Sur le dos, Richie, face à moi.

Le jeune homme s'étendit de tout son long sur le canapé et souleva ses jambes, les serrant sur sa poitrine. Le corps entier de Skip tremblait, ils avaient fait cela assez souvent pour qu'il n'ait pas à réfléchir comment se positionner et ressente juste l'envie de *s'y* retrouver.

Pourtant, il se souvint de ses manières, se rappela qu'il devait le préparer, devait demander la permission et la respiration dure de son compagnon et ses supplications à moitié gémissantes remplirent ses oreilles.

— Tu aimes ça ? demanda-t-il, deux doigts gainés et cisaillant dans le corps du jeune homme. Tu trouves cela génial ?

— Oui, répondit-il en inspirant. Allez, Skip… Je te veux !

— Tu as juste à *être* là, c'est tout ! grogna ce dernier.

Il surplomba ensuite le corps efflanqué de son amant, se battit avec et entra en lui.

Richie lâcha un gémissement et enveloppa ses jambes autour des hanches de Skipper.

— Baise-moi durement ! cria-t-il.

Skip le prit si fort qu'il n'arrivait plus à former des mots. Il le prit tellement violemment et si vite que Richie ne put même pas supplier. Ses hanches s'engourdirent à force de frapper contre les fesses ossues de son partenaire et celui-ci haleta pour trouver de l'air, mais ne réclama pas que cela soit plus fort parce que Skip l'aimait aussi fort qu'il le pouvait.

Richie cria si fort en atteignant l'orgasme que cela se répercuta probablement dans toute la rue, mais Skip s'en moquait. Son amant avait joui sans même se caresser, le jet éclaboussant la poitrine de Skip jusque sous son menton et il laissa échapper de petits gémissements à chaque poussée après cela.

— S'il te plaît, réussit-il à dire, sans souffler. S'il te plaît, Skipper…

L'entendre supplier déchira Skip, enclenchant son apogée, son corps entier éclatant dans la lumière blanche avant même qu'il puisse crier.

Il jouit, son visage enterré dans le creux du cou de Richie, essayant très fort de ne pas rire et pleurer.

— Skip, murmura son compagnon. Skipper, je dois partir.

Celui-ci se redressa sur ses coudes et crut qu'il devenait fou.

— Tu dois faire *quoi* ? demanda-t-il, incrédule.

Ses bras se resserrèrent autour des épaules du jeune homme et pendant un moment, Richie ne le combattit pas.

— J'ai dit à mon père que je sortais pour acheter de la bière, déclara-t-il doucement. Je te l'ai dit... il vient pour vérifier que je suis là pendant la nuit.

— Richie ! protesta-t-il en enfouissant son visage dans le creux du cou de son amant avant d'énoncer l'évidence. Tu as vingt-cinq ans !

Richie se mit à rire d'un air impuissant.

— Oui, dit-il en frottant l'oreille de Skip.

Il avait un peu de barbe et avait probablement passé la semaine sans se raser.

— Cela m'a pris beaucoup de temps pour comprendre ce que je voulais et, visiblement, je ne suis pas censé l'avoir.

— Je ne vois pas pourquoi, murmura Skip, boudeur. Sérieusement, pourquoi des mesures de répression ?

Richie fit un bruit d'inconfort et Skip se redressa.

— Est-ce que je t'écrase ?

— Ne t'avise pas de bouger, répliqua son amant d'une voix rauque. Non. C'est... donc, tu sais que je t'ai dit que le vandalisme avait finalement touché beaucoup de déchets inutiles ?

— Oui, répondit-il.

Il l'avait facilement retenu cela parce qu'un profond et terrible soupçon avait commencé à fleurir dans ses tripes à ce moment-là.

— Tu as dit que la plupart des marchandises de valeur avaient été prises.

— Eh bien, mon père ne m'a pas écouté les premières fois où j'ai dit ça, dit-il en hochant la tête, semblant tellement seul que Skip eut envie de pleurer. Cependant, les experts de l'assurance sont venus et ils ont commencé à tout inspecter.

— Et ?

Richie ferma ces yeux d'un vert infini et se fondit presque dans le canapé sous lui.

— Ils étaient d'accord avec moi. Quelqu'un s'était servi pendant des mois et le vandalisme couvrait cela.

Skip garda le silence pendant un moment. Il savait où tout cela menait, mais il était certain que son compagnon devait le verbaliser de toute manière.

— Les alarmes ont été désactivées.

— Oui, acquiesça Richie.

— Que disent-ils ?

Richie rouvrit les yeux et ils étaient rouges et brillants.

— Les experts de l'assurance sont arrivés et ils étaient accompagnés d'agents. Ils ont demandé à parler à Paul et Rob et… et rien. Mon père n'arrivait pas à les joindre au téléphone. Kay non plus, puis elle est entrée dans leur chambre dans la maison et leurs affaires avaient disparu.

— Oh non…

— Alors, les policiers ont fouillé la maison, puis ils ont fouillé *mon* appartement, ce qui était *hilarant* parce que je n'ai rien, ils m'ont demandé combien je payais vraiment pour le loyer. Je jure devant Dieu qu'un policier s'est tourné vers mon père et lui a dit qu'il volait son fils aveugle, c'était vraiment génial, en fait, raconta-t-il, ses lèvres frémissant légèrement.

— Super, marmonna Skip, sa lèvre s'ourlant d'une manière totalement différente. Alors, pourquoi veux-tu retourner là-bas ?

— Parce que…

Il se tut pensivement, ce qui était bon signe… cela signifiait qu'il accordait une attention particulière à l'idée.

— Je ne sais pas, dit-il enfin.

Le cœur de Skip s'allégea.

— C'est juste… tu sais. Mon père. Ma mère l'a quitté et il ne lui restait que moi. Pendant des années, ça a juste été… lui et moi. Il a une sœur toquée, mais je préparai les repas, je faisais le ménage et nous étions une famille.

Sa voix se brisa un instant, puis il se reprit et continua son explication.

— Une bonne partie de ça a disparu avec Kay, mais je n'ai pas… il n'était pas un monstre, tu sais ? Ne te dois-tu pas à ta famille ?

— Je ne peux pas le savoir, répondit Skip, faiblement puisqu'il n'en avait pas. Je ne veux plus que tu partes.

— Presque pas de barbe, dit Richie en tendant la main afin de caresser sa joue avec un petit sourire. Il t'a vraiment fait des avances ?

Skip captura sa main, la retourna et embrassa sa paume.

— Non. Il a dit qu'il était intéressé. Mais il a compris. C'est un ami.

— D'accord, répondit-il en hochant la tête. Je vais mettre mon réveil et partir tôt.

Il se souleva et embrassa le coin de la bouche de Skip.

— Si cet homme est assez stupide pour te laisser partir, je devrais être assez intelligent pour rester un moment, conclut-il.

Skip l'embrassa vraiment et, comme souvent, ce baiser dura pendant un certain temps. Lorsqu'il le rompit, Richie était à moitié endormi et continuait à l'embrasser. Skip rit et il se leva du canapé un peu à contrecœur. Il aida son compagnon à se lever et ils se dirigèrent vers la chambre, nus tous les deux. Richie s'arrêta à mi-chemin et commença à rassembler ses vêtements, sortant son téléphone de sa poche en le faisant.

— Pas de messages, déclara-t-il avec satisfaction. Mon père s'est endormi. Il se réveillera à six heures... Si je lève à quatre heures, je n'aurais pas à supporter ses conneries.

— C'est une heure merdique pour se lever, marmonna Skip. Bon sang, quatre heures du matin ?

— Peut-être cinq heures, le récompensa son petit ami avec un grognement.

Richie passa devant Skip et la chaleur de son corps réconforta ce dernier.

— Est-ce que tu dois encore aller là-bas ?

— Il nous reste environ quatre ou cinq jours supplémentaires de travail, confirma-t-il. Mon père dit que nous devrons travailler pour Thanksgiving et faire le repas de famille le vendredi.

Skipper laissa échapper un bruit de protestation et Richie jeta un regard derrière lui avant de saisir sa main.

— Oui, je sais. Pas de prolongation d'entraînement vendredi. Je sais que nous devions... tu sais... annoncer ensemble à toute l'équipe que nous sommes gays, mais pas cette semaine, soupira-t-il. Je suis tellement désolé.

— Ce n'est pas grave, murmura Skip, effaçant sa blessure.

L'entraînement du vendredi était déjà spécial, même *sans* leur grand plan de parler à l'équipe, mais il voyait à long terme à présent.

— Cela en vaut la peine si tu peux avoir ton week-end.

Richie s'arrêta dans l'embrasure de la porte et se tourna pour lui octroyer un gros câlin.

— Être avec toi en vaut la peine, dit-il simplement. Laisse-moi régler le problème avec mon père. Laisse-moi lui faire comprendre que je ne l'abandonne pas. Et, ensuite, ce sera toi et moi, d'accord ?

— Oui, d'accord, marmonna-t-il dans ses cheveux. Oui.

Reste simplement avec moi ce soir. Dors dans mon lit, sois là demain matin.

Il ne le dit pas à haute voix, mais ils se glissèrent dans le lit. Skip prit le rôle de la grande cuillère et il ne lâcha pas son amant de toute la nuit.

LE TÉLÉPHONE de Richie sonna à l'heure prévue et Skip sortit du lit avec lui pour préparer un café pendant qu'il était sous la douche. Il s'aperçut que la voiture du jeune homme était plutôt remplie de détritus lorsqu'il sortit pour récupérer sa tasse thermos de voyage. Elle était pleine d'emballages de restauration rapide et certains étaient même pleins de mégots. Cependant, il ne dit rien et se contenta de tenir le café de Richie prêt, avec beaucoup de crème et de sucre.

Richie lui prit la tasse des mains et lui sourit joyeusement.

— Tu essaies de me gâter pour que je reste ? demanda-t-il, rieur.

— Est-ce que ça fonctionne ?

Il prit une gorgée et lui fit un clin d'œil.

— Ça pourrait.

Skip s'avança pour un baiser et Richie lui en donna un bref, mais il recula ensuite.

— Pas de baisers assassins, d'acc', Skipper ? Je dois nettoyer le merdier de ma famille. Je n'arriverai pas à le faire de toute la journée si je pense à ton baiser.

— Je t'aime, Richie, dit-il en embrassant sa tempe à la place.

— Je t'aime aussi.

Puis, il partit.

MIRAGES

— Tu as mauvaise mine, lui dit Carpenter, ce matin-là. Qu'est-ce qui s'est passé?

— Richie est venu hier soir, grogna-t-il en frottant son visage avec ses mains.

— Tu t'es senti utilisé? s'exclama son ami, horrifié.

— Oui, en quelque sorte, mais d'une bonne manière, répondit Skip, obligé de rire. Non, sa vie est devenue follement compliquée. Les deux abrutis ont volé la famille et son père devient plus psychotique chaque nanoseconde... mais tu sais quoi?

— Quoi?

— Il a laissé tomber tout ça pour rester avec moi. Il le fera à nouveau.

— Oui, bien sûr, Skip, répondit Carpenter en laissant échapper un soupir.

Skip eut l'impression que son collègue voulait en dire plus, mais à ce moment-là, son téléphone sonna. Mason était à l'autre bout, demandant très gentiment et professionnellement si Skip pouvait l'aider avec son navigateur. Il avait un travail à faire qu'il ne détestait pas et un peu d'espoir. Cela irait.

L'espoir le soutint pour le reste de la semaine. Mercredi soir, il cuisina sept pains simples et il appela Galvan, Jefferson et Owens afin de leur demander s'ils en avaient besoin. Il en prépara deux pour les emmener chez les parents de Carpenter et en garda deux pour Richie et lui, les emballant bien serrés dans du papier aluminium, après les avoir laissés refroidir. Il avait mangé quelques morceaux d'un des pains et celui-ci s'était révélé moelleux et réconfortant, ce qui, en ce qui le concernait, était totalement le but du pain.

Les parents de Carpenter habitaient dans les hauteurs, dans l'un des lotissements d'Auburn/Folsom Road. Les maisons étaient *incroyables* et depuis qu'ils avaient quitté Carmichael ensemble, Skip avait saisi plusieurs chances de dire à son ami combien il s'inquiétait à cause de ça.

— Sérieusement ? « Accompagne-moi simplement chez mes parents, Skip, il y a juste dix-sept pièces… »

— Quinze, murmura Carpenter, mal à l'aise.

— Et les chambres de bonne.

— Elle ne dort pas sur place !

— Et un foutu énorme garage pour nos trois Rolls-Royce différentes ! conclut Skip méchamment alors qu'il tournait, selon les instructions de Carpenter, dans l'allée d'une des plus grandes maisons dans le lotissement plutôt fantastique.

— Bordel de merde, Carpenter… cette maison a des *tourelles,* continua-t-il. On est dans ce fichu Granite Bay et cette maison a des *tourelles*. Et des chambres de bonne. Je me *moque* qu'elle rentre dans sa famille le soir. Tu n'aurais pas pu *m'avertir* à ce sujet ?

— De quoi aurais-je dû t'avertir ?

— Tu peux faire tenir toute ma maison dans ton salon ! dit-il en pointant du doigt la monstruosité devant eux. J'aurais *au moins* porté une cravate !

— Tu ne peux pas faire une grosse affaire de l'argent, grogna Carpenter, semblant affirmer que c'était une règle.

— Carpenter…

— Et tu dois m'appeler Clay. Mes parents pensent que nous sommes amis.

— Nous *sommes* amis, affirma Skip. Tu m'as emmené au golf. Je pense que cela nous rend frères.

Il manœuvra sa très – très – minuscule voiture, la gara derrière cinq autres véhicules – une Lexus étant la moins cotée d'entre elles – et il passa ses mains dans ses cheveux. Il les avait coupés samedi et Richie et lui avaient été tellement… occupés à autre chose qu'il n'avait pas eu la chance de lui demander s'il aimait. Quatre ans auparavant environ, Skip avait choisi une coupe à la Justin Bieber et Richie avait le premier à oser lui dire que c'était affreux et « merde, fais-toi une vraie coupe de cheveux comme un homme ». Entendre Richie lui dire qu'il avait l'air bien aurait signifié quelque chose.

— Eh bien, si nous sommes amis, l'argent ne devrait pas avoir d'importance ! dit Carpenter en triomphant, le tirant hors de *cette* ligne de pensée. C'est une maison tout à fait normale, dans une banlieue parfaitement normale !

Carpenter tenait un gros plat de quelque chose sur ses genoux et Skip était certain qu'il aurait follement gesticulé autrement pour essayer de le convaincre que le croque-mitaine ne vivait pas dans une grande maison dans Granite Bay.

— Nous *sommes* amis, répéta-t-il, amer, mais, mon pote...

Il regarda cette grande maison avec la jolie cour et les voitures.

— Mon pote.

Il aurait dû savoir... sérieusement... il aurait dû savoir. Le père de Carpenter avait réservé un parcours de golf à Fair Oaks le week-end précédent Thanksgiving... Skip aurait vraiment dû comprendre. Mais ce n'était pas le cas et l'étendue de la... de *l'opulence* le choquait.

Son téléphone bourdonna dans sa poche et il lut le message de Richie, reconnaissant pour la distraction avant qu'il commence à hyper ventiler.

Nous avons enfin fini. Joyeux Thanksgiving à moi, je peux m'endormir maintenant.

Oh bon sang, son petit ami lui avait envoyé un SMS à vingt et une heures tous les soirs pendant les trois derniers jours. La veille, alors qu'il attendait que la dernière fournée de pains cuise, il avait reçu une série d'images du matin lorsque son compagnon était entré et avait vu que la casse avait été vandalisée à nouveau dans la nuit, alors qu'il avait tout nettoyé, réarrangé et organisé avec l'espoir qu'il pourrait être prêt pour redémarrer le lundi.

Il n'y aurait pas grand-chose à faire. Ce n'était pas *possible*. Il ne restait plus beaucoup de matériel.

En voyant ces images, Skip s'était fait une idée plus large des raisons de son compagnon de rester proche de son père. Richie avait été le premier à se tenir aux côtés de son père, nettoyant les affaires que celui-ci avait construites à partir de quelques voitures usagées dans son allée. C'était lui qui s'était occupé des papiers de l'assurance et avait tout entré dans l'ordinateur. La formation de l'institut de Sciences et Technologie que son père et Kay avaient constamment critiquée allait permettre à son père de continuer à acheter des stocks et à espérer rouvrir le lundi après Thanksgiving. Peut-être.

Richie se sentait *nécessaire* et Skip ne pouvait pas lui en vouloir pour ça. Et en regardant ces images, il n'avait pas pu discuter le fait que son petit ami quitte son lit pour retourner là-bas et aider. Merde, quand Skip avait reçu le texto mercredi, sans même voir les photos, il avait envoyé un SMS pour dire qu'il venait pour aider. Il était presque arrivé avant que Richie *l'appelle*, l'attrapant alors qu'il s'était arrêté chez McDonald pour prendre un café, et le supplie de ne pas venir.

— S'il te plaît, Skip. Mon père est juste… il n'est pas rationnel pour l'instant, d'accord ? Je ne sais pas pourquoi le fait que Paul et Rob sont des crétins est devenu de ta faute, mais après dimanche soir, je ne peux pas faire un mouvement sans qu'il te blâme de m'aider à faire pipi.

— Est-ce qu'il sait que tu es parti ?

— Oui, il l'a compris lundi soir lorsqu'il m'a demandé si j'avais de la bière.

— Aïe… oui… on aurait dû couvrir tes traces.

— Je me suis dit ça aussi. Mais, ne viens pas nous aider, d'accord ? Je sais que tu veux bien faire, mais il va te crier dessus et dire des trucs moches…

— Est-ce qu'il t'a dit des trucs merdiques ? Oh, bon sang ! Richie !

— Oui. Oui, Skip, il l'a fait. Ne t'inquiète pas. Nous devrions avoir fini pour Thanksgiving et nous dînerons le vendredi. Il ne s'énervera pas si toute sa famille et celle de Kay sont réunies, surtout pas alors que Rob et Paul se sont fait la malle. Tiens bon, Skipper. Je sais que tu veux m'aider, mais si tu peux attendre samedi et le match, je devrais pouvoir venir te voir, d'accord ? Ensuite, toi et moi pourrons revenir à la normale.

C'était hier matin. Aujourd'hui, jour de Thanksgiving, alors qu'il pouvait enfin dire merci pour quelque chose, il était coincé à regarder l'énorme château où Carpenter l'avait emmené, se demandant ce qu'il avait imaginé être normal.

Il prit le téléphone et envoya un texto.

Tu me manques tellement. Je devrais être avec toi.

— Est-ce que ceci est normal ? demanda-t-il faiblement à son ami lorsqu'il eut fini.

— Comment va Richie ? demanda doucement Carpenter.

— Il va dormir pendant Thanksgiving et je n'ai toujours pas le droit d'entrer dans la propriété.

— Allez, Skipper, soupira son ami. Viens et tu pourras rencontrer mes parents et ma tante et mon oncle. Ils t'interrogeront sur ton enfance et tenteront de te nourrir de tofurkey. Ensuite, nous pourrons rentrer chez toi, manger des hamburgers et jouer à des jeux vidéo.

Skip le regarda tristement, pensant que c'était probablement ce qu'il aurait fait avec Richie si Paul et Rob n'avaient pas été des personnes horribles.

Et si le père de son compagnon n'avait pas décidé qu'aucune quantité d'eucalyptus ne pouvait couvrir l'odeur du sexe.

— Oui, d'accord, dit-il, transpercé par la résignation.

Il n'allait pas voir Richie demain. Le jeune homme fêterait *son* Thanksgiving demain et il n'était pas invité.

Il avait envie de pleurer.

— Viens, dit doucement Carpenter.

Skip déglutit et lui sourit courageusement, lui laissant voir sa tristesse pour peut-être la première fois depuis que Richie lui avait envoyé un texto vendredi dernier. Ils avaient joué et perdu – sans le jeune homme – le samedi et Skip avait esquivé la pizza et la bière en affirmant qu'il était épuisé. Il n'avait pas été capable de leur dire qu'il ne pouvait tout simplement pas socialiser, ne pouvait pas rire et sourire, pas alors qu'il savait que Richie était en train de travailler comme un fou et qu'il ne pouvait pas l'aider.

Ceci était stupide, se dit-il résolument. Richie n'était pas mort. Il n'avait pas été déployé sur un terrain de guerre où n'était pas dans un autre pays. Cependant, rien ne fonctionnait parce que le problème – il commençait à s'en rendre compte – c'était qu'il n'était pas *là*.

Skip avait besoin qu'il soit *là*.

— Oui, s'entendit-il dire de loin. Oui. D'accord. Allons fêter cela en famille.

LE PÈRE et la mère de Carpenter étaient bronzés, séduisants, s'adaptaient aux gens et, en premier, Skip s'attendit à les détester rien qu'à les voir. Il était en partie convaincu que leur condition physique bronzée et séduisante avait causé du tort à leur fils.

Cependant, on n'avait encore jamais salué deux personnes qui vous invitaient dans leur maison avec un « Salut, monsieur et madame Carpenter, alors comment *avez-vous* fait grossir votre fils ? »

— Bonjour ! leur dit-il à la place avant de leur remettre deux pains encore chauds du four dont il les avait sortis le matin.

Madame Carpenter, Cheryl, était ravie.

— Oh, c'est adorable ! Vous les avez faits ?

Il hocha la tête, se félicitant de la recette de pain la plus simple au monde. C'était sa mère qui lui avait appris cela avant le divorce et il avait réussi à le garder jusqu'à l'âge adulte.

— Oui, madame. C'est l'une des cinq recettes que je sais cuisiner.

— Alors, l'avez-vous fait lever ou pas ?

— Euh, j'ai mis de la levure…

— Quel genre de farine avez-vous utilisée ?

— Euh, le genre polyvalent, vous savez…

— Alors, ce n'est pas sans gluten ? demanda-t-elle, troublée.

C'était une de ces femmes dans la cinquantaine qui semblaient être vers la fin de la trentaine si on ne regardait pas la profondeur des pattes-d'oie autour de ses yeux. Ses cheveux étaient grisonnants et maintenus à la nuque avec une pince. Skip pensa avec mélancolie qu'elle ressemblait au type de mère que n'importe quel garçon voudrait avoir une fois adulte.

— Non, madame, je suis désolé. Carpen… euh, Clay ne m'a pas informé que vous aviez des allergies.

— Non, non, dit-elle en souriant bravement comme si elle les avait toutes. C'est simplement que la farine blanche est très mauvaise pour vous. Mais ça va. C'est Thanksgiving et nous avons du fromage végétalien avec de la purée de chou-fleur et la sauce salée sur le tofurkey, nous pouvons nous permettre une plus grande indulgence.

Skip lui sourit avec l'impression qu'on venait juste de lui tapoter la tête pour un collier de macaronis et Cheryl Carpenter disparut dans la cuisine.

— J'aurais dû apporter du vin, déclara-t-il à voix basse.

— S'il fait moins de deux cents dollars la bouteille, ils l'utilisent pour faire la sauce, déclara Clay.

Skip lui lança un coup d'œil assassin.

— Je suis sérieux ! protesta celui-ci en levant les mains en l'air.

Il afficha ensuite un sourire déterminé en regardant par-dessus l'épaule de son ami.

— Bonjour, papa !

— Clay !

Skip se déplaça afin que Clive Carpenter puisse venir embrasser son fils. Oui, un peu maladroit, et lorsque les assiettes de légumes firent leur apparition, il prêta attention à Clay et à ses mains qu'il agitait frénétiquement et resta loin des sauces et des légumes. Cependant, les parents de son ami étaient sympathiques et libéraux et ils étaient aussi attentifs que possible à leur fils, fou de jeux vidéo, même lorsqu'il était éclipsé par sa sœur assez spectaculaire.

Skip s'assit sur la pierre confortable du tablier de cheminée, dans une pièce avec un tapis berbère moelleux, des murs couleur crème vierges et impeccablement peints. Il sirota un vin vraiment cher et grignota des aliments dont il n'avait jamais entendu parler tout en écoutant deux personnes mêlant parfaitement les aventures de leur parfaite et impeccable fille avec les accomplissements plus modestes de leur fils.

— Sabrina s'en sort très bien à Stanford, dit Clive alors que Skip essayait d'oublier qu'il venait de manger du caillé et des pousses de haricots. Elle a obtenu une autre subvention, Clay. Elle était désolée qu'ils ne puissent pas être là, mais ils ont emmené les jumeaux faire du bénévolat dans un centre pour enfants cancéreux pour Thanksgiving.

— Ils me manquent, dit Clay et bien que sa voix soit sincère, elle aussi, Skip était assez sûr d'entendre un soulagement compréhensible.

— Bien sûr... Et tu as rencontré Austen, n'est-ce pas ?

— Oui, mais Skip et moi nous sommes retrouvés en avance sur le groupe pendant le golf. Je n'ai pas eu la chance de lui parler.

Skip l'interrogea du regard et Clay haussa les épaules.

— Austen est le beau-frère de ma sœur, répondit-il mollement.

Skip le regarda parce qu'ils avaient tous *les deux* traité l'homme comme un crétin et s'il avait su qu'il était de la famille, il aurait sans doute fait plus d'efforts.

Son ami lui retourna un sourire innocent.

— Je fais partie de l'équipe de football de Skipper, annonça Clay à sa famille

Cela fonctionna parfaitement pour détourner la conversation.

— Clay ! s'exclama sa mère, ravie. Tu ne nous l'avais pas dit ! Comment s'en sort-il, Skipper ?

— Il s'en sort très bien, répondit celui-ci avec enthousiasme.

— Eh bien, il n'a jamais été très rapide, déclara son oncle avec pitié. Il n'aurait jamais pu faire partie d'une équipe au lycée.

— Oui, eh bien, les entraîneurs du lycée n'ont pas de patience, répliqua Skip, catégorique. Il s'est vraiment donné à fond. Au début, nous avions juste besoin de lui comme défenseur et il a fait du bon travail à ce poste, un joueur intelligent, à l'écoute. Mais je suis tombé malade après le premier match et pour le match suivant, Richie, euh, nous, euh, l'avons mis en avant... Je n'ai pas pu jouer la semaine dernière et il a joué les deux matchs comme un champion. C'était comme s'il avait été là depuis des années.

Il n'avait pu s'empêcher de rougir en évoquant son petit ami.

— C'est formidable, Clay, commenta son père, rayonnant. J'ai toujours su que le sport pourrait t'être bénéfique... il suffit simplement parfois que cela se produise au bon moment, n'est-ce pas ?

— Alors, qu'est-ce qui a amené ce bon moment ? demanda l'oncle Carter en plissant les yeux.

Skip et Clay échangèrent un regard et ce dernier haussa les épaules et leva la main

— Cela semblait agréable, dit-il en souriant.

— Eh bien, nous nous entendions bien et Richie l'appréciait, alors c'était génial de l'avoir dans l'équipe.

— Est-ce que Richie est le co-capitaine ? demanda Carter, curieux.

L'oncle de Clay avait une femme, Candace, qui jouait avec leurs enfants dans la pièce voisine et Skip souhaita qu'il soit lui aussi là-bas.

— Euh, non, dit-il avant de décider de se lancer. Richie est mon petit ami. Son avis est important.

— Oh ! s'exclama l'oncle en riant, mais pas méchamment. Vous avez raison. Son opinion compte. Pourquoi n'est-il pas là aujourd'hui ?

— Euh, commença-t-Skip en tirant sur son col. Une sorte d'irrégularité dans l'affaire de sa famille la semaine dernière et du vandalisme. Il a vraiment bien travaillé. Il vient de m'envoyer un texto afin de me prévenir qu'il venait à peine de terminer le nettoyage. Il va dormir ce soir et demain, il fera Thanksgiving avec sa famille.

— Donc, vous allez profiter de deux repas, n'est-ce pas ?

Oh, merde. Dis-le maintenant.

— Non, monsieur. Un seul.

— Oh, dit-il.

Il semblait... compatissant. Comme s'il avait compris.

— C'est une honte, ajouta le père de Clay.

Encore une fois ce sourire compatissant. Skip comprit brusquement que la famille était en même temps une bénédiction et une malédiction. Oui, il aurait probablement eu lui aussi des rapports problématiques avec la nourriture s'il avait grandi dans cette maison, mais il comprenait aussi pourquoi son ami pouvait inviter un ami ici, en particulier un qui n'avait pas de famille et avait besoin d'un entourage.

Mais cela ne voulait pas dire qu'après la prière commune – la tante Candace était apparemment pasteur pour les jeunes parce que.... Eh bien parce que ! – il s'était aventuré à manger autre chose que son propre pain

144

lorsqu'on avait fait passer le plat de mélange de tofurkey, chou-fleur et fromage vegan,

Carpenter croisa ses yeux pleins d'une gratitude douloureuse par-dessus une bouchée de tofurkey et Skipper hocha la tête.

Oh oui. Ils s'arrêteraient pour prendre un hamburger et des frites sur le chemin du retour.

SON COLLÈGUE et ami s'effondra sur son canapé ce soir-là une fois qu'ils eurent avalé les hamburgers, les frites et la moitié de la tarte aux cerises et de la crème glacée que Skipper avait achetées au Safeway avant leur arrivée à la maison. Une des raisons de cet achat était peut-être que le tofurkey ne faisait pas partie de sa liste des dix premiers moyens de rester en bonne santé, peu importe à quel point il voulait avoir des abdominaux.

Une autre raison, c'était qu'il avait ressenti le profond besoin de se consoler avec des glucides. Un besoin qu'il ne voulait même pas révéler à Carpenter. Cependant, celui-ci le savait. Il avait lui-même son propre besoin de glucides.

— Elle est brillante, dit Carpenter la bouche pleine de tarte. Ma sœur, elle est brillante. Elle l'a toujours été. Je pouvais être en train de lutter sur mon algèbre de cinquième et elle arrivait et me disait «Oh, Clay, c'est juste ceci, puis cela, ensuite ça, tu sors un nombre entier de ton chapeau et voilà la réponse! ». Mais elle était toujours si gentille à propos de ça. Je voulais vraiment la haïr et l'envier, mais comment pouvais-je le faire alors qu'elle était si *bonne*? Tu vois… elle a emmené ses jumeaux dans *un centre pour enfants cancéreux* pour Thanksgiving afin qu'ils comprennent qu'ils doivent être reconnaissants. Même son mari. Il *pourrait* être un abruti comme Austen, mais non. Il est l'exact opposé de son frère, chaleureux, gentil, franc. Il récolte de l'argent pour les jeunes défavorisés. Comment peux-tu être en compétition avec ça?

— Tu restes chez un ami lorsqu'il est malade et tu t'assures qu'il ait un endroit où passer ce qui pourrait être les fêtes les plus solitaires de son année, déclara Skip, en lui resservant de la glace à la vanille. Tu fais aussi en sorte que ton ami se souvienne que la reconnaissance est le but premier de Thanksgiving. C'est un bon Karma, Clay. Ôte ça de ta liste. Profite de ta tarte.

— Je vais le faire, mon pote… Mais je dois t'arrêter. Je te connais et tu te *détesteras* demain matin.

Skip regarda la dernière moitié de la tarte dans son assiette d'un air misérable et il prit résolument une bouchée. Non. Ça n'aidait pas.

— Je... je lui ai envoyé des photos de la maison et tout ça et aussi quand ta famille a posé. Je lui ai tout envoyé.

— Rien en retour ? demanda son ami d'une voix tranquille.

Skip secoua la tête et posa ses paumes sur ses yeux pour stopper la stupide sensation de brûlure.

— Je... il a peut-être changé d'avis, dit-il, calmement. Il a peut-être oublié qu'il avait vraiment dit ce qu'il avait dans le cœur, dimanche dernier. Peut-être a-t-il décidé qu'il ne voulait pas me suivre en ligue gay après tout.

— Peut-être a-t-il juste besoin d'une invitation claire, déclara Carpenter, faisant preuve d'esprit pratique. Tout le monde ne peut pas entrer sur un terrain de football et se prendre en main. Certains d'entre nous ont besoin d'être un peu dirigés, tu vois ?

Skip l'épingla du regard.

— Quoi ?

— C'est... c'est la ligue de football amateur, s'enflamma Skip comme si cela expliquait tout. Je ne suis pas... mon surnom ne fait pas de moi un roc solide pour tout le monde, n'est-ce pas ? Cela a commencé comme une *blague*. Nous avions recruté un entraîneur, mais il a eu une meilleure offre d'une équipe en ligue pro et nous avons eu notre premier match et tout le monde s'inquiétait, « Qui joue, à quel poste ? Que faisons-nous, maintenant ? ». Je me connaissais, Richie et McAllister étaient nos meilleurs attaquants, Menendez, Thomas et Galvan étaient nos meilleurs défenseurs, Owens, Jefferson et Cooper pouvaient courir pendant des années et Singh a eu le poste de gardien de but par défaut, tu sais cela ? J'ai dit à Richie qu'il était au centre et il s'est retourné, a salué en s'exclamant « Oui, oui, Skipper ». Et ce fut tout. Tout le monde *m'a donné ce stupide surnom !* Il ne me dérange pas vraiment... mais... mais, c'était comme si tout le monde oubliait que je découvrais ce que je faisais au moment de le faire !

Il était debout à cet instant-là, gesticulant follement, sa voix rebondissant. Puis, brusquement, il se rassit, la chaise grinçant sous ses fesses.

— Tout le monde suppose que je sais ce qu'il faut faire parce qu'on me surnomme Skipper. J'ai besoin de Richie pour diriger ce fichu navire, Clay. Je...

Il ferma les yeux. Quand il était enfant, sa mère s'enivrait dans sa chambre et aller à l'école était insupportable. Ses pantalons étaient trop petits et il n'avait pas d'amis. Il s'allongeait dans sa chambre, fermait les yeux et planifiait ce qu'il ferait lorsqu'il passerait son prochain examen, lorsqu'il courrait son prochain kilomètre, aurait son diplôme de cette école merdique et obtiendrait un emploi qui lui permettrait de faire un emprunt pour acheter une maison. Il aurait un animal de compagnie, des amis et une petite amie (à l'époque). Il s'imaginait dépasser la douleur pour un temps où rien ne lui ferait plus mal et il essayait à nouveau de faire cela.

Comment serait-il capable d'être le capitaine de ce foutu navire sans Richie? Et si son compagnon ne pouvait jamais faire son coming-out, le laissant gay, seul et commençant sa vie personnelle à partir de rien?

La douleur ne disparut pas.

Il laissa tomber sa tête dans ses bras et s'efforça de ne pas pleurer.

Il y réussit en grande partie. Clay termina sa tarte pour lui et attendit qu'il se soit levé pour lui proposer une partie de *Witch Hunter 4*. Skip se révéla finalement bon à ce jeu-là

IL SE coucha après minuit, après avoir vérifié son téléphone environ dix millions de fois dans l'espoir d'un message. Enfin, juste avant qu'il s'endorme, Richie lui envoya un texto.

Bon sang, Skip. Ça m'a pris une demi-heure pour lire ton carnet de voyage.

Skip fixa le message et se retint de toutes ses forces de balancer une réponse coup de poing du genre. « Bordel, où étais-tu ? » ;

Tu m'as manqué aujourd'hui.

Oui... je me suis endormi et je viens seulement de me réveiller. Mon père et Kay préparent la dinde pour demain et ils se disputent. Je peux les entendre à travers les murs.

Pourquoi se disputent-ils ?

Parce que mon père lui a finalement demandé si elle savait où Paul et Rob se trouvaient quand elle avait dit qu'elle l'ignorait aux experts de l'assurance. Je pense qu'ils ont tous les deux compris que ses fils ne reviendraient pas et qu'ils avaient pris une grosse somme d'argent avec eux.

Ça craint.

Je les déteste.

Richie avait écrit ça et Skip voulait entendre sa voix, les mots échangés faisant écho dans son estomac. Il appuya sur la touche *Appel*.

— Je ne te le reproche pas, dit-il lorsque son compagnon décrocha.

— Bon sang, j'avais besoin d'entendre ta voix, répondit Richie.

Il semblait brisé, triste et fatigué.

— Ça va ? l'interrogea-t-il. Foutue journée. Maintenant, parle-moi de la casse automobile.

Il laissa Richie lui parler de la location de chariots élévateurs, des crétins de l'assurance et des voitures qui étaient à moitié enterrées dans la boue. La conversation glissa sur lui et il se contenta de faire des « oh, oh, oui, d'accord », mais il était si heureux d'en faire partie, si content que Richie ait besoin de lui, qu'il l'aurait écouté toute la nuit si besoin, sauf qu'ils n'étaient pas ensemble.

Le jeune homme s'arrêta après environ une demi-heure, puis il changea de sujet et passa à la réunion de famille du lendemain. Skip ferma ses yeux fatigués alors que Richie parlait de combien cela allait être terrible.

— Je pense que nous pourrons juger qui était au courant et qui a aidé ces deux-là à sortir en fonction de qui viendra à la soirée. Lorsque toute la famille de Kay se défilera, le combat qui aura lieu fera ressembler celui-là à un combat de nains.

— Oh, merde, s'exclama Skip. Richie, je sais que ceci est... les policiers ne sont pas ma première ligne de défense non plus, mais as-tu pensé... je veux dire... si la compagnie d'assurances t'accuse...

— Je ne vais pas faire de la prison, répondit Richie sur un ton dégoûté. Pas pour l'un d'entre eux. Même pas pour mon père. Non, je suis absolument honnête, totalement transparent. Nous avons dû porter plainte contre X auprès de la police pour mettre un numéro d'enregistrement de plainte sur les formulaires d'assurance et si l'un de ces hommes avait même pensé à me demander si je savais qui l'avait fait, j'aurais chanté comme un... un...

— Tofurkey ? suggéra Skip, juste pour voir s'il rirait.

Il le fit, son rire retentissant contre son oreiller alors qu'il se blottissait dans son lit. Il était allé chez son ami à plusieurs reprises et celui-ci vivait plus simplement que lui. Son lit était composé d'un matelas à ressorts sur un châssis basique toilé dans un coin de la chambre près d'une fenêtre.

Il se rappelait qu'il n'avait même pas de couette, seulement quelques couvertures et de simples draps blancs.

Rien d'étonnant que le jeune homme ait tellement eu envie de décorer la maison de Skip pour Thanksgiving. Il avait l'impression qu'il décorait sa maison...

Sa maison.

Comme s'il décorait sa maison.

Richie était à moitié endormi à présent, sa voix montant et descendant alors qu'il se moquait de Kay qui continuait à hurler : « Ce sont mes bébés et je les aime ! » Suffisamment fort pour être entendu dans le garage.

— Richie ? dit Skip, ne voulant pas le stresser en ce moment, mais ayant besoin que son petit ami l'écoute. Richie... Je veux juste que tu sois ici.

— Oui, Skip. Moi aussi. Je rentrerai samedi, d'accord ? Je resterai jusqu'... L...

Il s'endormit au milieu de cette phrase laissant son amant penser que Richie n'avait pas besoin de déménager dans son propre appartement pour avoir un autre endroit où vivre.

LES SCORPIONS avaient réussi à réserver un terrain d'entraînement de quinze heures à dix-sept heures le lendemain. Ce qui voulait dire qu'ils commenceraient à jouer en fin d'après-midi, mais qu'il ferait totalement noir lorsqu'ils termineraient.

Skip arriva tôt, bien sûr, avec une grande glacière pleine de bouteilles d'eau, de boissons énergétiques et même de fruits secs parce que c'était un entraînement long. Tout le monde était là à seize heures, sauf McAllister. Ils avaient essuyé une autre tempête la semaine précédente et ce dernier travaillait pour un service d'élagage, donc il était très occupé... Skip n'en savait pas beaucoup plus à ce sujet.

Ils étaient rassemblés autour de la glacière pour une pause lorsque McAllister traversa le terrain en chaussures de sécurité et portant son gilet orange, visiblement prêt à tuer quelqu'un.

— Mac ? s'écria Owens. Où est ton équipement, mec, tu ne peux pas jouer avec ça !

— Je ne jouerai plus dans cette équipe ! hurla celui-ci.

Son visage était rouge d'effort et apparemment de colère et il fonça directement vers Skip.

— Je ne vais pas jouer pour une foutue folle, crétin. Tu ferais mieux de te barrer ou il te transformera en gay comme il l'a fait à Scoggins !

— Pardon ? dit Skip qui n'avait encore jamais senti sa mâchoire tomber auparavant.

— Oui, tu penses que personne ne vous a vu après le dernier entraînement, mais tu as tort, pédé. Mon *père* vous a vus et lorsque nous avons commencé à parler pendant Thanksgiving à propos de l'endroit où mon équipe s'entraînait, il m'a parlé de deux hommes qui se pelotaient, totalement dégoûtants, un roux et un blond, leurs langues dans la gorge de l'autre et tout ça. J'ai entendu ta voix au téléphone ce matin afin de nous rappeler l'entraînement et j'aurais pu *vomir*.

Il martela le mot vomir et le compléta avec un crachat. Skipper frissonna sous le froid soleil de novembre en observant les visages de l'équipe qu'il avait réussi à réunir avec de la bonne volonté et un bon esprit sportif.

— Alors, c'est vrai ? demanda Jefferson dans le silence. Scoggins et toi vous êtes ensemble ?

Skip déglutit et souhaita si fort que Richie soit là qu'il fut surpris de ne pas entendre sa voix dans sa tête.

— Oui, dit-il calmement. Depuis juste avant Halloween. Nous sommes…

Oh, Richie, fais que cela devienne une réalité.

— J'espère qu'il va bientôt emménager avec moi.

— C'est super pour vous ! s'écria Jefferson en claquant son dos assez fort pour le faire trembler.

— Oui, c'est super pour vous !

Il sentit ses genoux faiblir en entendant le chœur des félicitations et il adressa un sourire larmoyant à son équipe qui l'entourait sur le terrain.

— Hé ! s'exclama Owens.

Le cœur de Skip s'effondra pendant un instant. Oh, bon sang, non, faites qu'il ne soit pas le deuxième !

— C'est pour ça que Scoggins ne nous a pas appelés pour qu'on prenne soin de toi lorsque tu étais malade. Avait-il peur que tu dises quelque chose ?

— Oh, merde ! commenta Carpenter. Est-ce que vous saviez qu'il *babille* lorsqu'il est malade ?

— Eh bien, euh, oui, dit Menendez en haussant les épaules. C'est ainsi que nous avons su que Skip avait une sorte de béguin pour Richie en premier.

— Je ne savais pas, dit Jimenez en haussant les épaules. Mais, ça va parce que mon petit frère est gay et je ne peux pas te détester, tu vois ?

150

— Oh, oh, gémit Skip gentiment. Vraiment ? Vous saviez tous ? Parce que cela nous a pris par surprise tous les deux !

Des sifflets et des braillements accompagnèrent cette annonce. Thomas et Cooper se joignirent au chœur et pendant un moment, à la lueur des bons vœux, Skip oublia McAllister et son concentré de venin, même si le grand Irlandais se tenait debout devant lui.

— Donc, c'est ça ? les interrompit Mac, visiblement perdu. Vous savez que notre capitaine est une pédale et vous… le félicitez ?

— Ce n'est pas un joli mot, déclara Singh avec sa diction précise. Quel est le problème, McAllister, est-ce que cela offenserait ta virilité qu'un gay soit un meilleur joueur que toi ?

— Ce qui m'offense, c'est que ce suceur de queues et son petit monstre ont traîné dans cette équipe comme s'il s'agissait d'une sorte de buffet à fellations ! grogna McAllister contorsionnant si vilainement son visage que Skip trouva cela vraiment effrayant. Merde, Keith, ton petit ami joue comme un pied et tu continues à le mettre en première ligne comme s'il pouvait nous sucer !

Ils durent arracher Skip de lui.

Un moment, il se trouvait debout, laissant toute cette haine irrationnelle couler sur lui, se demandant sérieusement comment le football en ligue amateur, un sport composé d'hommes jouant après le travail pour se détendre, était devenu autre chose qu'une tournée de bières après le match.

La minute suivante, McAllister était au sol, les poings de Skip frappant son visage et toute l'équipe obligeant son capitaine à reculer, lui assurant que l'homme n'en valait pas la peine. Carpenter et Owens tenaient chacun l'un des bras de Skip alors que Jefferson et Menendez tiraient McAllister de la boue.

— Il t'a battu à la loyale, déclara Thomas par-dessus leurs épaules.

C'était un grand homme, dégingandé et il ressemblait à un professeur donnant une leçon.

— Tu racontes ça à la police et nous leur dirons que tu as laissé un gay poids léger te frapper jusqu'à te casser le nez.

Cooper, leur plus petit joueur après Richie, s'avança et se planta devant lui.

— C'est fini, Mac, dit-il sérieusement. Le reste de l'équipe n'en a rien à faire et tu as dit trop de merde. Si tu veux à nouveau jouer avec nous, nous aurons besoin de vraiment grandes excuses. Sinon, tu dois quitter notre terrain.

Skip le regarda s'effondrer brusquement comme s'il ne lui était jamais venu à l'esprit qu'il pourrait perdre son équipe, ses amis, son groupe de coéquipiers, ses loisirs après le travail en adhérant aux idées de son père. Pendant un instant, il fut désolé pour lui. Il savait ce qui était en jeu. Il avait failli de perdre tout cela.

McAllister n'avait jamais pensé que cela lui arriverait.

— Vraiment ? demanda-t-il, semblant perplexe et perdu. Sérieusement, vous allez choisir un p...

— Tu dis encore une fois le mot en P et nous allons vraiment te frapper, s'écria Jimenez.

Contrairement à Menendez, le jeune joueur savait parfaitement ce que c'était de vivre dans la partie la moins merveilleuse de la ville. Il avait dû se battre pour obtenir son diplôme en droit.

— Le monde a changé, murmura l'Irlandais. Et pas pour le mieux.

Il se retourna et s'éloigna du terrain, laissant l'équipe respirer dans l'adrénaline et l'excitation.

— Oh, merde, waouh, dit Skipper dans le brusque silence. Les gars, j'espérais que vous ne me haïriez pas tous, mais je n'ai jamais prévu ça.

— Eh bien, oui, Skipper, répondirent en tandem Galvan et Owens.

Puis Owens poursuivit, même s'il laissait généralement parler son coéquipier.

— Pendant six ans, tu as veillé sur chacun d'entre nous. Nous n'allons pas laisser cela disparaître parce que *cet* imbécile a brusquement une illumination. Tu es...tu le sais...Scoggins et toi êtes nos amis.

Skip sourit timidement, puis Thomas saisit un ballon d'entraînement et commença à faire son show et Menendez lui fit des passes. Carpenter donna à Skipper deux serviettes propres afin qu'il puisse envelopper ses articulations... et essuyer le sang sur sa joue puisque McAllister s'était servi de ses poings lui aussi et au moment où il eut fini de se nettoyer, ses équipiers étaient engagés dans un jeu de Patate Chaude, le genre où tout le monde devait jouer et la seule règle était de ne pas laisser tomber le fichu ballon.

Pendant la dernière demi-heure, alors que le jour avait disparu et que l'hiver était tombé sur son petit morceau de monde, Skipper joua avec son équipe. Lorsqu'il avait été un petit enfant caché dans sa chambre, rêvant d'un avenir meilleur et d'avoir des amis, ce moment-là – des amis appelant son nom, riant et l'applaudissant – ce moment-là était celui dont il rêvait.

L'entraînement se termina et ils retournèrent vers leurs voitures, des volontaires aidant à installer la table pour les aliments à grignoter et la glacière. Skipper se tenait debout près de sa voiture et regardait le terrain s'éclairer au fur et à mesure que les lumières s'allumaient et que l'équipe suivante équipe commençait.

Carpenter se tenait près de lui, prêt à sauter dans sa propre voiture et, selon ses propres mots, prêt pour un bain chaud et rêver de filles avec de beaux seins.

— À quoi penses-tu, Skip ?

— Je pense que c'était une journée vraiment géniale, répondit-il en se tournant vers lui avec un léger sourire. Je vais partager ça avec Richie.

— Ça, c'est mon pote, lui répondit Carter en souriant.

Skip ne rentra même pas chez lui pour se changer.

Embûches et conséquences sur la route de Noël.

Il faisait totalement nuit au moment où Skip tourna sur Grant Line. Il fit très attention à ne pas tourner à gauche dans le dépôt de ferraille et à la place, il continua pendant un autre kilomètre et descendit la longue allée jusqu'à la maison.

Au cours de l'été, la maison était une oasis verte composée d'un bosquet arboré, arrosé bien sûr, et d'une pelouse, le tout au milieu de grandes herbes qui étaient habituellement fauchées pour faire du foin. À cette période de l'année, s'il avait plu, le foin était encore de l'herbe verte sur des squelettes de chardons. La maison, elle-même, avec ses deux étages, sa façade jaune et le petit appartement au-dessus du garage, était à l'écart de la route. Tout arrivant pouvait se garer sur une petite zone de terre et de gravier près des arbres, puis emprunter l'allée à l'avant de la maison qui donnait vers le sud à un angle de quatre-vingts degrés par rapport à la route est/ouest. Skip n'avait aucune idée de la raison qui pouvait pousser quelqu'un à concevoir une maison comme celle-ci, à moins qu'il soit possible d'ignorer le trafic routier et la vaste étendue de néant qu'était encore cette région. Mais lorsqu'il se gara près des arbres, il se rendit compte que cette conception avait son utilité.

Personne ne l'avait vu rouler. Personne ne l'avait vu garer sa voiture juste derrière celle de Richie, une des (peut-être) sept voitures qui occupaient le petit parking complet. Skip était un secret, une surprise et s'il avait de la chance, il pourrait voir Richie avant que quelqu'un l'aperçoive.

Il longea le bosquet en restant dans l'ombre, sentit le tabac et entendit une voix dire « Dégueulasse ! » sur l'expiration.

Oh, bon sang. Il était vraiment l'homme le plus chanceux de la planète.

— Cette merde est vraiment mauvaise pour toi, dit-il en tournant le coin.

Richie était appuyé contre un arbre, regardant la maison et fumant. Il portait un jean et un pull, mais son pantalon glissait sur une taille qui était

154

un peu plus mince qu'elle l'avait été, même depuis dimanche, et son visage était émacié. Il s'était rasé récemment, mais Skip pouvait voir à la lueur du porche qu'il avait raté des endroits. Eh bien, il n'avait personne pour qui se faire beau, peut-être.

Il vit Skip, laissa tomber sa cigarette sur la terre humide entre les racines de l'arbre et il l'écrasa, son visage s'éclairant d'excitation.

— Skip ! Oh, bon sang ! Oh, merde ! Qu'est-ce que tu fais...

Son expression se ferma et il ralentit son galop dans ce qui aurait dû être les bras de Skip.

— Skip, tu dois rentrer chez toi, mec, mon père ne doit pas t'attraper ici.

— Viens à la maison avec moi.

Richie se tut et le fixa. Skip franchit le dernier pas pour se retrouver dans l'espace de Richie. Il sentait plus lourdement le tabac que jamais et il estima qu'une partie de sa réticence venait qu'il pensait que Skip se rendrait compte de tout ce qu'il avait fumé ces derniers temps.

Qui s'en souciait ? Skip le prendrait avec la nicotine et tout le reste.

Il baissa les yeux et saisit ses doigts burinés et jaunis dans les siens.

— Skip ? dit Richie, incertain.

— Nous avons été outés devant l'équipe aujourd'hui, répondit-il en croisant son regard avec un sourire timide. Tu n'étais pas là, mais le père de McAllister nous a vus et Mac s'est montré tout prêt à jouer les intimidateurs idiots...

— Je vais le tuer, dit-il, sa voix s'effritant, en prenant la pommette de Skip en coupe dans sa main tremblante.

Skip attrapa la main près de sa joue et la maintint là.

— Tu n'as pas à le faire, dit-il en souriant, le souvenir toujours aussi doux. Toute l'équipe l'a simplement mis à terre. Ils lui ont dit de partir, qu'ils n'avaient pas besoin de lui s'il décidait d'être un abruti.

— Ils ont fait quoi ?

Oh, son incrédulité faisait plaisir à entendre. Elle reflétait tellement la sienne.

— Ils nous ont choisis, Richie. Ils préfèrent jouer avec nous, nous assumant et fiers, que s'aligner derrière McAllister, le grand enfoiré, n'importe quel jour. Ils *nous ont choisis*. Nous sommes leurs amis. C'était aussi simple que ça.

— Ce n'est pas si simple, dit Richie en levant sa main libre vers sa bouche. Tu sais cela, Skip. Ce n'est pas si simple.

— Non, accepta-t-il.

Skip se pencha en avant, embrassa sa tempe et combattit ce qui semblait bouillonner en lui. Eh bien, il pouvait compatir.

— Ce n'est pas si simple, reprit-il. Mais c'est énorme. Viens à la maison avec moi. Nous avons des amis. Nous pouvons être une famille. J'ai rencontré la famille de Carpenter, Richie, et ils n'étaient pas parfaits. Ils donnent l'impression à leur fils qu'il est un raté sans le faire exprès et, je le jure, si jamais je mange un truc appelé «tofurkey», tire-moi dessus avant que je l'avale. Mais à l'exception de leur expérience végétarienne et d'exposer qu'ils ont engendré la progéniture parfaite, à part Carpenter, merci à Dieu, ce sont de très bonnes personnes. Mais ils n'étaient pas parfaits. Et toi et moi? Nous sommes vraiment des gens agréables. Nous pouvons avoir une très belle famille, même si elle n'est pas parfaite et c'est ce que tout le monde veut, tu vois?

— Tu parles très sagement, Skip, dit Richie en lui adressant un sourire tremblant. Tu le sais?

— S'il te plaît?

Sa voix craqua, puis il continua.

— S'il te plaît? Pour moi, Richie? Tu pourrais continuer à vivre ainsi, mais… tu me manques tellement lorsque tu n'es pas chez moi. Je *souffre* et je pensais que j'avais l'habitude d'être seul. Seulement quelques week-ends et je suis perdu, j'ai besoin de toi ou mes sentiments sont complètement désordonnés et à vif…

Il allait perdre et commencer à gémir comme un vrai crétin, cependant Richie prit son visage entre ses mains burinées et l'embrassa. Oh, merde, tabac ou pas, Skip avant tellement besoin de le goûter! Richie approfondit le baiser et Skipper passa ses bras autour de ses épaules. Il l'attira contre lui, cajola sa langue et se retira, ressentant le besoin de ce flux et de ce reflux. Cet échange périlleux entre qui donnait et qui recevait. Cela lui était plus nécessaire que l'eau, la nourriture et même respirer.

Richie gémit et recula avant d'enfouir son visage dans l'épaule de son compagnon.

— S'il te plaît, le supplia celui-ci à nouveau.

— Tu ferais mieux de le vouloir vraiment, menaça Richie, sa voix aussi âpre que la sienne.

— Je n'ai jamais autant désiré quoi que ce soit, répliqua Skip, son cœur se brisant presque de soulagement.

— Viens, ordonna son petit ami en saisissant sa main afin de le tirer vers l'entrée arrière du garage. Allons chercher mes vêtements.

Ils avaient peut-être fait cinq ou six pas vers la grande maison jaune lorsque le père de Richie apparut dans la porte d'entrée.

— Richie ! cria-t-il. Richie ! Bon sang, qui est là avec toi ?

— C'est Skipper, papa, répondit celui-ci.

Il s'arrêta et serra la main de Skip avec une force telle que ce dernier rêva qu'il ne la relâche jamais.

— Skip... Bordel !

Le père de Richie passa le coin de la maison et Skip put voir que les dernières semaines n'avaient pas été tendres avec lui. Ses cheveux roux étaient maintenant majoritairement gris et il en avait beaucoup moins à présent. Il avait perdu un peu de poids, comme son fils, mais il l'avait perdu dans son cou et ses joues. brusquement, Ike Scoggins ne ressemblait plus au propriétaire hargneux d'une casse automobile. Brusquement, on aurait dit un vieil homme.

Oh, bon sang. Richie devait être tellement déchiré.

— Bonjour, monsieur Scoggins, dit-il posément en lui tendant sa main droite puisque Richie tenait la gauche.

— Espèce de pédé, grogna l'homme en crachant sur le sol. Barre-toi loin de mon garçon !

— Je l'emmène chez moi.

C'était drôle de savoir que ces mots étaient peut-être les plus courageux qu'il n'ait jamais prononcés.

— Tu vas faire quoi ? éructa Ike en s'avançant.

Skipper se tendit. Il avait déjà fait cela auparavant aujourd'hui et il était totalement prêt à recommencer. Cependant, Richie le surprit. Il lâcha sa main pour pouvoir s'interposer entre son père et lui, puis il croisa férocement ses bras.

— Il m'emmène chez lui, déclara-t-il très clairement.

Et son père se calma brusquement.

— Richie, rentre à la maison.

— Non.

— Richie, je t'ai dit de rentrer à la...

— Pourquoi ? cria-t-il. Pour que Kay puisse continuer à mentir sur pourquoi son petit frère n'est pas venu ? Pour écouter ta sœur parler du dernier homme avec qui elle a couché ? C'est *fini*, papa. C'est *fini*. Rob et Paul t'ont volé, tu le sais, n'est-ce pas ?

157

L'homme sembla se rétrécir devant eux et détourna les yeux.

— Nous ne savons pas…

— Nous savons, dit-il en fusillant son père du regard. Nous le savons. Et toutes tes conneries comme quoi je dois être plus grand et plus fort, les conneries de Kay comme quoi je suis trop intelligent pour être bon à quoi que ce soit… c'est juste ça. Des conneries. Les sacs à viande préférés par tout le monde se sont barrés avec de l'argent et tu sais quoi ? Je suis le seul à pouvoir garder ton entreprise à flot. Et je peux continuer à travailler pour toi jusqu'à ce que la police te fasse fermer pour aide et incitation à la fraude à l'assurance et tout ce qui pourra arriver si tu n'avoues pas ce que Rob et Paul ont fait. Ou tu peux me virer parce que je suis gay.

Le coup de poing d'Ike aurait renversé son fils, mais Skip s'enroula autour de son petit-ami et le prit dans l'épaule.

C'était foutrement douloureux, mais il sauta devant Richie pour bloquer le prochain coup quand même.

Il arriva, mais à mi-vitesse et Ike Scoggins recula dans la lumière du porche, affichant un air confus, Skip grognant à peine en le recevant.

— Richie, je me fiche de ce que ce pédé t'a fait…

— Je suis gay, répéta Richie, plus fort cette fois-ci. Et je suis amoureux. Skipper me traite… comme un homme devrait être traité par quelqu'un pour qui il compte. Il écoute lorsque je parle. Il s'assure que notre maison est agréable…

— Notre maison…

— Oui, notre maison. Je l'ai décorée. Nous avons posé un nouveau carrelage. Je lui offrirai un chien pour Noël et nous nous assurerons qu'il est bien cloîtré dans la cour. Nous sommes amoureux, papa, tu ne le vois pas ? Comme maman et toi, il y a longtemps ? Nous sommes comme ça. Mais nous réussirons parce que Skipper est loyal. Et il est gentil. Et il ne laisse pas tomber les gens. Il n'est pas comme ça.

— Va-t'en, dit son père d'une voix atone. Éloigne-toi de moi, bordel. Je t'ai nourri, je t'ai protégé, je t'ai élevé et qu'est-ce que tu fais ? Tu te barres avec un suceur de queues quand j'ai le plus besoin de toi ?

— Si tu ne veux pas que je travaille avec toi, c'est d'accord, papa. Ce sera ainsi.

La tension s'évacua pendant un moment. Puis, Richie prit la main de Skip.

— Viens, Skip. Allons prendre mes vêtements.

— Tu devras me passer sur le corps… commença Ike.

— J'appellerai la police, papa, l'avertit son fils en sortant son téléphone. Tu m'as fait signer un bail... Il est au magasin, tu te souviens ? J'ai un bail, j'ai le droit de récupérer mes vêtements. J'ai le droit de prendre mes affaires et si j'appelle la police, ils se souviendront de toi. Ils pourraient commencer à poser d'autres questions sur Paul et Rob, et la prochaine chose que tu verras, ce sera la fin de ta précieuse activité parce que tu n'auras pas voulu laisser ton fils récupérer ses foutus vêtements !

Richie grondait, crachait et s'énervait et, au moment où il finit de parler, sa main dans celle de Skip semblait chaude de colère, brûlant de toute la colère qui s'était concentrée en lui toutes ces années.

Ike Scoggins était un homme brisé. Il se détourna en agitant sa main.

— Prends ton merdier, Richie. Tu as jusqu'après le dîner et si ton petit ami pédé et toi n'avez pas encore foutu le camp, je raconterai à l'autre frère de Kay ce que vous fabriquez là-haut.

— Nous ne ferons rien, parce que si nous devions faire l'amour dans ma chambre avec vous tous en bas, mes testicules se dégonfleraient, murmura Richie.

L'homme râla à moitié et commença à partir, mais Skip pressa son petit ami, le poussant aux épaules jusqu'à ce qu'ils soient tous les deux en haut de l'escalier au-dessus du garage.

RICHIE AVAIT raison. Cela ne prit pas longtemps. Il attrapa deux sacs à ordures du garage et ils jetèrent ensemble dedans tous ses vêtements et ses couvertures. Il avait quelques affaires de son enfance, des photos de ses parents quand il était bébé et même des photos de Kay, Ike et les garçons.

Il les prit toutes, mais sans précaution, et Skip se demanda où ils cacheraient tout cela afin que Richie puisse oublier que sa famille avait été aussi bousillée que la sienne.

Ils étaient en train de mettre le dernier chargement dans leurs voitures lorsque Skip entendit un « C'est quoi ce bordel ! » » provenant de l'intérieur de la maison

Richie et lui partirent et Skip vit un groupe de personnes surgir sur la pelouse dans son rétroviseur. Cela l'inquiéta momentanément, mais son compagnon lui avait dit que la famille de Kay n'agissait qu'en paroles. Il comprit qu'il avait raison lorsque personne ne les pourchassa.

Il se sentait soulagé.

Ce serait la première nuit à vivre ensemble et pas seulement à jouer à être à la maison.

Skip savait que cela ne serait pas parfait, mais il espérait que ce serait un commencement.

ILS MIRENT la plus grande partie des affaires de Richie dans le garage, mais réussirent à ranger la plupart de ses vêtements à l'intérieur. Ils terminèrent après quelques moments frénétiques à tout pousser dans les tiroirs et trouver de la place dans l'armoire.

Richie avait emménagé ici... Ta-daaa !

Et ils étaient tous les deux affamés.

Skip prépara du pain grillé, sortit le beurre et fit sauter des saucisses pour leur repas.

Ils se jetèrent dessus sans aucune hésitation. Skip avait déjà mangé la moitié de son repas avant de lui dire qu'il avait prévu de faire une petite dinde, des pommes de terre à l'ail, des patates douces, du fromage et environ six autres plats, pour le samedi après leur retour du match.

Richie secoua la tête et se servit une part de saucisses et de fromage en tranche.

— Non, dit-il en jetant un bout de saucisse dans sa bouche. Tu pourras faire tout cela à Noël. Nous inviterons Carpenter, Jefferson et peut-être Jimenez et Cooper parce qu'ils ne font pas grand-chose pendant les fêtes et tu pourras cuisiner jusqu'à ce que nous devenions tous gros, ça te dit ?

Skip lui sourit, pensant qu'il avait l'air bien dans la cuisine. Cependant, il voulait le voir ailleurs. Le canapé serait bien, peut-être, mais le lit était son but ultime. Absolument. Le lit, définitivement.

— Oui, dit-il en ressentant une sorte d'émerveillement. Nous pouvons... nous pouvons faire un vrai Noël et les gens viendront et...

Il déglutit, une partie de son effervescence disparaissant.

— Qu'est-ce qui ne va pas ? s'inquiéta Richie en couvrant la main de Skip avec la sienne à travers la table.

— C'est... Tu sais... Des rêves stupides que tu fais lorsque tu es enfant, expliqua Skip en secouant la tête. Tu seras une star de cinéma ou un astronaute. *Tu seras un athlète et tu auras des tonnes d'amis et quelqu'un chez toi qui se préoccupera que tu vives ou que tu meures.* Mais ceci... Ceci, toi et moi, je n'ai jamais rêvé de l'avoir, tu sais ? C'est tout ce que j'ai toujours voulu.

— Oui ? demanda le jeune homme avec un sourire lent à apparaître et timide.

— Oui.

— Moi aussi, affirma Richie avant que son sourire se fane et qu'il caresse la joue de son amant avec son pouce. Tu as un œil au beurre noir, tu le savais ?

Il haussa les épaules et sentit la contusion là où monsieur Scoggins l'avait frappé tirer dans son bras.

— Eh bien, tout le monde voulait me frapper aujourd'hui, dit-il avant de grimacer parce que ce n'était pas l'entière vérité. D'accord. C'est un peu un mensonge. J'ai frappé McAllister en premier.

— Tu l'as frappé en premier ? s'exclama Richie, bouche bée. Merde, Skip... qu'est-ce qu'il a dit ?

— Je ne m'en souviens pas, mentit-il en fronçant les sourcils, sachant obstinément qu'il ne répéterait jamais cela. Mais ce n'était pas sympathique.

Richie arrêta de caresser sa joue et porta ses doigts à ses articulations contusionnées.

— Regarde-moi, Sir Galahad.

— Tu as joué à *The Order*, n'est-ce pas ? répliqua-t-il en souriant.

— Oui.

Il se tut et porta les articulations de Skip à ses lèvres. Il se recula ensuite et lui adressa un autre de ses sourires timides.

— Tu, euh, es venu directement de l'entraînement ? demanda-t-il avec délicatesse.

Skip se regarda, ses protège-tibias sous ses chaussettes, de la boue étalée à peu près partout de ses chevilles à ses hanches.

— Oh, bon sang. *J'ai cuisiné* comme ça ! s'exclama-t-il avec un geste d'horreur, faisant rire son petit ami.

— Oui, tu es venu tenir tête à mon père en tenue de sport et protège-tibias. Bon sang, je garderai ce souvenir pour *toujours*. Mais tu n'es pas obligé de garder cette tenue plus longtemps.

— Oui, je... je reviens dans vingt minutes, dit-il en se levant avec empressement.

— Aucune urgence, affirma Richie en se mordant la lèvre, toujours souriant. Je ferai la vaisselle pendant que tu te doucheras. Il s'avère que je vis ici.

Et son sourire s'élargit.

Skip hocha la tête et dut se forcer à se détourner ou il aurait embrassé Richie alors qu'il puait le phoque, était boueux… et presque en pleurs. Richie habitait ici. Ses vêtements étaient dans ses tiroirs et l'arrangement de fleurs qu'il avait choisi trônait sur la table. Il serait là samedi et lundi matin et tous les jours entre les deux.

— Dans vingt minutes, dit-il se sentant fier lorsque sa voix ne trembla pas.

Il jeta ses vêtements dans le panier à linge et ouvrit les robinets de la douche, voyant le carrelage blanc et les moisissures dans les coins au fur et à mesure qu'il s'avançait dessous. Il appuya sa tête contre le mur, effrayé subitement une nouvelle fois. *Comment vais-je faire une maison pour toi ? C'est tout ce dont je rêvais enfant, mais je n'avais que des rêves lorsque j'étais enfant.*

Il pensait qu'il était près de dépasser ce moment d'incertitude lorsque le rideau de douche s'ouvrit et Richie entra. Skip essuya son visage sur son bras et tenta de lui sourire, mais son petit ami secoua la tête et passa ses bras autour de sa taille en appuyant sa joue contre le dos de Skipper.

— Est-ce que tu flippes un peu ? demanda Richie à peine assez fort pour surpasser le bruit de l'eau.

— Ça vient juste de me frapper, déclara Skipper. Je veux te donner une maison et je pense que je sais comment, mais tu sais, je n'ai pas vraiment une bonne feuille de route.

— Tu ne savais pas comment nous entraîner lorsque tu as commencé non plus, souligna Richie en riant un peu, le serrant plus fort contre lui. Je commence à penser que grandir n'est pas aller à l'école ou même payer son premier loyer. C'est apprendre à louvoyer quand tu n'as pas d'autre choix.

Skipper rit à nouveau, rassuré.

— Eh bien, alors nous sommes bons, dit-il en se tournant avec douceur dans les bras de Richie. Je n'ai pas le choix ici, Richie. J'ai essayé de ne plus nous imaginer ensemble et c'est… C'est tellement douloureux. C'est pour ça que je suis venu te chercher. J'en suis certain.

Richie s'arrangea pour que Skip reçoive toute l'eau sur sa nuque et que lui-même n'ait pas d'éclaboussures dans les yeux.

— N'imagine jamais la vie sans moi, dit-il sobrement. Cela me fait souffrir que tu puisses envisager ça.

Skip était fatigué de souffrir. Il était prêt pour la joie.

Il baissa la tête et prit la bouche souriante de Richie au goût du dentifrice. Richie avait dû se brosser les dents après avoir fini de faire la vaisselle, ce qui était une bonne idée.

— Plus de cigarettes, murmura celui-ci contre ses lèvres. Je le promets.

Skip hocha la tête, mais il ne pouvait pas parler. Il l'embrassa doucement puis à nouveau, durement. Il l'embrassa vraiment, puis il le taquina. Richie le suivit avec voracité, collé si fort contre son torse que même l'eau n'arrivait pas à couler entre eux.

— Est-ce que j'ai enlevé toute la boue ? demanda Skip lorsqu'il se recula pour respirer parce qu'il avait de vagues souvenirs de s'être savonné avant de se perdre dans son stress.

Richie baissa les yeux et se mit à rire.

— Donne-moi le gant, Skip. Tu as de la boue jusqu'en haut de tes jambes. Tu as juste lavé l'essentiel.

Skip le lui remit et il se retourna automatiquement. Le gant de toilette savonneux caressa sa cuisse juste sous ses fesses et il grogna.

— Je ne pensais pas que j'avais de la boue aussi haut, dit-il en riant sans broncher.

— Eh bien, *c'est* près des parties sales, gloussa Richie.

Il se pencha contre le bras de Skip et embrassa son épaule. Son bras bougea et le tissu savonneux et chaud atterrit de nouveau près du territoire interdit. Skip grogna et se pressa à nouveau contre le carrelage.

— L'eau va être bientôt froide, dit-il en inspirant.

Mais ils étaient lancés comme s'ils avaient l'impression qu'ils ne pourraient plus jamais se caresser ainsi et chaque terminaison nerveuse était en alerte maximum.

— Oui, eh bien, je dois tout enlever.

Il croisa les yeux de Richie avec un petit sourire et ce dernier glissa un bout de doigt sur son entrée.

— Ooh.

Il frémit et s'appuya à nouveau contre le mur de la douche. Richie enfonça soigneusement son doigt humide et le sexe de Skip pulsa douloureusement contre sa cuisse.

— Tu, euh, penses que tu pourrais essayer autre chose, ce soir ? demanda-t-il en souriant à cette idée.

— Pas ce soir, répondit son amant en agitant son doigt. Désolé, Skipper, ça m'a trop manqué de t'avoir en moi.

— Oui, eh bien, je peux voir pourquoi.

Skip se raidit et éjecta le doigt de son amant avant de tendre la main à l'extérieur pour attraper les serviettes. Il en tendit une à Richie et ils se séchèrent tous les deux et sortirent de la douche.

Ils se dirigèrent nus vers la chambre et Skip se tourna vers son petit ami, ses lèvres un peu tordues.

— C'est agréable, dit-il.

Le lit avait été préparé, des serviettes de toilette propres, ainsi que leur petite bouteille de lubrifiant, étaient posées sur la table de nuit.

— C'est comme si nous étions en lune de miel, ajouta-t-il.

— Je… je ne veux jamais que tu penses que tu pourrais avoir un meilleur rêve, acquiesça Richie.

— Non, non, chuchota-t-il.

Il accrocha le cou de son compagnon afin de l'attirer dans un baiser qui pourrait mener quelque part.

— Pas de meilleur rêve que ça, le rassura-t-il avant de l'embrasser.

Oh d'abord, il devait trouver la force d'aller lentement. Richie aimait la lenteur, aimait ce qu'il ressentait lorsque Skip reposait sur lui et glissait, poitrine contre poitrine, s'embrassant et se grignotant dans le cou, balbutiant sur la courbe de son oreille. Ils étaient tellement prêts que la main de Skip descendant sur la hanche de Richie le fit haleter. Ce dernier arqua sa poitrine, poussa son mamelon dans la bouche de Skip qui le dévora, le tira et le dégusta jusqu'à ce que son amant tressaute contre sa cuisse.

— Skip ! se lamenta-t-il. Nous ne pouvons pas aller lentement. Pas maintenant. J'ai besoin de toi.

Skip se redressa tant bien que mal, son sexe gouttant et se balançant pendant qu'il bougeait. Richie commença à se lever aussi, mais il posa une main sur sa poitrine et secoua la tête.

— Je veux te regarder, affirma Skip se rappelant dimanche soir.

Oui, certains soirs étaient bons pour l'autre position, mais il ne voulait pas cela maintenant.

Richie hocha la tête, les yeux écarquillés. Ils n'avaient pas éteint et Skip remarqua chaque muscle noueux sous ses côtes, chaque centimètre mince et sec de lui. Il avait perdu du poids, ces deux dernières semaines et Skip l'aimait un peu plus épais, mais sa peau pâle, si pâle, ses poils roux… Il était si beau.

Il attrapa le lubrifiant et Richie serra ses cuisses sur sa poitrine. Skip lui fit un clin d'œil et passa ses mains sous ses cuisses, puis il sépara ses globes fessiers et se pencha. Il le pénétra avec sa langue, la faisant tourner, secouant la tête et jouant jusqu'à ce Richie frappe doucement son dos avec ses talons.

— Arrête de faire l'idiot, Skipper. J'ai vraiment besoin que tu me prennes.

Son compagnon se retira et se mit à rire, son visage brillant de sa propre salive, puis il enduisit son sexe de lubrifiant et le caressa.

— Je t'ai déjà dit que j'aimais ta queue? demanda Richie avec un sourire diabolique.

— Ma queue?

— J'aime la longueur, acquiesça-t-il. J'aime la largeur, la couleur…

— La couleur?

Skip se positionna avec précaution jusqu'à ce qu'il puisse sentir le muscle élastique de son amant, relâché et réticent à la fois.

Richie hocha la tête et rejeta sa tête en arrière. Skipper regarda ses abdominaux travailler pendant qu'il s'efforçait de se détendre, de l'accepter, de l'accueillir.

— Plus particulièrement, je l'aime dans mon fourreau, conclut-il en inspirant et se poussant afin de l'absorber d'un seul coup.

— Ooh… Oh. Oh, bon sang.

Skip ferma les yeux et bascula vers l'arrière, puis vers l'avant.

— Ça me manquait, dit-il en inspirant. Est-ce bizarre?

— Pas plus bizarre que ça m'ait manqué que tu me le fasses, dit Richie, s'abandonnant au rythme de son amant. Oh… Merde, Skip, tu ne pourrais pas aller un peu plus vite?

Skip saisit les cuisses de Richie et le hissa afin que ses genoux se retrouvent pliés sur ses épaules, puis il bascula ses hanches vers l'avant rapidement. Oooh, c'était comme s'il avait été libéré. Richie s'étendit, s'abandonna en dessous de lui. Il faisait des bruits plus forts et plus aigus alors que Skip le martelait durement, rapidement et sans retenue, son cœur tonnant comme s'il allait éclater.

Les mains de Richie serrèrent les couvertures et il jouit, la semence blanche atterrissant sur son estomac, sa poitrine et son menton. Il jaillit, une joie profonde inscrite sur son visage. Skip se laissa tomber en avant sur ses coudes, son orgasme le transperçant, ses hanches ne recevant pas le message. Il enfouit son visage dans le creux de l'épaule de Richie, gémit et jouit.

Sa respiration tirait si fort dans sa poitrine qu'il voyait trouble. Puis, à mesure que le monde redevenait tangible, il sut que Richie lui murmurait des choses, embrassait sa tempe, caressait son cou et ses épaules, caressait sa joue. Skip retourna les douces caresses, les mots silencieux.

— Hum…

— Oui.

— Bon.

— Oui.

— Peau contre peau.

— Tu es toujours en moi.

— C'est ma place.

— Reste.

— Toi aussi

— D'acc', nous resterons.

Leur respiration revint à la normale et Skip glissa sur le côté, riant un peu, enlaçant ses doigts avec ceux de Richie une fois que celui-ci eut roulé sur son côté et se soit positionné en face de lui.

— Qu'est-ce que tu veux faire demain ? demanda-t-il à Richie en souriant sous la lumière.

— Me réveiller ici.

— Après ça ? dit Skip sans pouvoir s'arrêter de sourire.

— Petit-déjeuner et football.

— Après ça ? répéta-t-il, souriant tellement qu'il dut fermer les yeux.

— Décorations de Noël, répondit Richie en se rapprochant afin de lécher le bout de son nez. Nous décorerons la maison pour Noël, puis au printemps, nous pourrons remplacer cet horrible carrelage dans la cuisine.

Skip vibrait pratiquement de bonheur.

— Et lundi ? demanda-t-il, même pas certain de ce qu'il espérait.

— Je me procure un costume et je commence les recherches pour un travail, déclara Richie, lui-même songeur. Bon sang, je vais avoir mon propre travail *sans rapport* avec mon père.

Et ce fut tout. Le bonheur s'infiltra dans les os de Skip. Il se figea et ouvrit les yeux.

Richie était toujours là, le regardant comme si à eux deux ils avaient la formule magique qui pouvait faire briller le monde.

Peut-être que c'était le cas.

ILS GAGNÈRENT le match le lendemain, alors qu'ils n'auraient probablement pas dû. Carpenter était en passe de devenir un très bon défenseur... Quelques tours de piste, quelques exercices les jours sans entraînement et il serait génial. Cependant, plus tard, pendant la séance pizza et bière, l'équipe s'avéra convaincue que Skip et Richie avaient, en quelque sorte, ravi la vedette.

— Vous étiez en *feu*, les gars ! s'écria Thomas avec un rire, arrosant le feu avec une grande gorgée de bière. Qu'est-ce que c'était ce truc ? C'est comme si votre grand secret gay était sorti et que vous ne pouviez plus rater un tir !

— Chut ! dit Skip en mettant un doigt sur ses lèvres. Il ne faut rien dire aux autres équipes, sinon tous les avants vont commencer à se baiser les uns les autres !

Une grande hilarité s'ensuivit, suivie d'une autre tournée de bière. Et lorsqu'ils conclurent tous ensemble sur « Same Bat time, Same Bat channel [3] » Skip avait cette lueur, ce réconfort au creux de son estomac. La ligue de football amateur, oui. Cependant, ces hommes avaient choisi de rester avec eux.

Dimanche, ils passèrent leur temps à faire ce que Richie avait suggéré. Ils sortirent dans le matin glacé afin de trouver leur sapin et ils revinrent avec un arbre d'un mètre cinquante pour le mettre dans le coin près de la télévision. Le vrai travail commença ensuite et ils se rendirent chez Target et le magasin à un dollar pour les lumières intérieures, extérieures, des ornements et des décorations ainsi que de la fausse neige pour mettre au-dessus de l'écran plat afin qu'ils puissent l'arroser avec des paillettes.

Richie fit à nouveau son truc magique avec le magasin à un dollar et de l'ingéniosité. Il sortit avec une boîte anniversaire de mini-ballons de football, environ une douzaine. Ils passèrent une demi-heure à faire des petits trous en haut et en bas et à les relier par un ruban afin de pouvoir décorer leur arbre avec des ballons de foot parce que c'était ce qui les rapprochait.

Skip fit du chocolat chaud et ils regardèrent *Mad Max 2* dans le salon, ce soir-là. Ils essayèrent aussi de faire une liste ce qui devrait et ne devrait

3 À la fin des épisodes de Batman dans les années 60, le présentateur disait Next week, same Bat time, same Bat channel, la semaine prochaine même Bat-heure, même Bat chaine.

pas être un film de Noël, *Mad Max* étant, hélas, exclus de la liste, mais il fut décidé que les quatre premiers films *Die Hard* pouvaient rester.

C'était un début et Richie trouva de la musique de Noël sur Spotify et la joua pendant qu'il offrait à Skip ce qu'il appelait « l'esprit Noël ». Il le compléta par de la crème fouettée pendant que son amant assis sur le canapé perdait l'esprit.

C'était une tradition de Noël qu'il pourrait adopter.

Ils installèrent les lumières de Noël lundi, pendant que Richie racontait à Skip ses entretiens d'embauche et évitait, évidemment, de lui parler des cinq cents millions d'appels de son père qu'il avait ignoré pendant qu'il faisait cela.

Skip lui posa la question lorsqu'ils eurent fini d'accrocher les lumières. Puis, toujours debout à l'extérieur alors que la lumière descendait derrière les maisons de l'autre côté de la rue, il tint son petit ami dans ses bras parce que toutes les craintes du jeune homme, ses blessures se répandirent comme un feu d'allumette, prenant des proportions épiques. Skip le laissa faire. Richie devait parler de tout cela, ou se serait éternellement dans son subconscient alors qu'ils essayeraient de se construire une vie.

Il devait connaître l'étendue des ruines alors qu'il posait les bases.

Finalement, Richie s'arrêta alors que le minuteur des lumières se mettait en marche. Ils étaient encore à l'extérieur, sous le mûrier stérile, celui où Richie avait accroché les poupées en plastique mutilées pendant Halloween. Ils l'avaient paré de lumières, avaient pendu de grandes décorations en plastique qui s'allumèrent et aussi rapidement que le tic-tac de la pendule, ils furent entourés par la féerie des lumières brillantes contre un ciel obscur.

Richie leva les yeux et sourit alors, son visage débarrassé de la tension et des problèmes.

— Regarde ce que nous avons fait, dit-il, ravi.

— Oui, acquiesça Skip.

Toutes les lumières de la rue devaient être réglées pour dix-huit heures, parce qu'au même moment, tout le quartier s'éclaira et ils sortirent sous la lune, entourés de scintillements et de rêves.

— Regarde ce que nous avons fait.

Richie leva son visage gelé pour un baiser et Skip le lui donna avec plaisir. La blessure serait toujours là, Skip continuerait à pleurer sa mère et la vie qu'ils auraient pu avoir si elle avait pu tenir le coup. Cependant, les ruines ne l'avaient pas détruit et les décombres de l'ancienne vie de Richie ne le feraient pas non plus.

Ils avaient tellement de potentiel pour construire de bonnes choses.

À la fin de la semaine, Richie avait trouvé un travail temporaire et bien qu'il ne soit pas idéal, c'était une source de revenus dont il pouvait être fier et c'était bien. Ils perdirent leur match le samedi, mais ils étaient toujours à la recherche d'un emploi pour Richie et ils ne s'en soucièrent pas. À la fin de leur réunion pizza bière, ils avaient décidé que Carpenter, Jimenez et Thomas, qui venait de rompre avec sa petite amie et était retourné chez ses parents, ainsi que Jefferson *et* sa mère se tasseraient tous dans la petite maison de Skip et Richie pour le réveillon de Noël.

Richie dit à son compagnon, alors qu'ils partaient, qu'ils devraient probablement acheter des meubles de jardin, un foyer extérieur ou au moins un chauffage au kérosène afin que les gens puissent sortir s'ils le souhaitaient.

Eh bien, il avait une terrasse, n'est-ce pas?

Ils n'avaient pas gagné assez de matchs en équipe pour participer au tournoi la semaine avant Noël, mais personne ne paraissait chagriné. Ce qui importait, c'était que l'équipe puisse s'inscrire à la deuxième session, prête à démarrer après le Nouvel An. Ils finirent la pizza et la bière le soir du dernier match de la saison avec un tour complet de toasts à la bonne santé de tous et de bonnes fêtes. Skip et Richie avaient fait du pain pour l'offrir à tous ceux qui ne venaient pas chez eux pour le réveillon et chaque boule fit plaisir.

Ils rentrèrent chez eux, fatigués, mais heureux et firent une liste entre eux de ce qui devait être fait avant de recevoir toute cette compagnie dans une semaine.

Le van du père de Richie était stationné devant leur maison lorsqu'ils arrivèrent chez eux.

ET À TOUS, UNE BONNE NUIT SPORTIVE.

Skip lutta contre la tentation de tourner le volant et de rouler autour du quartier. Cet homme l'avait attaqué la dernière fois qu'ils l'avaient vu. Il avait essayé de blesser Richie. Il avait lancé les membres de sa famille sur eux deux.

Skip voulait s'enfuir loin de lui et ne jamais le laisser reparler à Richie. Cependant, ce dernier avait finalement répondu à un de ses appels téléphoniques la semaine précédente et la seule chose qu'il avait apprise avant de devoir raccrocher pour ne pas crier, c'était que la vie de son père était complètement en morceaux. Il n'avait pas voulu porter plainte contre Rob et Paul, alors sa demande d'assurance avait été invalidée. Ses stocks avaient disparu et la belle-mère de Richie était partie, donc apparemment sa famille s'était totalement désintégrée. Il s'était fâché au téléphone, crachant des invectives sur Richie, sur Skip, sur les gays et les femmes infidèles, tout cela à peu près dans le même souffle.

Mais une fois sa vie passée au tamis de sa colère, ce qui restait avait peu de valeur. Skip s'était senti mal pour lui et n'avait pas blâmé Richie d'avoir le même sentiment.

Cependant, il s'avança prudemment vers le garage, se gara près de la voiture de son compagnon et veilla à sortir le premier pour le cas où le père de Richie serait d'humeur violente. Son petit ami trotta après lui, ralentissant pour fermer la porte du garage pendant que Skip s'approchait du porche.

— Si vous êtes ici pour balancer un autre coup de poing, j'appellerai la police, annonça-t-il d'une voix égale. C'est un quartier agréable et ils n'ont pas besoin de violence ici.

Le visage d'Ike Scoggins se contorsionna comme s'il s'apprêtait justement à être violent, mais il se détendit après un moment. L'envie de se bagarrer sembla s'écouler de lui et il scruta les alentours, regardant les lumières de l'arbre et remontant le long de la ligne du toit.

— Il semble que deux fées vivent ici, dit-il.

Skip observa l'homme et l'horrible expression sur son visage lui fit penser qu'il s'agissait d'une tentative de blague.

— Oui, marmonna-t-il. Nous avons juste besoin de robes et de baguettes. Est-ce que je peux faire quelque chose pour vous aider, monsieur Scoggins ? Il est hors de question que Richie soit à nouveau blessé, donc ce serait génial que vous pussiez arriver à la partie où nous ne vous faisons pas arrêter sous notre porche.

— Je ne suis pas là pour vous parler, grogna Ike. Je veux parler à mon fils.

— Je suis là, papa, répondit Richie. Joli mouvement avec la porte du garage, Skip. Ce truc accroche.

— Pas assez réussi pour éviter que tu aies à faire ça, murmura-t-il avant de s'adresser à Ike. Je ne le laisse pas seul avec vous.

— Eh bien, restez là et écoutez. Ça me fait une belle jambe, répliqua l'homme en le fixant avant de tourner son attention sur Richie. Fils... ma vie entière... tu m'as entendu l'autre jour. Je n'ai plus rien. Plus d'affaires, plus de femme. Je vends la maison, donc j'ai assez d'argent pour vivre. Vas-tu vraiment me laisser ainsi ?

Richie le regarda, déchiré. Skip lui tendit la main et il la prit.

— Tu es invité à te joindre à nous pour le réveillon de Noël, dit-il en regardant Skip comme s'il le suppliait de lui pardonner. Nous recevons un bon nombre de personnes, tu pourrais venir.

— Je veux que tu reviennes à la maison ! hurla son père. Pas que tu m'invites à une foutue fête de Noël qui est probablement tout... qu'importe comment les gays appellent cela de toute façon. Tu es ma famille !

— Je suis la famille de Skip, répondit Richie en serrant la main de ce dernier, son regard nostalgique fixé sur son père. Tu es invité à te joindre à nous, mais je ne serais pas à nouveau ton petit garçon. Je suis désolé. Je suis désolé que ta vie soit partie à vau-l'eau. Tu aurais...

Richie soupira profondément avant de continuer.

— Tu aurais pu faire beaucoup de choses pour que tout cela ne se produise pas, mais qui suis-je pour juger ? Cependant, je suis bien ici. Je suis...

Il jeta un coup d'œil sur son compagnon, son visage affichant le même émerveillement que le soir où ils avaient installé les lumières.

— ... je suis heureux, affirma-t-il calmement avant de se tourner vers son père. Je n'abandonne pas Skip pour toi, d'accord ? Je ne renonce pas à être gay pour toi. Je suis désolé. Tu veux une famille pour Noël, alors tu dois être le genre d'homme qui peut aimer la famille qu'il a.

Ike Scoggins les fixa tous les deux et secoua la tête.

— Tu aurais dû être normal, grogna-t-il.

Puis, il se détourna et partit sans un autre mot.

CE SOIR-LÀ, Skip éteignit et réussit à être lent. Il embrassa chaque centimètre de peau, aspira chaque point de plaisir, frappa chaque endroit. Richie supplia, et il donna, et lorsqu'il exigea, il prit. Au moment où il termina, ils étaient tous les deux trempés de sueur, même dans l'air frais de la chambre et Richie était couché sur le ventre.

— Skip ?

— Oui ?

— Non que je me plaigne ou quoi que ce soit, mais tu as le poste.

— Excellent, répondit-il en souriant. Je vais avoir besoin d'un peu de temps avant de pouvoir postuler à nouveau de toute façon.

Richie se tourna et se mit à plat dos.

— Tu l'as déjà dit, mais je le répète, cette chose ne me semble absolument pas défectueuse.

— EH BIEN, peut-être que tu es un maître en mécanique, tu sais ? plaisanta Skip en souriant dans l'obscurité.

— Tu sais quoi ? s'exclama Richie en se redressant assis tout droit dans le lit.

— Quoi ? demanda Skip en roulant afin de s'appuyer sur son bras.

— Je suis un maître en mécanique. Je le suis vraiment.

— Je sais, répondit-il en frottant l'abdomen de son compagnon juste pour le plaisir. Tu as suivi tous les cours, Richie. Je suis resté cantonné au département technologies, mais tu suivais encore plus de cours en mécanique.

— Oui, c'est vrai, mais je travaillais vêtu de mon blouson de sport, mon pantalon normal et je voulais l'emploi que tu avais.

— Mon travail est plutôt ennuyeux, dit-il en plissant le nez.

Il réfléchissait à cela depuis qu'il avait joué au golf avec les amis de Carpenter et l'expliqua à Richie.

172

— J'ai pensé à retourner à l'école afin de, peut-être, obtenir un diplôme universitaire ou un autre diplôme. Peut-être, même… avoua-t-il avec un sourire timide parce qu'il avait discuté de cela avec Thomas pendant la tournée de bières. Tu sais, un vrai degré et un certificat d'enseignant.

— Oh, Skip… s'exclama Richie en le fixant, les yeux écarquillés. Je pense que ce serait… Je veux dire… Pas facile parce que… Tu sais…

— Je suis gay. Je te comprends. Mais c'est de plus en plus facile, n'est-ce pas ? Mais ce ne sera pas tout de suite. Je suis désolé, je t'ai interrompu. Dis-moi ce que tu veux. Et ce n'est pas porter un costume ou un polo ou un truc comme ça.

— Tu vois ? Acquiesça Richie avec enthousiasme. Tu es tombé juste. Je pense que je dois abandonner le costume et chercher un vrai travail.

Cinq jours avant le réveillon de Noël, il sortit vêtu d'un beau pull et d'un jean. Il se présenta au travail de Skip juste à temps pour rencontrer Carpenter et celui-ci alors qu'ils quittaient le bâtiment pour le déjeuner. Il était tellement excité qu'il sautillait sur place. Il avait obtenu un emploi dans la gestion d'un magasin de pièces automobiles avec un salaire deux fois supérieur à celui que lui versait son père lorsqu'il travaillait pour lui.

Skip le souleva par la taille… le tint et le fit tournoyer devant Tesko. Richie tendit les bras et fit semblant de voler et juste au moment où Carpenter prenait une photo en jurant qu'il l'enverrait à ses parents, un bel homme avec des mèches d'argent dans ses cheveux noirs, portant un costume qui coûtait autant que l'emprunt de Skip passa à côté d'eux.

Il s'arrêta alors que Skip laissait Richie glisser vers le sol. Le jeune homme croisa son regard et rougit.

— Schipperke ! s'exclama Mason avec un vrai enthousiasme dans sa voix. Et ce doit être Richie ?

— Oui, monsieur, répondit-il avec joie. Venez que je vous présente. Richie, voici Mason…

— L'Interlocuteur Galant, dit simplement Richie puisque c'est ainsi qu'ils avaient décidé de l'appeler avant la rencontre fortuite sur le parcours de golf. C'est un plaisir de vous rencontrer.

Il s'avança pour lui serrer la main et Mason lui sourit gentiment.

— Oui, c'est bon de vous voir ici. La dernière fois que nous avons parlé avec Skip, vous lui manquiez terriblement.

— Eh bien, nous vivons ensemble maintenant, répondit Richie avec un sourire sans retenue, tellement large qu'il était presque idiot. Alors, j'ai de la chance qu'il ne soit pas fatigué de moi.

— Bien, dit doucement Mason en inclinant la tête afin de croiser gravement les yeux de Skip. Vous... Richie, gardez-le bien. C'est le bon.

— Vous croyez que je ne le sais pas ? répondit le jeune homme en hochant la tête.

Il leva les yeux vers son compagnon avec ce que celui-ci ne pouvait appeler que de l'adoration et Skip rougit.

— Il est le meilleur, affirma-t-il en souriant impunément à Mason. Ce que vous aviez probablement deviné puisque vous essayiez toujours de lui faire des avances.

— C'est vrai, acquiesça l'homme en riant. Mais à présent, je n'ai plus d'excuses.

— Non, monsieur, je suppose que vous n'en avez plus. Celui-là est à moi. Trouvez-vous le vôtre.

Carpenter laissa échapper un sourd grognement de rire derrière eux et Skip rougit.

— Hum, Richie, ce n'est pas nécessaire. Mason ?

— Oui, Schipperke ?

— Oh, bon sang, je commencerai probablement à frétiller si vous acceptez. Je pensais, simplement, vous avez dit que votre famille était repartie dans l'Est pour ce Noël et que vous étiez seuls, Dane et vous. Monsieur, vous êtes les bienvenus chez nous pour Noël. Nous recevons des hommes de notre club de football et leurs copines et la mère de Jefferson...

— Je ne savais pas qu'elle venait, déclara Carpenter qui semblait impressionné. Bien joué, Skipper. Jefferson t'aimera pour toujours.

— Oui, eh bien, il voulait sortir de chez lui, répondit-il se rappelant leur conversation brève et intense après le match et leur virée à Disneyland où le jeune homme semblait avoir besoin presque autant que Richie d'être libre et heureux.

— Alors, une fête chez vous ? dit Mason, semblant mélancolique.

C'était presque comme s'il avait besoin d'amis.

Eh bien, Skipper connaissait ce sentiment.

— Absolument. Appelez-moi après le déjeuner, d'accord ? Je vous donnerai l'adresse. Les accompagnants sont les bienvenus. C'est une petite maison, mais nous sommes accueillants.

Et Mason Hayes, autrefois cauchemar ambulant de Skip, devint un ami.

— Eh bien, c'est bon d'avoir des amis, dit Mason secoué. Je vous appellerai pour les détails après le déjeuner. Maintenant, allez, vous allez être en retard.

— Oui, monsieur !

Ils partirent en courant et Carpenter les suivit sans problème. Une bourrasque violente venait du ciel et passait entre les bâtiments et Skip qui était en tête était si incroyablement heureux qu'il ouvrit ses bras comme des ailes et cria comme un petit garçon en courant sur le trottoir.

Alors qu'il approchait de la sandwicherie, il regarda dans la vitre et vit Richie et Carpenter derrière lui, leurs bras aussi tendus. Il se mit à rire en se moquant d'eux d'être un tel groupe de copieurs, mais en vérité, il avait l'impression d'être un vrai capitaine.

D'une certaine façon, il avait mené le bateau de son équipe vers un endroit vraiment heureux.

ILS EURENT donc de la compagnie et quelque chose à célébrer la veille de Noël. Ils offrirent des paniers en pain remplis de pains et des biscuits et il s'avéra que le foyer extérieur et l'ensemble de jardin avaient été une bonne idée. Beaucoup d'entre eux finirent par faire rôtir des guimauves en chantant des chants de Noël dans la nuit. Carpenter s'était endormi sur le canapé parce qu'il allait rendre visite à sa famille le lendemain matin, mais tous les autres étaient rentrés chez eux et Skip et Richie se retrouvèrent à chuchoter au calme dans leur chambre tard dans la nuit.

— Alors, tu as vu Jefferson, dit Richie, ses yeux brillants dans la lueur des cordes de lumière de Noël entrant par la fenêtre.

— Qu'est-ce qui était intéressant à propos de Jefferson ? demanda Skip en bâillant.

— Mason et lui étaient en mode flirt *total* !

— Conneries, grogna son petit ami. Jefferson n'est pas gay !

Richie rit, un rire faible et gargouillant, essayant probablement de ne pas réveiller leur ami.

— Oh oui et je suis sûr qu'il a dit la même chose de nous, genre, pendant *des années*.

Skip réfléchit et se mit à rire.

— D'accord, oui. Mais nous *étions* gays. Nous ne le savions tout simplement pas.

— Nous le savions, affirma Richie. Chaque fois que je pense à cette conversation dans la voiture et à ta façon de penser que tu n'arrivais tout simplement pas à avoir une érection, c'était un *gros* mensonge. Tu t'imaginais simplement déshabiller les mauvaises personnes, c'est tout.

— Oui, en effet, accepta Skip en continuant à sourire. Donc, maintenant, je vais être un véritable excité et je ne te laisserai plus tranquille. Est-ce que tu vas te plaindre ?

Richie secoua la tête et enfouit son visage dans la couette. Il était visiblement si heureux de leur vie sexuelle au cours du mois dernier qu'il ne pouvait pas prétendre qu'elle n'avait pas été géniale, même pour plaisanter.

— Je ne me plains pas, affirma-t-il, sa voix chutant avant qu'il continue. Alors, quand donnons-nous son cadeau à Carpenter ?

Ils lui avaient acheté des protège-tibias et des protections neufs parce qu'il avait porté l'ancien équipement de Skip pendant toute la saison. Ils avaient aussi acheté un ballon de football décoré de petits hamburgers afin de le réconforter en lui montrant qu'ils connaissaient ses faiblesses et l'aimaient toujours.

— Donne-lui encore une demi-heure, dit Skip. Et laisse-moi y aller…

— Parce que tu as un cadeau pour moi que tu veux mettre sous l'arbre, dit son petit ami en hochant la tête.

— Ce n'est pas grand-chose, grogna-t-il.

Ça ne l'était pas vraiment… Des livres avec des idées d'amélioration de la maison et deux bons pour aller skier en février parce que c'était génial d'aménager la maison, mais parfois, s'amuser était bon aussi.

Richie sourit béatement comme un petit enfant et caressa la joue de Skip avec ses articulations.

— Ça va être génial. Tu es doué pour les cadeaux. Tout le monde a aimé les paniers avec les biscuits et le pain.

— Eh bien, c'est amusant d'offrir des cadeaux. Amusant d'avoir quelqu'un à qui les donner, répondit-il en riant et en embrassant chacune des articulations de son compagnon

— C'est bon, n'est-ce pas ? Ce que je t'ai offert ? Demanda Richie pour la énième fois en se calmant.

Il en avait réellement discuté avec son amant parce qu'il avait peur que celui-ci soit déprimé ou déçu.

— Je sais que tu voulais un chien, mais j'ai pensé que je pouvais… Tu sais, t'offrir tout le nécessaire pour lui et que nous pourrions aller en chercher un au refuge et tomber amoureux de lui.

Il bougea afin de pouvoir poser sa tête sur l'épaule de Skip et celui-ci passa ses doigts dans ses boucles récemment coupées. Oh, il espérait vraiment que le jeune homme les laisserait pousser pendant longtemps, maintenant qu'il commençait son nouveau travail, le vingt-six du mois.

— Non, c'est bien, dit Skip en revenant à la conversation. C'est une très bonne idée.

Sa poitrine était pleine de la plus délicieuse sorte de contentement, une forme de douceur sous-jacente qui ne provenait certainement pas des marshmallows.

— Tu crois ?

Richie se retourna, posa son menton sur son poing. Il scruta attentivement Skip et leurs bavardages de Noël devinrent subitement très sérieux. Skip avait su, même si Richie n'avait pas dit un mot, que le jeune homme avait espéré pendant toute la soirée que son père viendrait ce soir malgré tout.

Ike ne s'était pas montré et son fils ne s'était pas plaint, mais c'était le genre de blessure que Skip ne pouvait pas faire disparaître.

Cependant, il pouvait le rassurer, il pouvait gérer cette inquiétude.

— Oui, affirma Skip avec certitude. On peut vraiment connaître bien un chien, vraiment bien avant de le ramener chez nous. Faire en sorte qu'il soit bien avec nous.

— Avec nous ?

Skip pouvait voir le voir sourire dans la lueur des lumières de Noël.

— Oui. Nous nous connaissions très bien avant de décider de jouer à être ensemble à la maison, alors nous pourrons faire cela avec un chien.

— Je ne sais pas si tu plaisantes ou pas, répliqua Richie en l'épinglant du regard.

— Cela a fonctionné, commenta Skip, les yeux scintillants en se mettant à rire, incertain de lui-même.

— Oui, déclara Richie avec une certaine satisfaction. Ça a fonctionné. Joyeux Noël, Skip. À la nouvelle saison de football et à une toute nouvelle année.

— Et aux équipiers qui jouent pour l'autre équipe, conclut Skip sachant qu'il y gagnerait un coup d'oreiller sur la tête.

Richie l'embrassa et c'était encore mieux.

De la nourriture
POUR L'ESPRIT

AMY LANE

Contes d'un étrange livre de cuisine, numéro hors série

Emmett Gant avait l'intention de dire à son père quelque chose de vraiment important un dimanche matin… Mais son père est décédé avant qu'il ait pu le lui dire. À présent, près de trois ans plus tard, il ne semble pas savoir avec qui il devrait être… la fille aux joues comme des pommes et son impressionnante famille ou Keegan, son voisin narquois, qui ne voit jamais sa famille, mais qui le rend vraiment heureux juste en venant discuter avec lui.

Emmett a vraiment besoin de clarté.

Heureusement pour lui, la mère de son meilleur ami a un livre de cuisine qui promet de lui donner de la bonne nourriture et de la perspicacité. Emmett est intrigué. Le livre le suit chez lui et Keegan et lui décident de faire la recette « Pour plus de clarté » et ce qui s'ensuit est à la fois très clair et un peu surprenant, surtout pour la petite amie d'Emmett. Ce dernier va devoir réfléchir à son passé et à la chose vraiment importante qu'il n'a pas pu dire à son père s'il veut obtenir la recette de l'amour juste.

www.dreamspinner-fr.com

LES JOUEURS
Amy Lane

Depuis leur premier jour d'université, Quent Jackson avait marché dans les traces de Jason Spade, de leur cabinet d'investissement aux soirées poker. Huit ans plus tard, quand Jace comprend enfin que Quent est l'homme de sa vie, il ne voit pas pourquoi il changerait sa façon de faire.

Mais autant Jace est intimement persuadé que le poker est une métaphore de la vie, autant personne n'a jamais donné ce manuel-là à Quentin. Après leur première nuit, débordante de passion, le vrai jeu a commencé. L'amour et la confiance que Jace, qui est resté seul trop longtemps, ne sait plus accorder. Il ne sait parler que deux langues : le poker et le sexe. Entre les deux, il doit absolument trouver un moyen de se convaincre de prendre le risque d'aimer de nouveau. Et de laisser Quentin l'aimer à son tour. C'est une chance qu'ils soient doués pour interpréter les cartes, parce qu'ils jouent une partie importante et leur relation est un enjeu suffisamment élevé pour prendre tous ces risques.

www.dreamspinner-fr.com

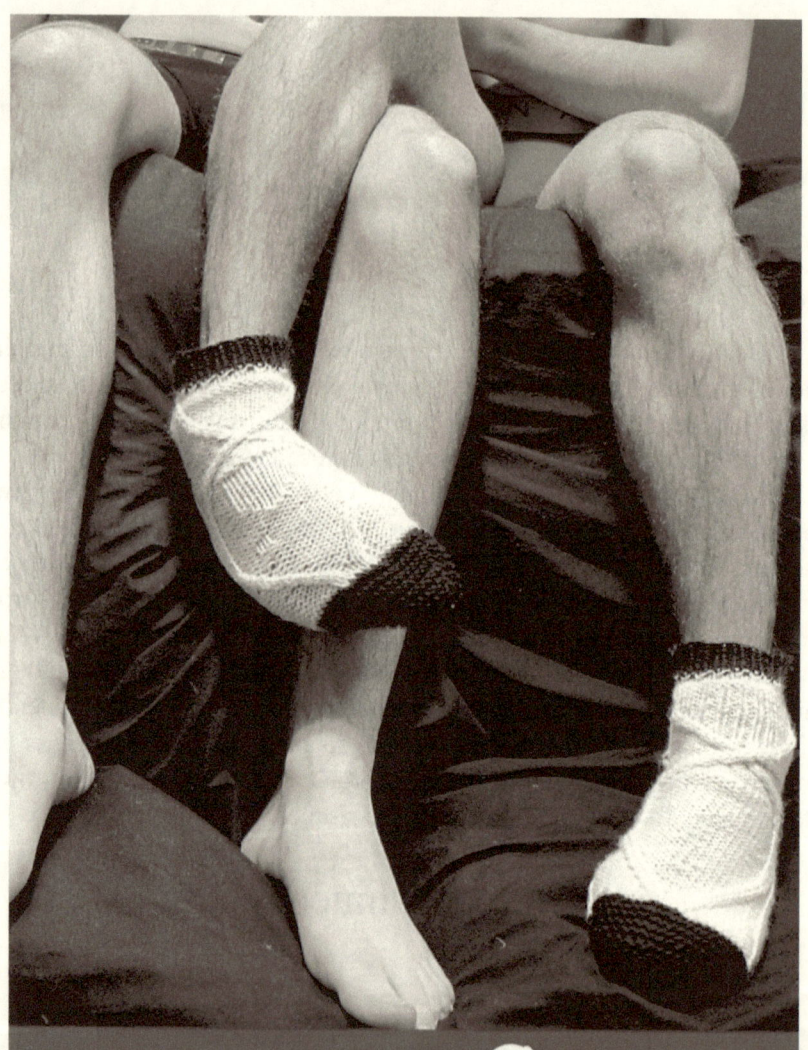

Amy Lane

Super Sock Man

Les Johnnies, numéro hors série

Le béguin de Donnie pour le colocataire de sa sœur, Alejandro, va au-delà de ses rêves d'enfance – et cela le rend fou ! Alors lorsqu'il a l'occasion de garder la maison de sa sœur et de Yandro en leur absence, il ne se sent pas seul. Ses vifs fantasmes sont là pour lui tenir compagnie ! Est-ce qu'un peu de chance – et un coup de pouce de la part d'un cadeau magique fait maison – pourraient aider les rêves de Donnie à se réaliser ?

www.dreamspinner-fr.com

LE ROCHER AUX PROMESSES

AUX

PROMESSES

AMY LANE

Promesses, tome 1

Carrick Francis a passé la majeure partie de sa vie à sauter à pieds joints dans les problèmes. La seule chose qui l'a sauvé de la prison, ou pire, est sa dévotion absolue envers Deacon Winters. Deacon a été sa raison et son salut durant une enfance misérable de maltraitance, et Crick ferait tout pour rester à jamais avec lui. Aussi, lorsque le père de Deacon meurt, Crick suspend ses projets universitaires pour aider Deacon, tout comme Deacon l'a aidé auparavant.

Le plus grand souhait de Deacon est de voir Crick échapper à ses souvenirs et à la ville où ils ont grandi, afin que Crick puisse jouir d'un avenir plus rayonnant. Mais après deux ans de sentiments refoulés et de tentations, le maladivement timide Deacon succombe finalement aux avances insistantes de Crick et reconnaît se voir faire partie de la vie du jeune homme.

Alors Deacon est presque détruit en découvrant que Crick attendait qu'il le repousse, exactement comme la famille de Crick l'avait fait par le passé. Quand le don de Crick pour prendre des décisions sur des coups de tête le conduit loin de chez lui, Deacon finit abandonné, traumatisé et seul, luttant pour reforger son cœur dans un monde où l'amour avec Crick est une promesse, mais en aucun cas une certitude.

www.dreamspinner-fr.com

AMY LANE

TALKER

Le premier livre de la série Talker

Talker, tome 1

Tate « Talker » Walker a passé la plus grande partie de sa vie à cacher ses cicatrices sous une façade punk et, jusqu'à ce qu'il s'assoie à côté de Brian dans le bus, cela fonctionnait tout à fait. Pourtant Brian a passé sa vie entière en étant l'homme invisible et il a appris à lire sous la surface des choses. Ce qu'il voit en Talker est un être humain fragile et attachant.

Brian est en apparence hétéro, pourtant Talker est prêt à tout par amour pour lui, et, quand son comportement le conduit à des conséquences douloureuses, Brian est forcé de sortir du placard de manière plutôt dramatique. Il fera tout pour s'assurer que Talker voit en lui le Prince Charmant qu'il a toujours désiré.

www.dreamspinner-fr.com

AMY LANE est mère de deux étudiants universitaires, deux enfants diplômés et deux petits chiens. Elle est également une tricoteuse compulsive qui écrit lorsqu'elle ne peut pas faire taire les voix dans sa tête. Elle adore ses bébés à fourrure, les chaussettes tricotées main et les beaux mecs sexy. Elle déteste les mites, les boîtes à chat et les nanas idiotes.

Elle se hasarde rarement à cuisiner, nettoyer, ou accomplir des tâches ménagères, bien qu'elle ait la réputation de tricoter en cas d'urgence des chapeaux/couvertures/paires de chaussettes pour n'importe quelle occasion ou sans raison. Elle a été récompensée pour son écriture qui se compose de trois saveurs : un univers alternatif tordu violet, un contemporain existentiel orange et un couleur du soleil et joyeux.

Elle a appris par nécessité à taper aussi vite que le vent sur un clavier. Elle est mariée depuis plus de vingt ans à son compagnon bien-aimé et croit toujours à l'Amour avec un grand A et ne voit aucune raison pour que cela change.

Website : www.greenshill.com
Blog : www.writerslane.blogspot.com
E-mail : amylane@greenshill.com
Facebook : www.facebook.com/amy.lane.167
Twitter : @amymaclane

Par AMY LANE

Ce n'est pas du Shakespeare
Coup d'envoi
Les joueurs
Super Sock Man

CONTES D'UN ÉTRANGE LIVRES DE CUISINE
Le chant de la pluie *par RJ Scott*
De la nourriture pour esprit
Perdu en chemin *par Marie Sexton*
Des cookies pour séduire *par Amber Kell*
De simples desserts *par Mary Calmes*

PROMESSES
Le rocher aux promesses
La valeur d'une promesse

TALKER
Talker
Talker, la rédemption
Talker, la décision

Publié par DREAMSPINNER PRESS
www.dreamspinner-fr.com